L'AVENTURIER

I

UN AMOUR RÉPUBLICAIN

CLICHY. — Impr. Maurice LOIGNON et Cie, rue du Bac-d'Asnières, 12.

ALFRED ASSOLLANT

L'AVENTURIER

I

UN AMOUR RÉPUBLICAIN

PARIS

E. DENTU, LIBRAIRE-ÉDITEUR.

PALAIS-ROYAL, 17 ET 19, GALERIE D'ORLÉANS

1868

L'AVENTURIER

(1796)

I

C'est à la foire de Royère, le 15 octobre 1854, que je rencontrai pour la première fois le vieux Robert de Fénestrange.

Il était environ cinq heures de l'après-midi, le soleil baissait à l'horizon, la foire touchait à sa fin. De tous les côtés et par tous les chemins, bœufs, moutons et cochons retournaient à l'étable sous la conduite de leurs nouveaux maîtres. Çà et là quelques retardataires disputaient encore sur le prix de leur marchandise vivante, protestant, les uns qu'ils seraient ruinés s'ils la vendaient un quart d'écu de moins, et les autres qu'ils aimeraient mieux voir la terre s'entr'ouvrir sous leurs pas que de donner le quart d'écu demandé. Les cris des hommes, le hennissement des chevaux, l'aboiement des chiens et le grincement des charrettes faisaient un tel vacarme qu'on n'aurait pas entendu Dieu tonner.

Au milieu de ce tumulte, je me promenais avec deux ou trois de mes amis, spectateurs aussi désintéressés que moi-même, lorsqu'un grand vieillard, vêtu à la mode de l'ancienne république, vint s'asseoir à quelques pas de nous sur un banc de pierre, devant la porte d'un cabaret et demanda du vin. Il déposa et appuya contre le mur un fusil de chasse qu'il portait en bandoulière, fit coucher à ses pieds un grand chien terre-neuve qui l'accompagnait, alluma lentement sa pipe, remplit trois fois son verre et le vida trois fois presque dans la même seconde, en regardant d'un air distrait la foule qui s'amassait autour de lui. Si distrait et si indifférent que fût ce regard, il suffit pour tenir à distance tous les assistants.

— Il y a longtemps qu'on ne vous a vu à Saint-Julien, monsieur de Fénestrange, dit l'hôtesse en apportant et débouchant une seconde bouteille. Est-ce que vous avez été malade?

— Non.

L'hôtesse parut un moment interdite par la brièveté de cette réponse; mais la curiosité l'emporta bientôt.

— Faudra-t-il vous préparer une chambre et un lit? reprit-elle.

— Non.

Ce second non marquait quelque impatience. Évidemment le vieillard n'était pas communicatif et ne voulait

pas être questionné. Cependant la bonne dame ne se
découragea pas.

— Le temps menace, dit-elle, la nuit va bientôt venir;
faut-il faire seller votre cheval, puisque vous ne voulez
pas coucher ici?

Fénestranges la regarda et dit :

— Il faut vous taire.

Cette dernière réponse désarçonna complétement
l'hôtesse. Elle rentra dans la maison en murmurant
je ne sais quoi; à coup sûr, ce n'était pas l'éloge du
vieillard.

Lui, cependant, sans s'émouvoir, fit apporter par la
servante du pain, du fromage et une troisième bouteille,
puis il commença son repas sans s'inquiéter de ceux qui
le regardaient.

Pendant qu'il mangeait, un grand et gros homme à
face rubiconde, qui tenait à la main un fouet, s'appro-
cha de lui d'un air familier et dit :

— Eh bien, monsieur de Fénestrange, c'est convenu :
je prends vos deux bœufs roux pour cinquante-cinq pistoles.

— Soixante ! répliqua le vieillard.

— Voyons, monsieur le baron, soyez raisonnable. Au
prix où est le foin, vous ne pouvez pas les nourrir plus
longtemps.

— Soixante pistoles ! répéta Fénestrange.

— Cinquante-six pistoles comptant! dit l'acheteur.
On remuerait bien des pavés entre Saint-Julien et

Grangeneuve avant d'en trouver autant. Allons ! est-ce
dit ?

— Jean, dit Fénestrange sans répondre à cet argument, va seller mon cheval. La nuit vient.

Le marchand de bœufs avait bu un peu plus que de
raison, et n'avait malheureusement pas la tête aussi
solide que le baron de Fénestrange.

— Il fait le fier, dit-il à demi-voix en se tournant
vers les spectateurs, et il n'a peut-être pas six francs
dans sa poche. Ça fait le gentilhomme et c'est gueux
comme un rat d'église.

Fénestrange, qui l'avait à peine regardé jusque-là leva
la tête, et d'une voix forte :

— Monsieur Bernard, dit-il, suis-je votre débiteur ?

— Certainement, vous ne me devez rien, répondit
Bernard, mais...

Fénestrange se versa tranquillement un grand verre
de vin, le but, et ajouta :

— Si je ne vous dois rien, monsieur Bernard, pourquoi dites-vous que je suis gueux comme un rat d'église?

Ici Bernard parut embarrassé.

— J'ai cru, dit-il, monsieur le baron, que cinquante-
six pistoles vous feraient plaisir, et je...

— Monsieur Bernard, vous êtes un sot ; monsieur
Bernard, vous êtes un faquin que je corrigerai à la première occasion.

Bernard commença à brandir son fouet d'une façon
menaçante.

— Et pour preuve, ajouta Fénestrange, si vous dites un mot de plus, je vous casserai les reins.

En même temps il saisit le malheureux Bernard au collet, l'enleva de terre comme une plume, quoiqu'il fût fort lourd, et le jeta de l'autre côté de la haie.

A cette vue, tout le monde s'écarta respectueusement.

Bernard, d'abord étourdi de sa chute, se releva non sans peine, et lui cria de loin :

— Brigand ! tu m'as pris en traître, mais tu ne m'assassineras pas comme tu as assassiné sur le pont de Bauze.

A ces mots, Fénestrange, qui déjà s'était mis en selle, parut prêt à tourner bride et à poursuivre son ennemi ; mais après avoir hésité une seconde, il siffla son grand chien, et prit au petit trot le chemin de Grangeneuve, laissant à son métayer le soin de ramener les bœufs.

Son départ rendit la parole à tout le monde.

— Ah ! le vieux scélérat ! dit l'hôtesse ; est-ce que la gendarmerie ou le bon Dieu n'en délivrera pas le pays ?

— Pour le bon Dieu, dit l'adjoint de Royère, qui était un sceptique, il a, sans doute, d'autres occupations. Quant à la gendarmerie, elle fera bien de se tenir sur ses gardes. Le vieux est solide comme un roc, malgré ses soixante-dix-neuf ans ; il a toujours des pistolets dans ses poches, et il ne se soucie pas plus de tuer un homme que d'avaler un verre de vin. Avez-vous vu

comme il se tient droit à cheval et comme il a empoi-
gné Bernard à bras tendu pour le jeter par-dessus la
haie ? On dit que dans sa jeunesse il n'y avait pas un
plus bel homme et un plus vigoureux soldat à l'armée
d'Italie. Le capitaine Tardieu, qui a servi avec lui dans
les dragons, m'a raconté plus de vingt fois que M. de
Fénestrange était si fort à l'espadon que personne de
ceux qui le connaissaient n'aurait osé le regarder de
travers. Un jour, il était à dîner avec des camarades, en
plein air, sur la rive droite de l'Adige. Les avant-postes
autrichiens étaient de l'autre côté de la rivière et dînaient
pareillement. Voilà que le général Bonaparte arrive avec
l'état-major et dit tout haut : « Je n'ai pas de nouvelles
d'Alvinzi et des Autrichiens. Quel est le brave qui veut
en aller chercher et gagner cent francs ? » Fénestrange
se lève et répond : « Moi, général. Que faut-il faire ? —
Sais-tu un peu d'italien et d'allemand ? demanda Bonaparte. Tu vas prendre des habits de paysan et tu
tâcheras d'aller à la découverte vers ces collines que
tu vois là-bas. Tu chercheras où sont les Autrichiens et
tu m'en rendras compte. — Parbleu ! général, répliqua
Fénestrange, je connais un moyen plus prompt et plus
sûr. » Il se lève, boucle son ceinturon, monte à cheval, traverse le fleuve à la nage, se précipite sur une
compagnie de Croates qui avaient mis leurs armes en
faisceaux, et qui buvaient à l'ombre des saules. Il saisit
par le collet de son habit le capitaine qui les commandait, le jette en travers de son cheval et repasse

la rivière sous une pluie de balles. Au moment de mettre le pied sur la rive, le cheval, mortellement blessé, se laisse aller au fil de l'eau et se noie. Que fait mon Fénestrange? Il rattrape par les cheveux son prisonnier, qui allait couler à fond avec le cheval, et l'amène devant Bonaparte. « Interrogez-le vous-même, » dit-il.

— « Ma foi! dit le général, voilà un brave. Prends ces cent francs. Et toi, Murat, fais-lui donner le meilleur cheval de l'escadron. » Et comme Fénestrange restait immobile : « Voyons, que veux-tu de plus ? » ajouta Bonaparte. — « Général, dit Fénestrange, j'accepte le cheval de la République parce qu'un cavalier ne peut pas aller à pied; mais gardez vos cent francs. Ce n'est pas pour l'argent que j'ai pris le Croate par la peau du cou; c'est pour l'honneur. »

— Ce qui n'empêche pas, dit l'hôtesse, qu'il n'a pas toujours été aussi délicat. Est-ce qu'on a la liste de tous ceux qu'il a tués en plaine ou au coin des bois ? Pendant quarante ans il a fait trembler tout le pays, et encore à présent, quoiqu'il soit déjà bien vieux, les autorités n'osent pas le regarder en face, et le percepteur ne va chez lui qu'en tremblant. Jeanneton, sa servante, me racontait encore samedi dernier qu'il ne dit pas trois paroles par semaine et ne desserre les dents que lorsque le curé de Tramise, son grand ami, vient le voir. Le reste du temps, il fait signe qu'il veut boire, manger, ou se coucher. Tantôt il laboure, sème, fauche ou récolte avec ses métayers; tantôt il va chasser seul dans les

bois, et quoiqu'il chasse quasi toute l'année, il n'y a
pas, dans toute la brigade de Saint-Julien, un gendarme
assez hardi pour lui demander son port d'arme.

— Cependant, ajouta l'adjoint, il faut avouer que si
l'on a peur de lui, l'on s'en plaint rarement. Il n'a jamais
de procès avec ses voisins. Il est même, à ce que dit
Jeanneton, plus généreux et plus fier que bien des gens.
L'an dernier, M. le préfet qui faisait sa tournée avec le
conseil de révision, fut surpris, vers neuf heures du soir,
par l'orage dans la vallée du Diable, à deux pas de la
maison de M. de Fénestrange. Le Thorion était débordé,
et les gendarmes envoyés à la découverte, déclarèrent
qu'il fallait passer la nuit sur le grand chemin et sous la
pluie, ou demander asile au Sanglier, comme on l'appelle. Le préfet n'était pas trop rassuré; cependant il
frappe à la porte. Dans la maison tout le monde était
couché. Le baron se lève, ouvre la fenêtre et demande :
Qui va là? en même temps il arme son fusil à deux
coups que vous connaissez. Le préfet aurait bien voulu
être loin. Cependant il se nomme et demande la permission de se mettre à couvert de la pluie. Le baron descend, ouvre la porte et fait entrer le préfet, le sous-
préfet, le conseiller général, les officiers de recrutement et
la gendarmerie. Après quelques compliments auxquels
il ne répondit rien : « Jeanneton, dit-il, ces messieurs
ont faim; donne-leur à souper. » Puis, sans autre cérémonie, il va se coucher et se rendort. Le préfet n'était
pas content, mais il pleuvait si fort, et le souper parais-

sait si bon qu'il se mit à table avec les autres. Après
souper, on voulut se coucher; mais il n'y avait qu'un lit
et une chambre; c'était le lit et la chambre où couche
quelquefois le curé de Tramise. Naturellement, tout
le monde fit semblant de vouloir céder le lit au préfet,
qui, de son côté, faisait semblant de refuser; mais
Jeanneton termina la dispute : « Messieurs, dit-elle,
M. le baron regrette beaucoup de ne pouvoir offrir
qu'un lit à dix personnes; mais comme il ne connaît aucun
de vous, il m'a chargé de vous dire qu'on tirerait le
lit au sort, et que le gagnant y coucherait, quel
qu'il fût. » Il fallut en passer par là. Le gagnant
fut un gendarme, Carmély, de Saint-Julien, que vous
connaissez. Carmély, par politesse et pour faire honneur à ses supérieurs, offrit le lit au préfet, mais
Jeanneton s'y opposa, disant que son maître la chasse-
rait. Carmély se coucha, et les autres dormirent sur des
chaises au coin du feu, bien heureux encore que le vieux
Fénestrange n'eût pas eu la fantaisie de leur fermer la
porte au nez. Le lendemain, de grand matin, ils prirent
congé de lui, et comme le préfet paraissait un peu
fâché, le baron lui dit : « Monsieur, je vous prie de
m'excuser si je ne vous ai pas tenu compagnie hier au
soir pendant le souper, mais je ne soupe qu'avec mes
amis... Avez-vous bien dormi, Carmély ? — Trop bien,
dit le gendarme, car j'étais honteux d'être couché dans
un si bon lit pendant que monsieur le préfet et la compagnie... — Mon ami, dit Fénestrange, souviens-toi

1.

que tous les hommes sont égaux. Un autre jour, M. le préfet aura son tour et se débottera le premier. » Le préfet, qui ne manque pas d'esprit voulut reprendre l'avantage et lui dit : « Monsieur le baron, en souvenir de l'aimable hospitalité que vous nous avez donnée si à propos, je serais heureux de pouvoir vous témoigner ma reconnaissance; et si jamais l'occasion se présente de vous rendre service, croyez que je la saisirai avec empressement. — Grand merci, monsieur, répliqua Fénestrange, on n'a pas besoin de protecteurs à mon âge. Si j'avais à me plaindre de quelqu'un, j'ai le poignet assez bon, grâce à Dieu, pour me faire justice moi-même, mais on me connaît trop pour s'y frotter. Au revoir, messieurs. Je vous quitte. Médor a flairé un loup dans le voisinage, et Médor ne se trompe jamais. » Et il leur tourna le dos. Jeanneton dit que le préfet en était tout décontenancé et ne savait s'il devait rire ou se fâcher.

— C'est égal, dit l'hôtesse, ce Fénestrange est un fameux brigand ! On a guillotiné bien des gens qui ne l'avaient pas mérité autant que lui. Vous souvenez-vous de l'affaire du pont de Bauze ? Il en était, et c'est lui, vous le savez bien, qui traîna la demoiselle par les cheveux, et qui tira le premier sur les gendarmes. Ah ! le scélérat ! si j'avais seulement autant de milliers de francs dans ma poche qu'il a mérité de fois de monter sur l'échafaud, j'aurais bientôt quitté le métier pour acheter un beau domaine.

La conversation continua quelque temps encore sur

ce sujet, mais la nuit était venue. Il fallut partir sans entendre le reste de l'histoire.

———

Quelques jours plus tard, je rencontrai pour la seconde fois le baron de Fénestrange chez le curé de Tramise, son ami, qui était aussi le mien.

Nous étions assis au coin du feu, le curé et moi, et nous causions gaiement lorsque Fénestrange entra, portant un lièvre et deux perdreaux qu'il venait de tuer.

— Chauffez-vous, Robert, dit le curé. Catherine, dépouillez ce gibier et mettez trois couverts.

— Non, interrompit le baron, je laisse ici mon lièvre, mais je pars; j'ai des semailles à faire.

— Sanglier ! dit en riant le curé, que ferions-nous de ce lièvre sans vous ? D'ailleurs, j'ai reçu ce matin du vin nouveau dont vous me direz votre avis... Savez-vous, ajouta-t-il en se tournant vers moi, pourquoi M. de Fénestrange s'en va, c'est parce qu'il n'aime pas les questions et qu'il ne peut aller nulle part, sans être regardé comme une bête curieuse. Et vous-même ne m'avez-vous pas répété tout à l'heure les cancans absurdes qu'on répand sur son compte, et que vous avez entendus la semaine dernière à la foire de Royère, le jour même où ce pauvre Bernard fut si bien étrillé...

Et à propos de cela, Fénestrange, vous ne m'aviez pas parlé de cet exploit? Toujours trop prompt et trop chatouilleux, Robert!

— Fallait-il, répliqua le baron, supporter l'insolence de ce drôle?

— Bah! à notre âge! car vous avez soixante-dix-neuf ans, baron, et vous êtes mon aîné de quinze mois..... Allons, c'est dit, n'est-ce pas? Vous resterez avec nous et vous nous raconterez votre histoire. Je la sais déjà comme vous-même, mais je voudrais qu'elle fût tout à fait publique et que vous prissiez la peine de démentir toutes ces sottes inventions qu'on a forgées contre vous.

— A quoi bon? demanda Fénestrange. Mais si vous le désirez, mon cher curé, j'y consens. Aussi bien, après un si long silence, on ouvre volontiers son âme, uniquement parce qu'on n'a point parlé depuis longtemps.

Puis, sans se faire prier davantage, il commença son récit.

L'histoire de M. de Fénestrange me parut si dramatique, si extraordinaire et si émouvante, que je l'écrivis dès le lendemain presque sous sa dictée.

La voici :

II

Ma famille, dit le vieillard, remonte aux premiers temps de l'histoire de France. On a vu des Fénestrange aux croisades, à Crécy, à Formigny, à Cérisoles. L'un d'eux fut tué à Moncontour, près de l'amiral de Coligny; car en ce temps-là, nous étions hérétiques. Son petit-fils suivit la fortune du duc de Rohan; après la prise de La Rochelle, il leva une compagnie de protestants et se mit au service du roi Gustave-Adolphe; puis il fit sa paix avec le cardinal de Richelieu en 1636, et revint en France.

Son arrière-petit-fils ouvrit les yeux à la vraie foi vers l'an 1685, et par ce moyen fut assez longtemps en faveur à la cour de Louis XIV; puis nous retombâmes dans l'obscurité jusqu'à mon père, qui fut pourvu d'une lieutenance dans les chevau-légers par la protection de madame la comtesse de Pyrmont-Cardanne, amie intime de feu M. le duc de Choiseul, premier ministre de S. M. Louis XV.

On l'appelait le *beau Fénestrange*, et l'on assure qu'il eut de grands succès parmi les dames de Versailles. Rassurez-vous, mon cher curé, je n'ai pas l'intention de vous raconter ses bonnes fortunes par le menu. Je ne veux vous dire de son histoire que ce qui touche à la mienne.

Vers 1772 (il avait alors vingt-deux ans), on le choisit pour l'envoyer en Pologne avec quelques autres officiers chargés d'enseigner aux Polonais la charge en douze temps et de leur promettre des armes, des munitions et de l'argent contre la Russie, la Prusse et l'Autriche, qui dès ce temps-là commençaient le fameux partage.

La mission était secrète, et mon père, paraissant voyager pour son plaisir et par curiosité, s'arrêta quelques jours à Postdam et se fit présenter au Grand Frédéric. Le roi fut frappé de sa bonne mine et de sa jeunesse, lui fit beaucoup de questions, l'invita même à souper, et lui proposa de rester en Prusse et d'entrer à son service.

C'était vers la fin du souper. Les convives étaient fort animés, et mon père, un peu étourdi par les fumées du vin de Champagne, répondit assez nettement qu'il ne tenait pas à passer sous les ordres du général *Bâton*. (Vous savez qu'en ce temps-là l'armée prussienne tout entière, depuis le soldat jusqu'aux feld-maréchaux, recevait la schlague. Le grade n'exemptait personne et le feld-maréchal était bâtonné de la main du roi.)

La réponse du beau Fénestrange ne plut pas à Sa Majesté, qui fronça le sourcil d'une si terrible manière, que tous les asistants s'attendaient à voir enfermer le Français dans quelque citadelle comme le baron de Trenck.

— Si mon service vous déplaît, que venez-vous faire en Prusse? dit le roi d'une voix irritée.

— Sire, répliqua mon père, je suis venu voir et admirer le plus grand capitaine de l'Europe.

Sa Majesté parut s'adoucir; mais Fénestrange qui se repentait de son imprudence, retourna le plus vite possible à l'hôtel de l'ambassade, quitta sa perruque, son épée et son uniforme pour n'être pas reconnu, et courut en poste jusqu'à Varsovie, n'emportant de tout son bagage que sa bourse et une paire de pistolets soigneusement cachés dans les poches de son habit.

A peine arrivé, il se joignit aux confédérés, et dès le premier combat, après des prodiges de valeur, fut percé de treize coups de lance. Les hulans prussiens le dépouillèrent de tout, et, le croyant mort, négligèrent de l'achever. Heureusement il en revint, fut ranimé par le froid, recueilli par une famille polonaise, guérit lentement, et après sa guérison, voyant la partie perdue, reprit la route de France.

Comme il repassait à Potsdam, Frédéric, que sa police tenait au courant de tout ce qui se passait en Prusse et même en Europe, le fit appeler, et lui dit d'un air goguenard :

— Êtes-vous remis de vos blessures, monsieur de Fénestrange? Croyez-moi, vous auriez bien fait d'accepter mes offres il y a six mois. Il vaut mieux servir sous le général Bâton que contre lui.

— Tout beau, sire, répliqua mon père, la fortune des

armes est journalière ; personne ne le sait mieux que
Votre Majesté. On dit qu'à la bataille de Kollin les Autrichiens ne vous laissèrent pas une chemise.

A ces mots, le roi lui tourna le dos, en disant à
demi-voix à M. de Ségur, ambassadeur de France :

— Avec ces Gascons, on n'a jamais le dernier mot.

Le soir, M. de Ségur dit à mon père :

— Savez-vous que votre liberté ne tenait aujourd'hui
qu'à un fil? Si je n'avais pas été là, peut-être le roi
vous aurait-il envoyé dans la citadelle de Spandau.

— Parbleu ! dit mon père, quand il aurait dû me faire
fusiller sur l'heure, je n'aurais pas souffert son insolence.

Cependant, sur le conseil de M. de Ségur, qui craignait
quelque accident, il partit le lendemain.

A Versailles, on le reçut très-mal. Sa protectrice, madame de Pyrmont-Cardanne, était en disgrâce aussi bien
que M. de Choiseul; on abandonnait la Pologne.

Il parla de ses blessures. Le ministre lui répondit qu'il
n'y avait pas dans toute l'armée d'officier qui ne pût
montrer des états de services égaux ou supérieurs aux
siens.

Le beau Fénestrange offrit sa démission, — qui fut
acceptée sur-le-champ — et revint dans sa province, tout
couvert de cicatrices.

La même année (1774) il épousa ma mère, Solange
de Lavau-Soubrane, troisième fille du marquis de ce
nom, qui eut la tête coupée en 1793 sur la place de la

Révolution, cinq jours après le roi Louis XVI. C'était la cousine germaine de mademoiselle Gabrielle de Chênevert, baronne de Pérédur.

Ce mariage fut heureux. Mon père et ma mère vivaient dans le château de Fénestrange, dont vous pouvez d'ici voir les ruines, sur la rive gauche du Thorion. Mon père, allié à toutes les familles nobles de la province et cousin des ducs de la Feuillade, menait honorablement la vie de gentilhomme campagnard.Sa maison était ouverte à tout le monde; mais son plaisir principal était de chasser le loup à courre dans la grande forêt de Fénestrange. Lors de la guerre d'Amérique on lui offrit le commandement d'une compagnie; il refusa, jugeant qu'il valait mieux être libre chez soi que commander sous autrui.

Vers 1785, il eut une querelle avec un notaire d'Aubusson à propos de quelques bornes déplacées , et d'une haie que le notaire avait fait tailler et qui appartenait en commun aux deux parties. Mon père, irrité de l'audace du notaire, le menaça de sa cravache au sortir de l'église.

— Prenez garde à vous, monsieur de Fénestrange, cria le notaire, un jour viendra où vous baisserez le ton, vous et les autres nobles de la province, et l'on répondra par des coups de bâton à vos coups de cravache.

A ces mots, mon père allait se précipiter sur lui, mais ma mère et le curé d'Aubusson , qui sortait en ce

moment même de l'église , le retinrent. Cependant
on ne put l'empêcher de faire abattre le jour même
toutes les haies et tous les murs de clôture qui appar-
tenaient au notaire , et d'envoyer ses chevaux et ses
chiens fouler aux pieds les récoltes. Lui-même, un
fouet à la main, faisait faire le dégât sous ses yeux.

Dupuy (c'était le nom du notaire) n'eut garde de s'y
opposer; mais il s'est bien vengé pendant la Révolution.

Cependant la province tout entière vivait dans une
paix profonde. On était au milieu de l'année 1789, et
tout le monde attendait avec confiance la constitution
nouvelle; les journaux de Paris arrivaient par liasses
tous les cinq jours; on commençait à connaître M. de
Mirabeau, l'abbé Sieyès, l'abbé Maury , l'abbé Gré-
goire , M. de Cazalès et M. de Robespierre; l'orage
grondait , mais sourdement encore , lorsqu'un matin
je vis arriver au château un homme à cheval, tout
couvert de poussière qui criait de toute sa force : Aux
armes ! aux armes ! on égorge nos frères de Bourganeuf ! Les brigands sont en route et vont arriver ici
dans deux heures.

— Quels brigands ? demanda mon père, qui fumait
tranquillement sa pipe.

— Les brigands qui viennent de Limoges ! cria le
messager. Ils ont tout pillé, tout brûlé à Saint-Léo-
nard. En ce moment, ils sont à Bourganeuf.

— Encore une fois, demanda mon père, quels sont
ces brigands, et combien sont-ils?

— Ah! monsieur le baron, dit l'homme, ils sont plus de quinze cents, et ils vont venir piller Saint-Julien en passant par Fénestrange.

— Bon! il faudra voir cela, dit mon père. Jean, selle mon cheval noir; cherche mon épée de combat.

En même temps il se mit à charger ses pistolets.

— Où courez-vous? demanda ma mère effrayée. Voulez-vous qu'on vous tue sur la route? Restez avec nous, vous fermerez la porte, et si les brigands viennent, vous nous défendrez.

— Vous avez raison, dit mon père, mais il faut avertir les gens du village et leur offrir un asile dans le château et des armes.

Au même instant, les paysans arrivaient armés de fourches et de faux et poussant devant eux les bestiaux, les enfants et les femmes. Tout ce monde poussait des cris effrayants; les chevaux hennissaient et se cabraient, les cochons grognaient, les moutons bêlaient, les bœufs mugissaient, les chiens aboyaient, les femmes se lamentaient, les enfants glapissaient : on ne distinguait plus rien dans ce tumulte.

Cependant, quand le pont-levis fut levé, la frayeur générale se calma un peu. Mon père, habitué au commandement, rétablit un peu d'ordre, arma les hommes de vieilles arquebuses et de fusils rouillés, hissa sur le rempart deux couleuvrines dont Henri IV avait fait présent à mon grand-père après la bataille d'Ivry, les chargea comme il put de petits cailloux qui devaient

suppléer à la mitraille, et les braqua sur l'avenue plantée de chênes, qui est, comme vous savez, le seul
chemin par où l'on puisse arriver au château. De
tous les autres côtés, on ne rencontre que des rochers
inaccessibles au bas desquels coule le Thorion.

La journée s'écoula sans alarme nouvelle. La nuit fut
très-paisible. Je m'en souviens encore, étant demeuré
jusqu'à deux heures du matin sur le rempart, où j'étais
très-fier de montrer le maniement de l'épée à deux
mains aux jeunes garçons de mon âge.

Le lendemain, on apprit avec étonnement qu'il n'y
avait eu de brigands nulle part; que Bourganeuf,
Limoges, Aubusson, Grangeneuve et tout le pays d'a-
lentour avaient eu la même frayeur que nous et prenaient les mêmes précautions, mais qu'on n'avait pas
tiré un seul coup de fusil.

Ce fut le premier ébranlement de la Révolution qui se
fit sentir jusqu'à Fénestrange ; mais bientôt les coups
de tonnerre se succédèrent rapidement. On apprit que
M. le comte d'Artois venait de partir avec MM. de Poli-
gnac; les paysans commencèrent à se remuer ; la garde
nationale fut partout organisée, et mon père, apprit
avec étonnement qu'on venait de nommer Dupuy commandant de la garde nationale d'Aubusson ; bientôt
même Dupuy donna sa démission et devint procureur-
syndic de la commune.

Déjà nous commencions à être bloqués comme une
place assiégée. Tous les droits féodaux qui faisaient une

partie du revenu de mon père furent supprimés. Les paysans jusque-là si soumis, ne nous saluaient plus; ils chassaient librement le gibier, abattaient le bois dans la forêt de Fénestrange et parlaient de nous chasser du château. Presque tous les gentilshommes émigraient.

Mon père tout intrépide qu'il était, n'osait plus sortir, de peur qu'en son absence les paysans armés vinssent brûler sa maison ou insulter ma mère. Il n'avait même plus confiance dans ses domestiques et fermait lui-même la porte tous les soirs. Il s'attendait, d'un jour à l'autre à soutenir un siége.

Tout à coup, le bruit se répandit dans le pays qu'il accaparait les grains. En ce temps-là, c'était l'accusation la plus grave. Il y allait de la vie.

La société jacobine d'Aubusson se réunit sous la présidence de Dupuy et décida qu'il fallait faire des perquisitions au château de Fénestrange et, s'il y avait lieu, arrêter mon père.

— Le beau Fénestrange a dit qu'il ferait manger du foin aux patriotes, s'écria Dupuy; il est temps que les patriotes donnent une leçon au beau Fénestrange!

Mon père, averti par un ami que la garde nationale et le procureur-syndic allaient marcher sur Fénestrange, voulut d'abord résister, mais ma mère le supplia de partir.

— Si vous restez, dit-elle, tout est perdu. A défaut de blé, on trouvera ici des armes et des munitions, on vous accusera de conspirer contre les patriotes, on vous emmènera prisonnier, et alors que deviendrons-nous, Robert et moi? Sortez plutôt de France, allez à Coblentz, prenez place dans l'armée des princes, et revenez nous délivrer de la tyrannie des sans-culottes. Dupuy serait trop heureux d'avoir une occasion de vous saisir.

— Ah! le brigand! s'écria mon père. Avec quel plaisir je le rencontrerais au coin d'un bois !

— Oui, mais en attendant, il a derrière lui trois cents hommes armés et tous les jacobins, et toutes les autorités, et vous êtes seul.

— Et moi, mère? dis-je fièrement, car j'avais déjà quinze ans, et je m'indignais de n'être pas traité comme un homme.

— Toi! me dit mon père, tu garderas ta mère. Elle a raison. Il faut que je parte. Si je me laissais enfumer comme un renard dans sa tanière, je ne pourrais plus vous revoir, ni vous protéger. Dans quelques mois nous rentrerons en France avec les princes, et nous mettrons à la raison MM. les sans-culottes. Au besoin, nos fouets de chasse suffiraient.

Le temps pressait, on vint l'avertir que la garde nationale d'Aubusson était en route. Il nous embrassa et partit. Je ne devais plus le revoir, si ce n'est dans une occasion si étrange, si terrible et si surnaturelle qu'elle ne sortira jamais de ma mémoire.

III

Le départ de mon père fut le premier de tous nos malheurs. Deux heures plus tard la garde nationale de d'Aubusson, bien armée, pourvue de cartouches et d'une pièce d'artillerie (car on s'attendait, vu la fierté connue de mon père à livrer un assaut en règle), vint prendre position en face du château.

Dupuy, envoyé en parlementaire, vint sommer la place de se rendre.

Il fut étonné d'entrer sans résistance et soupçonna quelque piége. Les deux couleuvrines chargées depuis trois ans et braquées sur l'avenue lui paraissaient destinées à faire des trouées dans les rangs des sans-culottes.

Cependant il fallut bien se rendre à l'évidence quand ma mère et ses domestiques eurent déclaré que le baron était parti.

Aussitôt la garde nationale entra dans le château sans coup férir et se fit ouvrir toutes les portes. On fouilla la cave et les greniers, le salon et l'office, on ne trouva pas d'autres provisions que celles de la semaine. En revanche on fut étonné de la grande quantité d'armes que contenait la chambre à coucher de mon père, et Dupuy les fit entasser sur trois charrettes pour les transporter à Aubusson.

— Je savais bien, dit-il, d'un air triomphant, que le ci-devant baron conspirait. En voici la preuve.

Tout le monde parut convaincu de la force de cet argument.

— Ce n'est pas tout, continua le procureur-syndic, l'oiseau est déniché, mais il reviendra peut-être au nid. Je vais laisser ici trois braves sans-culottes pour garder le château.

Jusqu'ici ma mère n'avait rien dit; mais la crainte d'avoir garnison chez elle l'emporta sur la prudence.

— Monsieur, dit-elle, si vous laissez des garnisaires chez moi, je me retire.

— A votre aise, madame, répliqua Dupuy. Avant tout, je dois veiller à la sûreté des patriotes.

La vengeance était complète. Il avait mis toute la famille de Fénestrange à la porte de son propre château, car dès le soir même nous allâmes chercher un asile dans la vieille maison que j'habite encore aujourd'hui, et qui faisait partie de la dot de ma mère.

Un mois après, nous apprîmes que mon père était arrivé à Coblentz, qu'il avait offert ses services à Mgr le comte d'Artois, et que son Altesse royale avait daigné les accepter, non sans remarquer que le baron de Fénestrange s'était fait attendre. Mgr. le prince de Condé, moins poli, avait presque tourné le dos, mais s'était radouci le lendemain. Les Prussiens et le duc de Brunswick, l'élève favori du grand Frédéric, allaient arriver sur les bords du Rhin et rétablir l'autorité du roi légitime. Enfin, tout allait pour le mieux. Rien ne manquait à l'armée des princes, si ce n'est l'argent, dont il était lui, par bonheur, assez abondamment pourvu. Il terminait en disant qu'assurément il serait à Fénestrange vers le 1er juin, au plus tard, et qu'il fallait l'attendre pour faire la moisson.

Ce post-scriptum fit soupirer ma mère; elle ne partageait pas les illusions de mon père. Elle voyait la France entière en armes et commençait à croire au triomphe de la Révolution. Bientôt un nouveau chagrin vint s'ajouter aux premiers. Le château de Fénestrange, la forêt et les terres qui en dépendaient et qui formaient le patrimoine de mon père furent confisqués et déclarés propriétés nationales. La dot de ma mère, qui n'était pas très-considérable, devint notre seule ressource, et, pour comble, un matin je pus lire sur le mur de la mairie d'Aubusson que Fénestrange allait être mis à l'encan.

Quelques temps après (c'était vers le milieu de 1793), on nous apprit que le procureur-syndic avait acheté le château et la plus grande partie de la forêt, au prix de cinq cent mille livres en assignats, qui vaudraient aujourd'hui quinze mille francs.

A cette nouvelle, je fus saisi d'indignation, et je partis sur-le-champ pour redemander à Dupuy mon patrimoine, les armes à la main. J'avais déjà dix-huit ans;

j'étais d'une force prodigieuse, j'avais appris de mon père, et, après son départ, d'un vieux soldat, le maniement du sabre et de l'épée, je franchissais à cheval les haies les plus élevées et les plus larges fossés : enfin j'étais endurci d'avance par le spectacle des guerres civiles et je voulais venger ma famille.

Je dis donc adieu à ma mère sans lui communiquer mon dessein, je m'armai d'une paire de pistolets et d'un sabre de cavalerie qui avait appartenu à mon père, et je pris le chemin de Fénestrange.

IV

Vous connaissez comme moi le chemin qui conduit de Grangeneuve, où je demeurais alors, au château de Fénestrange. En ce temps-là, ce n'était qu'une suite de sentiers à peine frayés par le pied des hommes et des animaux, et qui tantôt descendaient à pic dans la vallée du Thorion, tantôt remontaient la colline sur la rive opposée. La forêt de Fénestrange s'étendait sans interruption jusqu'aux montagnes qui servent aujourd'hui de limites entre les départements de la Creuse et de la Corrèze, et, avant la Révolution, entre la Marche et le Limousin.

Du haut des tours aujourd'hui détruites de Fénes-

trange, on apercevait par-dessus la cime des chênes
et des hêtres, une immense étendue de pays. Jusqu'au
départ de mon père, deux guetteurs, perchés au som-
met le plus élevé de la plus haute tour, avaient ordre de
veiller jour et nuit et se relayaient de six heures en six
heures dans cet emploi fatigant. Souvenir des anciennes
guerres de religion, où les coups de main étaient
fréquents.

Plus d'une fois Gaspard de Fénestrange, mon aïeul,
compagnon de l'amiral de Coligny, avait été attaqué
dans son château par les seigneurs du parti catholique, ses voisins, et n'avait dû son salut qu'à sa vigilance.

Je pourrais vous montrer encore le rocher sur lequel
il précipita le comte de Tarnac, lieutenant du roi dans
la province de Marche, qui essaya une nuit, pendant
la trêve, de prendre le château par escalade et se fit
prendre lui-même avec dix de ses soldats. Mon aïeul,
qui n'était ni tendre ni miséricordieux, fit dresser dix
potences pour les autres prisonniers, et, par grâce, fit
jeter Tarnac du haut de la tour du guetteur dans le
Thorion. Le malheureux tomba d'abord d'une hauteur
de trois cents pieds sur le roc et rebondit de là dans
la rivière où son corps dut servir de pâture aux truites.

Je repassais dans ma mémoire ces souvenirs san-
glants, tout en pressant le trot de mon cheval, et déjà
j'entrevoyais les tours du château de Fénestrange dans
le lointain, lorsqu'un bruit extraordinaire et effrayant

retentit à mes oreilles et détourna mon attention.

On sonnait le tocsin dans les villages voisins.

Les jeunes gens, qui ont oublié ou qui n'ont jamais connu l'histoire de leurs pères, ne peuvent pas s'imaginer quel trouble étrange le tocsin portait alors dans toutes les âmes.

En ce temps de guerre civile et de guerre étrangère, le sort de chaque famille était tous les jours en suspens. Les journaux, si nombreux à Paris, pénétraient à peine dans les provinces reculées. Peu de paysans savaient lire et connaissaient les affaires publiques. De temps en temps un bulletin annonçait la victoire des armées républicaines; la lettre d'un jeune soldat apprenait à sa famille qu'il vivait encore, ou qu'il était blessé, ou qu'il avait battu les Prussiens et les Anglais. La commune tout entière vivait pendant un mois sur cet événement.

On connaissait mieux les affaires de la Vendée; mais de ce côté les nouvelles étaient effrayantes. On n'entendait parler que de villages brûlés, de batailles livrées, de prisonniers massacrés, et l'on craignait à tout moment de voir la guerre civile s'étendre dans les départements voisins. Tout le monde se tenait sur ses gardes.

De là, l'émotion dont je fus saisi en entendant sonner le tocsin.

Était-ce un incendie? Était-ce une insurrection?

Il était environ neuf heures du soir, car j'avais attendu

la nuit pour reconnaître les abords du château de Fénestrange, avant de tenter l'escalade de vive force. C'était
au mois de novembre; le temps était très-beau, les étoiles brillaient d'un éclat extraordinaire, mais la lune
n'était pas encore levée.

Au détour du sentier, j'aperçus enfin la lueur d'un
incendie, à un quart de lieue environ, et, mettant mon
cheval au galop, j'arrivai en quelques minutes au village
de Neuvic, qui paraissait tout en feu.

Quand j'arrivai, les paysans entassés sur la grande
place regardaient l'incendie dévorer deux ou trois
maisons, dont les habitants avaient fort heureusement
pris la fuite; mais personne ne faisait d'efforts pour
l'éteindre. Les femmes se lamentaient, les enfants poussaient des cris aigus, et les hommes se croisaient les
bras. Vous connaissez l'apathie de nos paysans. Ce sont
les plus honnêtes gens du monde, mais les plus indiffé-
rents à l'intérêt et au salut de leur prochain.

Le Thorion, qui coulait à quelques pas de là, dans
la vallée, aurait pu fournir toute l'eau nécessaire pour
éteindre vingt incendies plus dangereux que celui-là,
mais personne n'y avait songé, ou, pour mieux dire
à peine avait-on voulu prêter deux seaux pour cet
usage.

En arrivant à Neuvic, je mis pied à terre, et après
avoir attaché mon cheval, je demandai à un paysan
pourquoi l'on ne cherchait pas à éteindre le feu.

— Éteindre le feu! dit le paysan, pourquoi faire?

2.

Les bestiaux sont dehors, et il n'y a plus rien à brûler,
D'ailleurs, l'*autorité* n'est pas là. Quand elle viendra,
nous ferons ce qu'on nous dira de faire.

Au même instant un autre paysan s'écria :

— Voici la citoyenne Clélie qui arrive.

Je me retournai pour voir la citoyenne Clélie... Ah !
curé, vous et moi nous sommes bien loin de l'âge des
folies, mais quand je vivrais cent ans, je ne pourrais pas
oublier la seule femme — oui, j'ose dire la seule — que
j'aie aimée. C'était une jeune fille blonde, mince, assez
grande, vêtue comme les bourgeoises de ce temps-là.

Un fichu de soie noire, modestement croisé, recouvrait sa poitrine. Elle était en deuil, et ses vêtements
noirs faisaient ressortir avec éclat la merveilleuse trans-
parence de son teint.

Non, depuis que le monde est monde, jamais plus belle
créature n'a paru sur la terre. Ses yeux bleus, d'une
douceur délicieuse, étaient remplis par moments d'une
fierté charmante; son sourire avait une grâce dont les
mots ne peuvent vous donner une idée.

En la voyant, je devins amoureux d'elle jusqu'à la
folie. Pensez que je vivais seul dans les bois, que je n'a-
vais connu jusque-là d'autre plaisir que la chasse ou la
pêche, que j'étais nourri de la lecture des romans de
chevalerie, du Tasse et de l'Arioste, que j'étais jeune,
que je n'avais jamais aimé, et vous comprendrez que
mon premier désir fut de donner ma vie pour elle et
sous ses yeux.

Au reste, tous les paysans n'avaient de regards que pour Clélie.

— Où est le curé? demanda-t-elle d'abord.

A cette question, les assistants se regardèrent avec embarras.

Il y eut un court silence.

— Est-ce que le feu est à la maison? demanda-t-elle encore. Où est le ci-devant curé Lautonière?

Nouveau silence. L'embarras des paysans redoubla.

— Je crois, citoyenne, dit timidement l'un d'eux, qu'il était sorti de sa maison avant l'incendie.

— Sa maison est donc brûlée?

— Citoyenne, elle brûle encore.

A ces mots, elle sauta légèrement à terre, car elle était à cheval et suivie d'un domestique, et elle courut vers la maison du curé.

Tout le monde la suivit avec empressement, et je fus alors témoin d'un effrayant spectacle.

La maison d'apparence assez modeste qu'habitait le curé était entourée de granges et d'étables en feu. De là les flammes avaient gagné le toit, et les poutres de la charpente commençaient à s'écrouler sur le grenier.

Le curé, vieillard de quatre-vingt-cinq ans, cloué dans son fauteuil par la goutte et servi par une femme presque aussi infirme et presque aussi âgée que lui, attendait la mort en lisant son bréviaire près de la fenêtre.

La vieille servante, moins résignée à son sort, mais

cernée comme lui par l'incendie, poussait des cris aigus qui retentissaient à l'autre bout du village : personne n'osait leur porter secours. Moi-même, je l'avoue, regardant la mort de ces deux vieillards comme inévitable, je demeurais immobile.

Seule, la jeune fille ne désespérait pas.

— Je promets deux mille livres en or à celui qui sauvera le curé ! dit-elle.

Personne ne remua. Dieu sait, cependant, si deux mille livres en or étaient une somme considérable en ce temps où l'on ne voyait partout que des assignats ! Mais la vie est encore plus précieuse que l'or.

— O ! mon Dieu ! s'écria-t-elle en se tordant les mains de désespoir, personne n'aura donc le courage...

Tout à coup, elle leva les yeux au ciel, parut prendre son parti, faire une courte prière et s'élança...

Je ne puis vous dire combien j'étais touché de sa générosité et de son courage. Jusque-là, tout en plaignant les victimes de l'incendie, je ne me sentais pas disposé à risquer ma vie pour elles ; mais la vue de ce dévouement m'éleva au-dessus de moi-même.

Au moment où Clélie se précipitait dans les flammes pour tâcher d'entrer dans la maison, je la saisis par le milieu du corps, je la retins de force et je lui dis :

— Restez ici, mademoiselle. S'il est possible de les sauver, je les sauverai ou je périrai avec eux ; mais si je meurs, souvenez-vous de Robert de Fénestrange !

A ces mots, je déposai dans un coin mes pistolets et

mon sabre, je me fis jeter sur le corps deux seaux d'eau froide pour mouiller mes habits et les préserver du feu, et prenant mon élan, je fis un bond de plus de trente pieds par-dessus la fournaise, et je me retrouvai debout, sain et sauf de l'autre côté, dans l'intervalle libre qui séparait la maison des flammes.

Il était temps d'arriver. Déjà les poutres du plafond à demi consumées allaient s'écrouler dans la chambre du curé, et l'ensevelir dans un brasier.

Au cri que poussa la foule, le curé leva la tête, me regarda d'un air attendri et me dit :

—Ah! mon enfant, que faites-vous? fuyez si vous le pouvez encore, car je vous entraînerais dans mon malheur.

—Suivez-le, monsieur le curé, criaient les paysans, laissez-vous faire! Laissez-vous emporter.

— Eh bien, dit-il, sauvez d'abord ma vieille Jeanneton ; car personne ne prendra soin d'elle si vous ne le faites pas.

Par bonheur, il y avait deux cruches pleines d'eau dans la cuisine, je me hâtai de mouiller une paire de draps et d'y envelopper le curé et sa servante.

Mais comment transporter ces deux vieillards infirmes? Il m'était impossible de recommencer, avec un pareil fardeau dans les bras, le saut formidable que je venais de faire. Je criai aux paysans, qui me regardaient avec admiration, de faire le tour de la maison avec des haches, des pics et des pioches, et de me jeter un pic avec lequel j'essaierais de creuser un trou dans le mur du côté opposé à la façade, le seul qui ne fût pas entouré par les flammes.

Ce mur n'était malheureusement percé d'aucune fenêtre, ni porte, de sorte que j'allais frapper au hasard; mais le temps pressait. Le curé et sa servante, que j'avais transportés au rez-de-chaussée, allaient être poursuivis et atteints par les flammes; je résolus donc de tenter cette entreprise désespérée qui était, après tout, notre seul moyen de salut

On me jeta avec empressement le pic que j'avais demandé, et les paysans, faisant le tour de la maison, commencèrent à frapper dans le mur en même temps et au même endroit que moi. J'entendais la voix de la jeune fille qui les encourageait et leur promettait une magnifique récompense.

Tout à coup au moment où nos efforts allaient aboutir, le toit tout entier s'écroula, ainsi que le premier étage et tous deux tombèrent à la fois sur le rez-de-chaussée.

A cette vue, la foule poussa un cri de frayeur : les paysans nous croyant perdus et craignant que le mur ne s'écroulât sur leurs têtes, abandonnèrent un instant leur travail; mais la jeune fille prenant elle-même un pic les ramena à la charge, et je leur criai de continuer, et que nous n'avions encore aucun mal.

Pendant ce temps, le curé continuait de lire son bréviaire avec la même tranquillité; mais la pauvre Jeanneton, presque folle de frayeur, avait commencé une confession générale qui menaçait de révéler quelque particularité scandaleuse de sa vie.

— Je te donne l'absolution *in extremis*, dit le curé.

Mais ce n'était pas le compte de la vieille femme. Dans son trouble, elle entremêlait la récitation du chapelet avec le récit d'un vol de quelques bouteilles de bon vin de Bourgogne qui avait disparu quinze ans auparavant de la cave du curé.

— Si tu l'as bu, je te pardonne, disait toujours le curé.

Enfin mes efforts et ceux des paysans qui donnaient des coups de pioche au dehors parvinrent à percer une brèche assez large dans la muraille.

— Faites passer Jeanneton la première, dit le curé.

Lui-même la suivit bientôt, et je sortis le dernier. A peine étais-je en sûreté lorsque deux poutres entre-croisées qui avaient soutenu jusque-là une partie du plafond et fait au-dessus de nos têtes une espèce de voûte, s'écroulèrent. Heureusement le danger était passé.

Mon retour fut salué par des acclamations. Tous les paysans m'embrassaient, et je ne savais comment me dégager.

Mais ce qui me toucha le plus, ce fut le regard de tendre et profonde reconnaissance que je reçus de la *citoyenne* Clélie. Elle me tendit une main que je baisai avec transport et me dit :

— Monsieur de Fénestrange, vous venez de faire une belle action et votre mère doit être fière de vous.

Je reçus ensuite les remercîments du curé, et même ceux de Jeanneton, qui reprenait à grand'peine ses esprits et commençait à se repentir d'avoir fait devant tant de gens sa confession générale.

— Ce n'est pas à moi que vous devez la vie, répliquai-je au curé ; c'est à mademoiselle dont le courage a réveillé le mien.

Il la regarda quelques moments en silence, puis il me regarda aussi et dit, comme s'il eût répondu à une pensée intérieure :

— Elle et lui ! Peut-être est-ce le doigt de la Providence.

V

Cependant un âpre vent du nord commençait à souffler sur la bruyère. Je grelottais dans mes vêtements trempés d'eau. Le curé et sa servante n'étaient pas plus à leur aise. L'incendie n'ayant plus d'aliment, car le vent poussait la flamme du côté opposé au village, allait s'éteindre de lui-même ; de sorte qu'on s'occupa de nous offrir un asile, car après avoir manqué d'être brûiés vifs, nous courions le risque d'être gelés de froid.

Un des voisins du curé nous offrit sa maison et alluma du feu pour nous sécher. Pendant ce temps, la citoyenne Clélie, comme on l'appelait, distribuait de l'argent et des billets de logement dans le village pour les bestiaux et pour les hommes ; elle promettait de revenir le lendemain et d'apporter des secours plus abondants, et surtout des vêtements et des vivres ; elle animait tout le monde par son sourire charmant et sa gaieté.

— Quelle femme ! me dit le curé. Ah ! celui qui l'épousera sera un homme heureux.

Comme j'étais du même avis, je me gardai bien de contredire le vieillard, et j'allais demander qui elle était, mais elle entra presque aussitôt.

— Avez-vous soupé, monsieur le curé ? demanda-t-elle.

— Moi ! non, dit assez gaiement le vieillard. Jeanneton allait faire une omelette quand le feu a éclaté, et lui a si bien brouillé la cervelle qu'elle s'est accusée, je crois, de crimes qu'elle n'a certainement jamais commis.

Ici un grognement de Jeanneton l'interrompit.

— Eh bien, dit la citoyenne Clélie, en attendant que Jeanneton soit remise de sa frayeur, c'est moi qui vous ferai l'omelette. Vous devez avoir faim , monsieur de Fénestrange ?

— Comme un loup, dis-je en riant.

En réalité, je n'avais ni faim ni soif, mais la pensée

3

.de manger une omelette préparée par ses mains divines me ravissait hors de moi-même.

— Vous, dit-elle, allumez le feu, Jeanneton, cherchez la poêle et les œufs. Où est le beurre ?

— Et vous, mademoiselle ? dis-je...

— Je ne m'appelle pas mademoiselle, interrompit-elle assez vivement. Je suis la citoyenne Clélie. Que vouliez-vous dire, monsieur de Fénestranges ?

— A mon tour, citoyenne Clélie, dis-je en riant, je vous prierai de m'appeler citoyen Fénestrange.

— Oh ! tant qu'il vous plaira. J'ai cassé les œufs. Battez-les, citoyen, jusqu'à ce que je vous dise que c'est assez. Je parie, citoyen, que vous ne savez pas encore comment se fait une omelette ?

— Non, pas très-bien, je l'avoue.

— Mon Dieu, citoyen, votre éducation est bien négligée... Voici la recette. Vous avez vu que j'ai cassé les œufs en y ajoutant du sel, du poivre, un peu d'eau et un morceau de beurre frais... Eh bien, que faites-vous ? Est-ce que vous avez des distractions ?...

(Il est certain que j'étais plus occupé de la regarder que de battre les œufs.)

— Voyez, citoyen, je mets le beurre dans la poêle ; j'attends qu'il soit fondu sans être coloré ; je verse d'un seul coup les œufs que vous venez de battre, tenez, comme ceci... Je les remue légèrement pour qu'ils ne brûlent pas, je les soulève avec la fourchette à mesure qu'ils se prennent ; quand ils sont assez pris, j'incline la poêle du côté opposé au manche, je roule l'omelette en forme de chausson allongé, et si vous voulez me donner le plat qui est à votre portée, je vais la faire glisser et la servir toute brûlante... N'est-ce pas cela, monsieur le curé ?

— A merveille, mon enfant, dit le curé, et maintenant ne veux-tu pas en prendre ta part avec le citoyen Fénestrange et moi ?

Elle y consentit avec plaisir, et nous soupâmes tous trois de bon appétit.

Une seule chose excitait singulièrement ma curiosité. La jeune fille et le vieux curé paraissaient être depuis longtemps amis intimes et se faisaient un jeu de me cacher le nom de famille de la *citoyenne* Clélie. A quoi bon ce mystère ? N'avais-je pas dit publiquement mon nom ? Pourquoi cachait-elle le sien ?

Quant au curé, je le connaissais de réputation. C'était un excellent homme qui avait passé soixante ans dans la commune de Neuvic lorsque la Révolution arriva, et derrière elle la constitution civile du clergé.

Vous savez qu'en ce temps-là beaucoup de prêtres refusèrent de prêter serment à la constitution civile du clergé et furent appelés insermentés ; d'autres, au contraire, acceptèrent la constitution sans réserve et reçurent le nom d'assermentés. De là une véritable guerre civile dans l'Église de France. Les prêtres constitutionnels, installés par le gouvernement et soutenus par les partisans de la Révolution, se virent disputer par

leurs rivaux la possession des églises. Plus d'une fois la
question fut vidée à coups de poing et même à coups
de fourche et de fusil.

Le curé Lautonière, pacifique par caractère et par
profession, affaibli par l'âge (il avait déjà quatre-vingts
ans), et craignant de causer quelque scandale, donna sa
démission pour éviter la nécessité de se prononcer sur
la constitution civile du clergé, et de prêter ou de
refuser le serment civique. Ce fut en vain que les deux
évêques, le constitutionnel et l'autre (car il y en avait
deux presque dans chaque diocèse), le sommèrent de se
décider en faveur de l'un des deux partis, le vieux curé
maintint sa démission et refusa toute profession de foi.

— Ne pensez-vous pas, écrivit l'évêque qui avait
refusé le serment, que les prêtres assermentés ont
trahi la cause de l'Église catholique, apostolique et ro-
maine ?

— S'ils sont dans le mauvais chemin, répliqua le curé,
que Dieu les remette dans le bon ; et s'ils sont dans le
bon chemin, que Dieu les y maintienne.

Cette réponse toute chrétienne l'avait rendu très-
populaire parmi les patriotes du district. On ne l'avait
pas pressé davantage de questions, et il vivait modestement dans son ancienne paroisse. Le procureur-syndic
lui-même l'avait pris sous sa protection.

Cependant mes réflexions ne me faisaient pas perdre
un coup de dent ; et quelle que fût cette *citoyenne*
Clélie pour qui tout le monde avait tant d'affection et de

respect, je sentais bien que mon cœur était lié à elle pour la vie.

Enfin elle se leva, me tendit une main que je baisai avec respect, serra celles du vieux curé, monta à cheval, suivie de son domestique, et partit au grand trot.

Dès qu'elle fut partie.

— Où va-t-elle ? demandai-je au vieillard.

— Ne le savez-vous pas ? Au château de Fénestrange.

— Et elle s'appelle ?

— Clélie Dupuy. C'est la fille du citoyen Dupuy, procureur-syndic du district.

VI

Je fus frappé de cette révélation comme d'un coup de foudre.

— La fille du procureur-syndic ! la citoyenne Clélie !

— Est-ce son nom qui vous étonne ? demanda le curé. Clélie est un nom du calendrier républicain. Le père a pris celui de Brutus ; les trois frères ceux de Cassius, Valérius et Tibérius Gracchus. Aimeriez-vous mieux qu'elle se fît appeler Carotte ou Groseille, comme ses voisines ?

Je l'écoutais à peine. Quel hasard l'avait placée sur

mon chemin au moment même où peut-être j'allais poignarder son père ; car Brutus Dupuy, je le savais, n'était pas homme à céder aux menaces ; la fermeté de son caractère était connue ; d'ailleurs, il avait pour lui la loi et les gendarmes. Il fallait donc en venir aux mains, et, sans avoir pris cette résolution d'avance, je pensais vaguement qu'il y aurait du sang versé dès notre première entrevue.

Et Clélie était sa fille !

En un moment, ma colère contre le père et mon ardeur de vengeance s'apaisèrent comme par enchantement. Ce Dupuy que je haïssais parce qu'il avait exilé et dépouillé mon père, m'inspira tout à coup un respect mystérieux ; n'était-ce pas son sang qui coulait dans les veines de Clélie ? J'oubliai mon père, et la confiscation de ses biens, et la pauvreté où le jacobin nous avait réduits. S'il était entré dans la maison où je soupais avec le curé Lautonière, j'aurais été le premier à lui tendre la main, et je n'aurais craint que de voir repousser mes avances.

J'étais honteux de ce sentiment et je n'aurais pas osé l'avouer, mais je ne pouvais m'en défendre. Je cherchais à prolonger la conversation pour entendre parler plus longtemps de Clélie. J'aurais voulu que le curé m'en fît l'éloge, j'aurais voulu qu'il m'en dît du mal : pourvu qu'il prononçât son nom, c'était assez.

Soit qu'il eût deviné ma pensée, soit qu'il cédât tout simplement au besoin de parler et d'être écouté qui est le faible de tous les vieillards, il me donna, sans se faire prier, les plus grands détails sur la famille Dupuy.

— Le père, dit-il, est un républicain fanatique qui sacrifierait sans hésiter sa tête et celle d'autrui sur l'autel de la patrie. Nourri de Rome et d'Athènes il croit imiter Miltiade, Thémistocle et Caïus Gracchus. Comme Miltiade, il combat les ennemis de la patrie (ou du moins ses fils combattent pour lui) ; comme Thémistocle, il gouverne son district avec une autorité souveraine; comme Caïus Gracchus, il pousse à la vente des biens nationaux dans l'intérêt de la République, et il ne néglige pas d'y faire sa fortune...

— Témoin, dis-je amèrement, l'achat qu'il vient de faire du château de Fénestrange.

— Ah! jeune homme, jeune homme, répliqua le curé, si vous étiez à l'âge où je suis, vous sauriez que les biens de ce monde ne valent guère qu'on les regrette. Je ne voudrais pas vous faire une vaine morale; mais sachez que l'homme qui naît riche est aussi malheureux que celui qui a trouvé la pauvreté dans son berceau. On ne jouit pas des biens qu'on n'a pas désirés; et comment peut-on désirer ce qu'on a possédé dès l'enfance? Souvenez-vous de l'histoire de ce grand roi qui avait proposé un prix pour l'invention d'un nouveau plaisir. Le malheureux, ayant toujours vu tout le monde s'empresser autour de lui et prévenir tous ses désirs, ne savait plus que faire de ses sens. Il ne lui restait plus que d'être vertueux, et ce qui est le pire de tout, d'être vertueux malgré lui-même, ou de périr d'ennui... Croyez-moi, mon ami, vous êtes bien heureux d'être devenu pauvre, puisque cette pauvreté ne va pas jusqu'à la misère qui est, je l'avoue, plus insupportable encore que l'extrême richesse... Cela vous obligera d'user de vos forces, de travailler, de réfléchir, de combattre, de vivre enfin, au lieu de languir dans les énervantes et ennuyeuses délices de la satiété... Vous souriez... vous prenez ces paroles pour un radotage de vieillard; croyez-moi, un jour vous en reconnaîtrez la vérité profonde.

J'avoue que je l'écoutais d'une oreille assez distraite.

— La citoyenne Clélie a des frères, dites-vous?

— Ah! ah! les frères de la citoyenne Clélie vous occupent beaucoup ce soir..., dit le curé en riant... Eh bien, parlons-en, puisque vous y prenez tant d'intérêt... Oui, elle avait trois frères, que le père Dupuy, en vrai Romain qu'il est ou qu'il veut être, a laissé partir pour l'armée. Mais prenez garde d'en parler trop tôt devant leur sœur. Vous avez vu ses habits de deuil? L'un de ses frères a été tué à Jemmapes par un boulet autrichien; le second à Wattignies; le troisième, celui qu'on appelle Tibérius Gracchus, un jeune homme de dix-neuf ans à peine, est parti depuis cinq mois pour rejoindre l'armée d'Italie. Le vieux Brutus l'a regardé partir d'un œil sec. Sa sœur voulait le retenir. « Non, a dit l'enfant, ma vie n'est pas à moi, mais à la liberté et à la patrie. » Et il est parti le lendemain, dès trois heures du matin, sans faire ses adieux à personne, de peur qu'on ne s'opposât à son départ. Tous les jours le père craint d'apprendre qu'il a été tué par une balle piémontaise ou autrichienne. Sa dernière lettre que Brutus m'a montrée (car ce jacobin est un père malgré ces discours stoïques, et il est aussi vain des exploits de son fils, qu'on pourrait l'être de ceux de César ou d'Alexandre), sa dernière lettre annonce qu'il est lieutenant d'état-major dans la division de Masséna, qu'il lève le plan des défilés des Alpes, et que surpris l'autre jour avec son escorte par une trentaine de cavaliers autrichiens et piémontais, il a fait bravement le coup de sabre, il a jeté par terre et pris un officier piémontais qui commandait le détachement et qui avait des moustaches d'une longueur épouvantable. Pour preuve, il a esquissé le portrait de son prisonnier, qu'on pourrait en effet exposer dans un champ afin d'effrayer les moineaux.

— Et, dis-je encore, est-ce que le citoyen Brutus s'est installé déjà au château de Fénestrange ?

— Le citoyen Brutus, père de la citoyenne Clélie ? demanda le vieillard en souriant.

— Oui, oui, dis-je à mon tour brusquement, le citoyen Brutus qui a volé le château de mon père.

Au fond du cœur, j'étais indigné de me voir si bien deviné, et j'essayais de tromper le curé et moi-même par la rudesse de mes paroles, mais le curé ne prit pas le change.

— Je crois, dit-il, que le citoyen Brutus est souvent

3.

retenu au chef-lieu du district par les devoirs de sa charge. Quant à la citoyenne Clélie...

Il fit une pause et parut réfléchir un instant.

— Quant à la citoyenne Clélie, dit-il enfin, je ne sais pas si elle l'accompagne. Je sais seulement qu'elle vient me voir deux ou trois fois par semaine et m'apporter les journaux et les nouvelles du pays. Sans elle, je ne verrais âme qui vive, car dans ces temps orageux un prêtre est toujours suspect.

— Si vous voulez me permettre de vous tenir quelquefois compagnie, monsieur le curé ?... dis-je alors avec empressement.

— Bien volontiers, jeune homme, bien volontiers, dit le vieillard en me regardant avec un affectueux sourire ; mais je vous avertis que la société d'un vieillard est souvent bien ennuyeuse, et je crains...

— Ne craignez rien, je serai trop heureux si vous acceptez mon offre.

— Je vous crois, mon ami, je vous crois, dit le curé. Eh bien, venez quand il vous plaira. Et maintenant, où allez-vous ce soir ?

— Je retourne chez ma mère, à Grangeneuve.

— Et, sans indiscrétion, d'où veniez-vous, s'il vous plaît ?

— De Grangeneuve, dis-je en rougissant un peu, car il me semblait que tout le monde et surtout le vieillard allait deviner mon secret.

— Hum ! hum ! ajouta Lautonière à demi-voix et

comme sa parlant à lui—même, il va de Grangeneuve à Grangeneuve. Voilà qui est bien singulier... Mais vous seriez arrivé plus promptement, mon enfant, si vous n'étiez point parti.

Je sentis que je rougissais encore davantage.

— Bon ! bon ! continua le curé, il paraît que je suis indiscret ; tous les vieillards sont curieux ; c'est un défaut de l'âge.

— Il n'y a pas d'indiscrétion, monsieur ; j'étais sorti pour me promener à cheval, et le hasard m'a conduit ici.

— Le hasard ! Vous sortez au mois de novembre par un froid si vif, à cheval, après la nuit close, et l'on vous trouve à trois lieues de votre maison... C'est étrange. A cette heure-ci et dans cette forêt on ne trouve que des loups... Mais j'y pense. Vous étiez égaré peut-être.

— Oui, c'est cela même ; je m'étais égaré.

Il me regarda fixement comme s'il doutait encore.

— Eh bien ! mon cher enfant, retournez ce soir à Grangeneuve pour rassurer votre mère qui doit être inquiète de vos courses nocturnes, et revenez me voir quand il vous plaira.

A ces mots, je lui dis adieu ; il me serra tendrement dans ses bras et je partis.

VII

Je repris lentement la route de Grangeneuve. La journée avait été remplie d'impressions si diverses et de sentiments si opposés que j'avais besoin de solitude pour remettre de l'ordre dans mes idées.

Le matin, j'étais furieux contre le procureur-syndic et je formais la résolution de le tuer ; le soir, j'étais amoureux de sa fille, et j'aurais donné ma vie pour elle. Je me rappelais avec ravissement tous les mots qu'elle m'avait adressés ; je me les répétais tout haut à moi-même ; j'étais fier du rôle que j'avais joué dans l'incen- die, et plus fier encore d'avoir été brave sous ses yeux. Je ne pensais plus qu'à la revoir, et je m'applaudissais de la finesse avec laquelle je m'étais ménagé le moyen de la rencontrer chez son ami le curé Lautonière. Enfin je me promis de rôder dès le lendemain aux envi- rons de Fénestrange afin d'apercevoir, s'il était possible, le bout de sa robe, ou d'entendre sa voix ou de respirer l'air qu'elle avait respiré.

Au milieu de ces projets, mon cheval, plus pressé que moi de rentrer au logis, hâtait le pas dans la direction de Grangeneuve.

Il était environ deux heures du matin lorsque je frappai à la porte. Ma mère m'attendait et vint m'ouvrir elle-même.

— D'où viens-tu ? demanda-t-elle avec inquiétude.

— De Neuvic.

— Ah ! Qu'allais-tu faire à Neuvic au milieu de la nuit?

— Ma mère, lui dis-je en l'embrassant, ne me grondez pas. J'ai entendu sonner le tocsin. Le village de Neuvic brûlait. J'ai couru au feu, et j'ai eu le bonheur de sauver la vie à l'ancien curé Lautonière.

En même temps, je lui fis le récit de l'incendie, n'oubliant qu'une seule chose, je veux dire la présence de Clélie.

Pourquoi cet oubli volontaire? Prévoyais-je déjà l'avenir? ou plutôt n'était-ce pas un effet de la pudeur du premier amour qui se cache et fuit les confidences?

— Robert, me dit ma mère, après m'avoir écouté avec complaisance, je suis bien aise que tu aies sauvé la vie de M. le curé Lautonière et de sa servante; mais je t'engage fortement à ne jamais les revoir. Le curé est un ami particulier de ce brigand de Dupuy, et je ne veux pas que tu sois exposé à rencontrer chez lui quelqu'un de cette famille de jacobins.

Sage conseil dont je me promis bien de ne pas profiter.

VIII

Je m'endormis au point du jour ; et mon sommeil fut
rempli des songes les plus délicieux. Je rêvais que la
citoyenne Clélie m'attendait au château de Fénestrange,
qu'elle me présentait au citoyen Brutus Dupuy, que
ce citoyen (contre l'opinion commune) était le plus aimable des hommes, qu'il me proposait de m'engager au
service de la République, que j'étais ravi de sa proposition, que Clélie me donnait la main et qu'après avoir
inscrit mon nom sur la liste des volontaires, la République, n'ayant pas besoin de mes services, me rendait
ma liberté et me mariait à Clélie.

Je n'ai pas besoin de dire que cet échange était
accepté avec enthousiasme, et que je tombais dans les
bras de Tibérius Gracchus, mon beau-frère, qui venait
tout exprès d'Italie pour assister à mon mariage.

Enfin, je m'éveillai vers neuf heures du matin et ma
mère qui m'observait, et qui peut-être avait quelque
pressentiment de ce qui se passait dans mon cœur,
parut surprise de ma joie. En m'habillant, je chantais de
toute ma force le vieux refrain :

> Le bon roi Dagobert
> Avait sa culotte à l'envers ;

Le bon saint Éloi
Lui dit : Mon bon roi
Votre Majesté
Est bien mal culottée.
Eh bien, dit le grand roi,
Que l'on me culotte à l'endroit !

— Robert, dit ma mère, tu est bien gai ce matin. As-
tu appris quelque bonne nouvelle ?

Je ne sais si vous avez entendu parler de ma mère.
C'était assurément l'une des femmes les plus vertueu-
ses, les plus austères et les plus respectées de toute la
province, mais en même temps l'une des plus glaciales.
Je ne sais comment mon père, qui était dans sa jeunesse aussi léger et aussi débauché qu'aucun gentilhomme de son temps, avait pu devenir amoureux d'elle.
Sa beauté vraiment admirable, mais correcte et impo-
sante, l'avait séduit sans doute, et le mariage fut conclu
si vite par les deux familles, qu'il n'eut pas le temps de
s'apercevoir qu'il s'était donné un maître.

Au reste, le « beau Fénestranges, » comme on l'appe
lait alors, ne se crut pas engagé à une fidélité sans tache,
et l'on m'a dit plusieurs fois... C'est bien, M. le curé,
je vous entends et je n'irai pas plus loin... Grâce à la
fermeté de son caractère, ma mère était maîtresse au
logis, et je dois avouer que personne n'aurait osé broncher devant elle. Je me souviens que tel de ses regards
me glaçait jusque dans la moelle des os. Elle me semblait lire dans mes yeux et dans mon âme.

Sa question m'embarrassa donc beaucoup.

Si j'avais été moins jeune et moins novice, j'aurais pu me rejeter sur le soleil, sur le froid, sur le premier prétexte venu ; mais n'étant pas sur mes gardes, je rougis et gardai le silence.

— A propos, dit-elle, tu ne m'avais pas raconté toute ton aventure d'hier. On m'a dit que tu avais soupé en fort bonne compagnie et mangé une excellente omelette ?

J'aurais voulu être au fond des enfers. Cependant, pour cacher mon trouble et gagner du temps :

— Qui vous l'a dit ?

— C'est Pierre Beauplas, le commissionnaire qui est venu ce matin de Neuvic, où l'on ne parlait que de ton habileté à battre les œufs et à faire les omelettes.

— Pierre Beauplas est un âne, répliquai-je brusquement. Et en effet, si ce pauvre garçon s'était trouvé à la portée de mon bras, je l'aurais assommé, je crois, pour lui enseigner la discrétion.

— Oui, continua ma mère avec son froid sourire, il paraît que tu as montré le plus grand courage, et que la citoyenne Clélie...

Je crois que si les Turcs, après m'avoir écorché vif, m'avaient mis sur le gril pour me faire rôtir, je n'aurais pas éprouvé des angoisses plus cruelles. En entendant nommer Clélie, cette chère et céleste Clélie, je devinai que ma mère allait en dire du mal, et j'ouvris la porte pour sortir.

Il faut dire la vérité. Ma mère, n'ayant jamais agi que par devoir et par vertu, pouvait à peine deviner ce qui se passait au fond de mon âme. Ses moindres paroles, pleines d'une ironie pénétrante et froide, me déchiraient le cœur.

Cependant, au mouvement que je fis, elle s'interrompit, sentant peut-être qu'elle allait trop loin et qu'elle touchait la plaie vive avec le scalpel.

— Où vas-tu? dit-elle.

— Je vais voir si mon cheval est bien pansé. Hier, nous sommes revenus très-vite, et j'étais si fatigué que je n'ai pas eu le temps de le panser moi-même.

— En effet, dit ma mère, Alezan est fourbu, et tu feras bien de le laisser quatre ou cinq jours à l'écurie.

Rien n'était plus maladroit qu'un tel discours. Alezan était fourbu, c'est vrai, mais bien moins que ne le disait ma mère; et dans tous les cas, à défaut d'Alezan, je pouvais aisément faire à pied le voyage de Neuvic.

— Si tu sors, dit encore ma mère, n'oublie pas que nous dînons à une heure, et que je compte sur toi pour aller à Tramise après dîner. Les chemins ne sont pas sûrs, et je ne veux pas aller sans toi.

Autre moyen de me retenir au logis.

J'enrageais; mais comment refuser un si léger service à une mère?

Cinq minutes plus tard, je rencontrai Pierre Beauplas, le maudit commissionnaire qui m'avait trahi.

— Imbécile! lui dis-je, en lui donnant une bourrade

qui l'envoya contre la muraille, qui t'a prié dè raconter mes actions à ma mère ?

Le pauvre garçon ouvrit de grands yeux d'un air étonné et répondit :

— Ma foi, monsieur Robert, j'avais cru vous faire plaisir en disant à madame de Fénestrange que vous aviez sauvé la vie du curé et de la servante, et que la citoyenne Clélie vous en avait remercié ; mais puisque c'est ainsi, excusez-moi, je ne dirai plus rien de personne. Ah ! la citoyenne Clélie ne brutalise pas comme vous le pauvre monde. Ce matin encore...

— Comment ! tu l'as vue ce matin ? demandai-je avec empressement. Que t'a-t-elle dit ?

— Quelque chose qui vous intéresse, monsieur Robert ; mais puisque je suis un imbécile et que je parle tout de travers, vous ne le saurez pas.

Là-dessus, je me repentis de la bourrade que je lui avais donnée, et je voulus le faire parler, mais il s'obstina à demeurer bouche close.

C'était sa vengeance.

IX

Pendant quatre ou cinq jours, ma mère eut ou feignit d'avoir tant d'affaires sur les bras, et Alezan resta si bien fourbu, qu'il me fut impossible d'aller voir le curé Lautonière.

Je rongeais mon frein en silence, et ma mère, qui devinait parfaitement le sujet de ma préoccupation, semblait prendre plaisir à mes tourments ; — jeu dangereux.

Enfin je pus seller et brider Alezan, et je pris au galop le chemin de Neuvic.

Le curé Lautonière était assis près de la fenêtre, suivant son habitude, mais il n'était pas seul, Clélie lui tenait compagnie, et lisait une lettre qu'elle replia en me voyant entrer.

Peut-être croyez-vous que j'étais le plus heureux des hommes en revoyant ce que j'aimais ? point du tout. Mon cœur battait à rompre ma poitrine, et j'éprouvais une angoisse indéfinissable. Quel accueil allais-je recevoir ? Clélie, un peu surprise d'abord par notre rencontre imprévue le jour de l'incendie, avait-elle eu le temps de réfléchir, et peut-être de voir tous les obstacles qui séparaient nos deux familles ? Me recevrait-elle en ami ou en ennemi ?

Heureusement, la présence du curé Lautonière diminua mon embarras. Le bon vieillard m'ouvrit ses bras et me dit joyeusement :

— Vous arrivez à temps, monsieur de Fénestrange ; Clélie vient de recevoir d'excellentes nouvelles.

A ces mots, je me tournai vers elle et je la saluai profondément, comme si je l'apercevais pour la première fois.

Elle me tendit la main et dit :

— Ces nouvelles n'intéresseront peut-être pas beaucoup monsieur de Fénestrange.

— Le citoyen Fénestrange, dis-je en souriant.

— Eh bien, oui, le citoyen Fénestrange. C'est une lettre de mon frère Tibérius Gracchus que j'ai reçue ce matin. Elle est datée du champ de Saorgio.

— Citoyenne, répliquai-je à mon tour, tout ce qui vous intéresse...

— Eh bien, interrompit le curé, puisque les amis des amis sont des amis, continue ta lecture, mon enfant.

Voici cette lettre que j'ai gardée avec quatre ou cinq autres et qui ne me quitte jamais. C'est un souvenir du plus heureux temps de ma vie :

« Briançon, 15 frimaire an XI de la
« République française une et
« indivisible.

« Ma chère sœur,

« Je t'écris de l'hôpital où je suis arrivé ce matin.
« N'aie pas d'inquiétude. Ce n'est qu'une balle au pied
« que j'ai reçue il y a trois jours, pendant que je regar-
« dais avec ma lunette les avant-postes des Piémontais.
« La balle est entrée et sortie sans faire d'autre mal qu'un
« trou dans la chair. Je marcherai dans dix jours.

« Nous nous ennuyons un peu dans ce pays-ci. Entre
« nous et l'ennemi se dresse un mur d'une hauteur pro-

« digieuse, — la chaîne des Alpes. Nous avons essayé,
« — moi surtout, — de regarder par dessus le mur ; tu
« vois ce qu'il m'en coûte.

« Le pire, c'est que nous n'avons ni vin, ni viande, ni
« médicaments, ni souliers, que l'ambulance est à quinze
« lieues du camp, et que l'ennemi, bien pourvu de tout,
« est défendu par la neige. Se faire tuer n'est pas trop
« difficile ; mais se faire geler ? Les plus intrépides y
« regardent à deux fois.

« Pour moi, j'ai vécu longtemps sur une paire de bot-
« tes que j'avais achetée, moitié de gré, moitié de force,
« à un aristocrate de Marseille, en échange d'un assi-
« gnat de huit cents livres ; mais enfin la semelle est
« partie, la tige ne vaut plus rien, et je suis forcé de me
« contenter d'une paire de sabots garnis de paille, ce
« qui, en frimaire et à cette latitude, me fait frissonner
« du matin au soir.

« Cependant, nous avons bon espoir. Les soldats de
« la République française une et indivisible ne peuvent
« pas passer le temps à battre la semelle derrière les
« Alpes, tandis que leurs camarades se promènent en
« Belgique et en Allemagne. Qu'on nous donne un chef,
« et tu verras de quelle vitesse nous irons à Milan et à
« Vienne. »

X

— Ces jeunes gens ne doutent de rien, dit le curé Lautonière en interrompant sa lecture.

— Lisez, lisez toujours ! répondit Clélie. Si mon frère veut chasser tous les rois de l'Europe, il les chassera ! Dieu est avec nous !

Lautonière reprit :

— « Mais laissons-là mes exploits passés et mes « exploits à venir. Chère sœur, donne-moi des nouvelles « de la famille. Que fait le père ? Que fais-tu toi-même ? « On me dit que le pays n'est pas sûr, que des bandes « de brigands, échappés aux massacres de la Vendée, « se répandent dans les départements du centre, et « répandent partout le pillage et l'incendie. Cette pensée « me trouble et m'effraye. O Dieu ! pendant que nous don- « nons notre vie sur la frontière pour sauver la patrie, « faut-il abandonner aux ennemis de l'intérieur tout ce « que nous aimons ? Chère Clélie, le père est-il en « sûreté ? Ne crains-tu rien pour toi-même ? »

(Pauvre Tibérius Gracchus ! Il pressentait l'avenir !)

Je passe le reste de sa lettre, qui n'avait trait qu'aux

affaires de sa famille. Quand la lecture fut terminée, Clélie se leva et prit congé du vieux Lautonière.

— Adieu, mon vieil ami, dit-elle, je reviendrai *quatridi*.

(Quatridi, c'était, comme vous savez, le quatrième jour de la décade révolutionnaire.)

Je la suivis hors de la maison, et je voulus tenir l'étrier. Elle me remercia gracieusement et se mit en selle sans accepter mon aide.

— Au moins, citoyenne, lui dis-je, voulez-vous me permettre de vous accompagner? Votre frère dit lui-même que le pays n'est pas sûr, et qu'on peut y faire quelques mauvaises rencontres.

Elle me regarda pendant une seconde avec ses yeux doux et profonds, et répondit :

— Je ne crains rien, monsieur de Fénestrange, et je n'ai rien à craindre.

— Mais ceux qui vous aiment doivent craindre pour vous.

J'aurais voulu lui dire : Je vous aime et je vous donnerais ma vie; mais je n'osais pas. Au reste, elle devina ma pensée, du moins je le suppose.

— Ceux qui m'aiment, dit-elle d'un ton sérieux, n'ont pas de vaines craintes pour ma sûreté que personne ne menace. Ils ne craignent que pour la patrie et la liberté. Ils savent que je les aimerais moins s'ils passaient leur vie tranquillement auprès de moi quand la République est en danger.

Sur ce mot, et sans attendre ma réponse, elle donna un coup de cravache à son cheval et partit au grand trot.

Je la suivis des yeux jusqu'au détour du chemin, et je rentrai tout pensif chez le curé Lautonière.

— Eh bien, dit-il, j'ai tout entendu : que pensez-vous de ma chère citoyenne Clélie ?

— Je pense, répliquai-je, que je l'aimerai toute ma vie. Je pense que mon père est à l'armée de Condé, et que je ne puis pas me battre contre mon père sous les drapeaux de la république. Je pense...

— Et moi, dit le vieux curé, je pense qu'elle vient, sans paraître y prendre garde, de vous donner un excellent conseil, et que vous ferez bien de le suivre si vous l'aimez, et même si vous ne l'aimez pas.

Pendant que le curé parlait, je m'emparai (sans qu'il y fît attention, étant déjà presque aveugle) de la lettre de Tibérius Gracchus que Clélie avait oubliée par mégarde sur la table, et je la serrai précieusement dans mon portefeuille. Cette lettre me devenait précieuse depuis qu'elle l'avait touchée.

Après une conversation assez courte, je me levai à mon tour, et je repris le chemin de Grangeneuve.

XI

Alezan allait doucement, au petit trot, la bride sur le cou. Rien ne me pressait de rentrer au logis. J'étais enfoncé dans les plus douces rêveries. Clélie n'aime que ceux qui offrent leur vie à la République ; eh bien, j'offrirai la mienne, moi aussi.

Après tout, n'est-ce pas sur le champ de bataille que les Fénestrange ont conquis leur noblesse ? Le premier du nom fut un écuyer, qui jeta par terre, à Bouvines, Othon, empereur d'Allemagne. Les autres ont laissé leurs os sur tous les champs de bataille, en Écosse, en Castille, en Portugal, à Naples, en Palestine. Étais-je donc indigne de leur succéder ?

Leur devise fut toujours : *Dieu et ma dame*. Prendre les armes pour la République, n'était-ce pas rester fidèle à cette devise des ancêtres ? Ne combattais-je pas pour Clélie, et par ordre de Clélie ? Après Dieu, était-il quelque chose de plus sacré que Clélie ?

Et quelle joie de voir, au retour, mon nom dans la gazette, et de raconter les beaux faits d'armes et les coups de sabre que j'allais donner aux hulans prussiens !

4

Quelle joie d'être admiré d'elle et de mettre mes victoires à ses pieds !

Sans doute Brutus Dupuy, procureur-syndic du district, jetait une ombre sur ce riant tableau ; mais est-il un ciel sans nuages ?

Dans mon enthousiasme, je devenais presque amoureux de la République.

Ma mère me rappela bientôt à la réalité.

Elle était debout sur le seuil de sa porte et m'attendait lorsque je mis pied à terre devant la maison. Cela ne me présageait rien de bon. Je me voyais exposé à subir une explication que j'aurais voulu éviter à tout prix ; mais comment faire ?

L'ennemi — oui, riez, curé ; j'aurais mieux aimé sabrer trois douzaines de Prussiens qu'affronter ce redoutable tête-à-tête — l'ennemi, donc, était là, et me tenait sous le feu de ses regards.

Je feignis de donner les plus grands soins à mon cheval, afin de retarder autant que possible le commencement du combat ; mais ma mère me dit d'un ton affectueux :

— Laisse-là Alezan ; Jacques va le bouchonner. D'ailleurs, le voyage de Grangeneuve à Neuvic n'est pas très-fatigant, et Alezan peut bien attendre. A propos, comment se porte le vieux Lautonière ?

— Très-bien, ma mère, répondis-je avec gravité.

— Il paraît que la conversation était intéressante, car tu arrives bien tard.

Je ne répondis rien. Avant tout, je voulais éviter l'escarmouche. Ma mère s'en aperçut, et me dit :

— Mon cher Robert, je ne te demande pas ce que tu as fait ou vu à Neuvic. J'aime mieux te dire une heureuse nouvelle que j'ai reçue à midi.

Et baissant la voix :

— C'est une lettre de ton père. Il va venir dans quelques jours. Il dit que la surveillance des frontières a diminué, qu'il se déguisera, qu'il espère traverser la France avec un passe-port sous le nom du citoyen Cluseau. Tiens, lis.

En même temps, elle me donna la lettre.

Voici ce que mon père écrivait :

« Cologne, 12 janvier 1795.

« Ma chère femme, deux heures après que ma lettre « sera partie, je partirai moi-même pour aller vous re- « joindre, mais j'arriverai plus tard, étant forcé de faire « un détour et de prendre la route de Neufchâtel et de « Pontarlier pour rentrer en France.

« Nos affaires vont très-mal sur le Rhin. Les coalisés « ne s'entendent pas. Le roi de Prusse, qui jetait d'a- « bord feu et flamme contre les jacobins (vous vous « souvenez du manifeste de Brunswick), le roi de Prusse, « dis-je, commence à lâcher pied. Depuis l'affaire de « Valmy, on ne le reconnaît plus. Les politiques disent « qu'il veut avoir sa part de Pologne, et qu'il va pren-

« dre le chemin de la Vistule, et saisir Kosciusko au
« collet. Avec tout le respect que je dois à l'Oint du
« Seigneur, je crois que Sa Majesté prussienne a perdu
« la tête.

« Les Autrichiens ne sont pas plus sages, et quant
« au duc d'York et à ses Anglais, on croirait qu'ils sont
« payés par le Comité de salut public et par le sieur de
« Robespierre pour faire les affaires des jacobins. C'est
« pitié de voir Cobourg, York, Wurmser et Cler-
« fayt se promener de Dunkerque à Condé, et tout le
« long de la Meuse, et assiéger des bourgades quand la
« grande route de Paris est ouverte devant eux. Ils se-
« ront battus l'un après l'autre, et n'auront que ce qu'ils
« méritent.

« Mais nous, qu'allons-nous devenir ? Au commence-
« ment de la campagne on nous a mis à la solde de
« l'Angleterre, et maintenant la noblesse française se
« bat au nom et pour le compte de M. Pitt. Encore nous
« réserve-t-on les postes les plus difficiles. C'est le
« corps de Condé qui couvre toutes les retraites, et
« Dieu sait si les républicains font grâce aux émigrés
« prisonniers. Avant-hier, une compagnie des nôtres,
« détachée aux avant-postes, a été surprise et entourée
« par un bataillon républicain, qui n'a fait quartier à
« personne.

« Ceci n'est rien. C'est une des chances de la guerre.
« Mais que dire de la misère où nous sommes ? Vivres,
« munitions, vêtements tout nous manque. Le duc

« d'York, géant bonasse qui n'est pas digne de com-
« mander quatre hommes excepté à l'heure de la soupe,
« ne peut pas nous faire donner le nécessaire. Si le
« prince de Condé réclame, Son Altesse britannique al-
« lègue les ordres de M. Pitt. Et pendant ce temps nous
« crevons de faim et de froid.

« Pour moi, je n'y tiens plus. Arrive que pourra, je
« retourne en France. J'achèterai un passe-port à Berne,
« et je passerai la frontière aisément. Des centaines
« d'émigrés ont déjà pris ce parti et s'en trouvent bien,
« Le pire qui puisse arriver, c'est une mort prompte
« qui mettra fin à tous mes malheurs ; mais écartons
« ce présage funeste, et attendez-moi vers le 23 janvier
« prochain.

« Adieu, ma chère femme. Adieu, Robert.

« FÉNESTRANGE.

« P.-S. — Surtout, évitez les airs mystérieux qui
« mettraient les jacobins du pays sur leurs gardes. Si le
« citoyen Brutus Dupuy pouvait soupçonner ma pro-
« chaine arrivée, il embusquerait toute la gendarmerie
« de trois départements sur mon passage, et j'entends
« d'ici l'arrêt du tribunal révolutionnaire :

« *Attendu que le ci-devant noble Guy de Fénes-*
« *trange a porté les armes contre la République fran-*
« *çaise une et indivisible;*

« *Le ci-devant noble ci-dessus désigné est condamné*

4.

« *à la peine de mort et subira son arrêt sur la place*
« *de la Révolution.*

« Mais je compte bien ne pas donner cette satisfac-
« tion au citoyen Brutus. »

—Maintenant, dit ma mère en repliant sa lettre, parlons sérieusement, Robert. Tu n'es plus un enfant... Je
viens de prendre en ton nom un engagement des plus
graves. J'espère que tu feras honneur à ma parole.

A ce début, je frémis.

XII

Il me semblait que ma mère ne pouvait parler que de
Clélie.

Je me trompais.

—Robert, dit ma mère, j'ai relu trois ou quatre fois
la lettre de ton père. Il a raison de dire que nous devons
éviter les airs mystérieux pour ne pas donner prise au
zèle patriotique du citoyen Brutus Dupuy et des autres
gredins de son espèce.

L'épithète de gredin, appliquée au père de Clélie,
me parut bien dure, et je pensais que ma mère ne

l'avait pas employée sans dessein, mais je n'osai pas réclamer.

—Or, continua-t-elle, il n'y a qu'un moyen de ne pas paraître mystérieux, c'est de se mêler aux plaisirs et aux assemblées de messieurs les sans-culottes, et de hurler avec les loups.

J'attendais en silence la conclusion de ce discours imprévu.

—En deux mots, continua ma mère, aurais-tu trop de répugnance à danser la carmagnole avec les ci-toyennes d'Aubusson ?

Je ne savais que répondre. Si j'avais eu la gravité modeste des jeunes gens de ce temps-ci qui n'osent, dit-on, se hasarder dans une contredanse de peur de compromettre leur réputation d'hommes sérieux, ma réponse eût été toute prête, et j'aurais parlé avec mépris de la carmagnole et de ceux qui la dansent; mais la mode en ce temps-là n'était pas d'être grave, et l'on allait sans se faire prier au bal, à la bataille et à l'échafaud.

—Mais, dis-je, est-il bien convenable... ?

—Quant aux convenances, répliqua ma mère, c'est mon affaire. Danse la carmagnole de toutes tes forces, je ne t'en demande pas davantage.

—Mais à quelle occasion?

—Il paraît que messieurs les jacobins ont remporté deux ou trois victoires, je ne sais où, sur le Rhin, l'Es-caut ou la Meuse, et qu'ils ont mis en fuite nos amis les ennemis. Là-dessus l'imagination des sans-culottes d'Aubusson s'est échauffée. On veut donner un bal pour célébrer la gloire de la République, et je viens d'écrire en ton nom que tu souscrivais pour une somme de 350 livres en assignats.

—Mais... dis-je encore.

—Ne faut-il pas, reprit ma mère avec impatience, donner le change à nos ennemis? Notre joie fait leur sécurité. Pendant que tu danseras, ils oublieront de surveiller ton père.

—Mais faut-il donner la main à l'ennemi?

—Et, répliqua ma mère, faut-il manger des omelettes en sa compagnie?

Cette question me réduisit au silence.

Après tout, un bal républicain n'avait rien de bien redoutable. A dix-huit ans, on danserait *sur un volcan*, comme disait je ne sais plus qui. A plus forte raison, pouvait-on danser sur le parquet ciré de l'hôtel de ville d'Aubusson ainsi que j'étais menacé de le faire.

Autre considération. Ce bal donné en l'honneur des victoires de la République devait naturellement réunir les familles des principaux patriotes d'Aubusson; d'où s'ensuivait cette conséquence inévitable que la citoyenne Clélie ne manquerait pas d'honorer le bal de sa présence.

A cette pensée, je sentis mon cœur s'épanouir, et je me hâtai de répondre que j'irais volontiers au bal des sans-culottes d'Aubusson pour faire plaisir à ma mère.

Si elle fut touchée de ma docilité ou si elle en devina la véritable cause, je l'ignore, et il n'importe guère. Elle croyait faire un acte de profonde politique en m'envoyant au bal, — car la politique était son fort ou pour mieux dire son faible, — et s'imaginait donner le change aux jacobins sur ses vrais sentiments en m'engageant à danser avec leurs filles.

En revanche, elle prit soin de me retenir à Grangeneuve par tant d'occupations différentes, qu'il me fut impossible de retourner à Neuvic et de voir une seule fois Clélie pendant toute la semaine.

Mais cette précaution ne servit guère, comme vous allez voir.

XIII

Le bal d'Aubusson devait avoir lieu dans la nuit du 29 au 30 nivôse, an II (19 au 20 janvier 1794). Cette terrible date ne sortira jamais de mon souvenir. Quelques patriotes farouches avaient voulu d'abord reculer le bal d'un jour afin qu'il coïncidât avec le jour anniversaire de la mort du tyran Capet; et le citoyen procureur-syndic Brutus Dupuy, l'un des principaux organisateurs de la fête, était même d'avis que cette coïncidence

serait un excellent moyen de distinguer les vrais des
faux patriotes, tous ceux qui refuseraient de venir au
bal ce jour-là étant d'avance notés comme suppôts de
la tyrannie.

Heureusement un avis plus doux prévalut. Clélie fit
observer que le bal était destiné à célébrer les victoires
du peuple français et non les actes de sa justice, et que
ni ses amies ni elle-même ne voudraient fêter par
des réjouissances l'anniversaire de la mort de qui que
ce fût.

Le club des jacobins d'Aubusson se rendit à ces
raisons, et le farouche Brutus tout le premier.

Le 30 nivôse, vers trois heures de l'après-midi, je fis
mon entrée dans Aubusson monté sur Alezan et fier
comme un Saint-George. Ma mère, qui voulait qu'un
Fénestrange éclipsât tous les jacobins du district, m'avait
habillé avec le plus grand soin, suivant la mode du
temps.

J'avais un bel habit bleu de ciel, tout pareil à celui
que M. de Robespierre portait à la fête de l'Être suprême;
un gilet blanc à larges revers, une culotte courte, une
cravate blanche qui me forçait d'élever mon nez et mon
menton vers le ciel comme M. le chevalier de Saint-Just.
Enfin j'étais radieux comme un soleil.

Tout le monde parut étonné de me rencontrer dans
le bal ; et, en effet, ce n'était guère la place d'un jeune
homme dont le père avait été condamné à mort par contumace comme émigré; ma mère l'aurait bien compris si

elle n'avait pas cru nécessaire de « dissimuler, » comme
elle disait, et de tromper les jacobins.

A vrai dire, sa dissimulation ne trompait personne, et
il eût été d'une politique tout aussi profonde de rester à
Grangeneuve, au coin de mon feu, et de laisser les
jacobins célébrer entre eux leurs victoires ; mais ma
mère le voulait et, quant à moi, le plaisir d'apercevoir
Clélie et de lui serrer la main me faisait passer par-
dessus toute autre considération.

Mon attente du moins ne fut pas trompée, car j'étais
à peine arrivé depuis quelques minutes dans le bal
lorsqu'un murmure flatteur, s'élevant du pied de l'escalier de l'hôtel de ville d'Aubusson et grossissant à
chaque marche, annonça l'entrée de Clélie, qui donnait
le bras à son père.

Le citoyen Brutus Dupuy n'était pas médiocrement,
fier de sa fille. Il s'avançait la tête haute, les jambes
légèrement écartées, avec la juste importance de l'homme
qui était président du club des jacobins, procureur-
syndic de la commune, et qui, à ces deux titres, aurait
pu envoyer au tribunal révolutionnaire, c'est-à-dire à
l'échafaud, la moitié de ceux qui allaient danser sous
ses yeux.

Cependant il n'abusait pas de ses avantages et recevait
avec une affabilité toute républicaine les compliments
qu'on lui faisait sur la beauté de sa fille. C'est par là
seulement que le sombre jacobin participait aux fai-
blesses de l'humanité.

Il conduisit Clélie à sa place, tira sa tabatière d'or de son gousset, y puisa lentement une prise, la huma plus lentement encore, et entama une discussion politique de la plus haute portée avec le citoyen Marcus Séguin, son compère.

— Oui, disait-il, je sais de bonne part que le tyran de Prusse va recevoir un coup auquel il ne s'attend pas. Nous avons des intelligences à Berlin, en Poméranie, en Westphalie, et s'il ne se hâte pas de faire la paix avec la République, avant trois mois vous entendrez un beau tapage en Prusse. Déjà Kosciusko...

A ce moment son regard rencontra le mien. Il me reconnut et s'interrompit. Evidemment il ne s'attendait pas à me trouver là ; et même, je crus deviner qu'il n'était pas fort content de ma présence.

Cependant son regard était plutôt attentif que malveillant. Il jeta ensuite les yeux sur Clélie, qui faisait en ce moment même le tour de la salle en compagnie d'une vieille parente, et qui allait saluer ses amies ; et ce double regard me fit voir qu'elle avait parlé de moi; mais dans quel sens? c'est ce que je ne pus deviner.

En attendant, par une manœuvre habile et longuement méditée, j'allai me placer sur le passage de Clélie afin d'avoir ma part de ses sourires que les jeunes jacobins se disputaient avidement.

Clélie était ce soir-là d'une beauté admirable. A peine aurait-on cru voir quelque parcelle de matière dans cette créature presque divine. Elle semblait tout âme et tout

rayonnement. Tous les yeux se fixèrent involontairement sur elle. Les femmes mêmes oubliaient d'en être
jalouses.

Quand elle fut arrivée à moi, elle me rendit gracieusement mon salut, et se tournant vers la vieille parente
qui l'accompagnait :

— Ma tante, dit-elle, voici le citoyen Fénestrange,
dont je vous ai parlé. C'est son courage qui a sauvé des
flammes, il y a quinze jours, le citoyen Lautonière, notre
ami.

Je ne sais pas s'il vous est arrivé quelquefois d'être
loué par une femme aimée. Peut-être est-ce le sentiment
le plus délicieux que puisse éprouver l'âme humaine.
Pour moi, j'aurais voulu me prosterner aux genoux de
Clélie, et baiser la trace de ses pas. J'étais ivre de joie
et de bonheur : au milieu de mon ivresse, je la contemplais, sans pouvoir dire un seul mot, et je lui barrais le
passage.

Cependant, l'air étonné de la vieille dame qui lui
servait de chaperon et qui me regardait par-dessus ses
lunettes, me rendit un peu l'usage de mes sens, et déjà
je balbutiais quelque chose d'inintelligible, lorsque le
citoyen Brutus Dupuy, qui de loin observait tous mes
mouvements, jugea nécessaire de laisser là le roi de
Prusse et Kosciusko, et de s'approcher de nous.

Cette vue acheva de me tirer de mon extase ; je saluai
Clélie, et je me retirai dans un coin pour éviter la rencontre du procureur-syndic, qui ne semblait pas cepen-

5

dant animé d'intentions hostiles. Il ramena Clélie à sa place et lui dit tout bas quelques mots.

La présence de ce vieux jacobin gâtait pour moi tout le bal. Pouvais-je oublier, en le voyant, l'exil et la ruine de mon père ?

Mais j'en fus bientôt délivré.

Vers neuf heures du soir, un gendarme entra d'un air affairé dans la salle de bal et remit une dépêche « au citoyen procureur-syndic ».

—Affaire urgente ! dit le gendarme.

Ce mot fit trembler tous les assistants. Était-ce une conspiration, une victoire, une défaite que ce messager terrible apportait ?

L'émotion redoubla quand on vit les sourcils du citoyen Brutus se froncer à la lecture de la lettre.

—Est-ce que la République est en danger ? demanda timidement le citoyen Marcus Séguin.

—Non, citoyen, répliqua d'un air terrible le procureur-syndic. Non, la République n'est pas en danger, mais les traîtres vont recevoir leur châtiment !

A ces mots, il se leva, remit Clélie aux mains de sa tante et sortit.

Quelques minutes plus tard on entendit le galop de plusieurs chevaux résonner sur les pavés pointus d'Aubusson. Le procureur-syndic, suivi de cinq gendarmes, allait à Guéret.

Son départ ranima la gaieté générale, et j'allai prendre la main de Clélie pour danser avec elle une carmagnole.

IV

Il était trop tard. Un autre m'avait prévenu et offrait déjà son bras à Clélie.

Elle me regarda d'un air de reproche. Ce regard signifiait :

—Pourquoi n'êtes-vous pas venu plus tôt ? Est-ce à moi de vous inviter ?

Je sentais tous mes torts ; afin de les expier et de montrer que je n'étais venu au bal que pour elle, je m'assis à sa place sans vouloir inviter personne.

La carmagnole n'est plus connue aujourd'hui que par son refrain célèbre.

> Madame Veto (1) avait promis
> De faire égorger tout Paris
> Mais son coup a manqué
> Grâce à nos canonniers.
> Dansons la carmagnole,
> Vive le son !
> Vive le son !
> Dansons la carmagnole,
> Vive le son du canon !

(1) Marie-Antoinette.

C'était une ronde fort gaie, qui ne méritait pas la sombre réputation qu'on lui a faite.

Pendant que je regardais danser la ronde, je remarquai avec étonnement la figure sinistre du danseur de Clélie. C'était un jeune homme de vingt-huit ans environ, leste, bien découplé, vigoureux et qui dansait avec assez de grâce ; mais ses yeux fauves et brillants, ses cheveux roux, sa moustache rousse et ses lèvres minces m'inspirèrent tout d'abord peu de sympathie. Il est vrai que je ne pouvais guère lui pardonner de tenir ma place auprès de Clélie.

Du premier coup je devinai en lui un rival, et je me sentis quelque envie de l'étrangler aussitôt après la carmagnole.

Ce jeune homme était à peine connu à Aubusson. Il s'appelait Mauléon ; on le soupçonnait d'être noble et d'avoir fait la guerre en Vendée ; aussi l'avait-on surnommé le *Vendéen*. Mais personne ne savait son histoire. Il était venu cinq semaines auparavant à Aubusson, et s'était fait inscrire sur la liste du club des jacobins ; excellent moyen de prévenir toutes les questions. Les sociétés jacobines formaient alors dans toute la France un corps redoutable dont tous les membres se soutenaient réciproquement ; malheur à l'étranger qui aurait attaqué un seul de ces hommes austères ! Dénoncé au club de son district, comme traître, mauvais citoyen, agent de Pitt et Cobourg il aurait été bientôt enfermé et traduit devant le terrible tribunal révolutionnaire, qui faisait rarement grâce, et ne connaissait qu'un seul châtiment : la guillotine.

Donc, à l'abri derrière les jacobins d'Aubusson Mauléon vivait paisiblement dans une maison écartée, au coin d'un bois, à deux cents pas de la ville, et la renommée racontait de lui des choses étranges.

On disait, par exemple, qu'il avait toujours deux pistolets dans ses poches, ce qui, vu l'état des esprits, n'était pas trop extraordinaire ; mais il s'amusait aussi à effrayer les gens paisibles. On racontait qu'ayant invité un vieux marchand de drap à dîner en tête-à-tête, ils'avisa tout à coup de tirer un coup de pistolet après le potage. Le drapier effrayé sauta sur la chaise.

— Rassurez-vous, dit Mauléon, c'est pour avertir mon domestique d'apporter le gigot.

Souvent aussi il faisait allusion dans ses discours à certains crimes dont il avait été l'auteur ou le témoin, et ces allusions obscures laissaient toujours dans l'âme de son interlocuteur je ne sais quelle frayeur vague, qui faisait rêver les femmes et les petits enfants.

Je ne sais par quel moyen il avait endormi la vigilance soupçonneuse du procureur-syndic. Peut-être est-ce en approuvant aveuglément tous les actes et toutes les paroles de Dupuy, et en outrant ses démonstrations patriotiques. Il était reçu comme un ami dans la maison et voyait Clélie tous les jours. On commençait même à prévoir que Mauléon, grâce à la protection du père Dupuy, pourrait bien devenir son mari.

On peut juger par là de quels yeux je regardais danser le *Vendéen*. Quant à lui, sûr de son succès, fier de lui-même, il entraînait Clélie en chantant à pleins poumons la *Carmagnole*, et bondissait avec la souplesse et l'agilité d'un tigre.

La ronde s'arrêta enfin, malgré les réclamations des danseurs qui ne s'ennuyaient pas, n'ayant pas fait tapisserie comme moi.

Il était temps, car ma jalousie était au comble, et j'aurais, je crois, cherché querelle au Vendéen, si la carmagnole s'était encore prolongée pendant quatre ou cinq minutes.

Heureusement, le retour de Clélie m'apaisa. Je me levai pour lui rendre sa place.

— Je croyais, lui dis-je à demi-voix, que cette carmagnole n'aurait pas de fin.

— Pour moi, dit le Vendéen, j'aurais voulu qu'elle ne finît jamais. Et il partit en faisant une pirouette digne des plus beaux temps de la monarchie.

Clélie ne parut avoir entendu ni l'un ni l'autre. Quant à moi, je me promis bien d'avoir une conversation avec le Vendéen avant la fin de la nuit, ou tout au moins le lendemain. Mais en attendant j'invitai Clélie à danser une bourrée.

Elle accepta et me dit à demi voix :

— Je suis bien fâchée que mon père soit parti. J'aurais voulu qu'il vous remerciât de ce que vous avez fait pour son ami Lautonière ; mais vous l'avez évité. Vous avez tort. Quoique procureur-syndic et président du club des jacobins, il vous rend justice, et me disait hier encore que votre action était digne d'un vrai républicain.

Vous rirez de ce que je vais vous dire, curé. L'estime de Brutus Dupuy commençait à me flatter, moi, un Fénestrange, dont le père avait été chassé de France par lui. Je supportais, bien mieux, je désirais qu'il me *rendît justice.* Je ne sais comment s'y prenait cette fille charmante; elle me faisait avaler sans grimace les plus amères pilules... Ah ! si ma mère avait pu l'entendre, quelle indignation ! Heureusement, elle était bien loin.

Le violon interrompit la conversation.

La bourrée... mon cher curé, par état, vous ignorez toutes les danses de l'univers, quoique David ait dansé devant l'arche et que les lévites ne s'en soient pas scandalisés, mais enfin David était David, et sans doute sa danse avait un caractère de gravité solennelle... Cependant nous lisons dans la Bible que Michol, sa femme, s'en moqua... Ne froncez pas le sourcil, mon cher ami, je reviens à mon histoire.

La bourrée, donc, que nos jeunes gens ont tort de négliger en faveur de l'insipide contredanse, qui nous est venue d'Angleterre, patrie de la pruderie, ou de la valse allemande, ou des polkas de Pologne et de Hongrie — la bourrée est le triomphe des jolies femmes. Les Parisiens, gens de peu d'esprit malgré leur réputation, s'imaginent volontiers qu'on ne sait pas danser hors de leurs salons, ou si quelqu'un d'eux sort par hasard de son trou et passe le Rhin, les Pyrénées ou la mer, il se pâme à son retour en parlant des Allemandes langoureuses, des vives Andalouses et des almées d'Égypte, et tout le monde le croit sur parole. Mon ami, n'allons pas si loin et n'imitons personne. Une bourrée bien dansée est le plus beau de tous les spectacles, et votre Opéra de Paris, où les jambes s'élèvent au-dessus du nez des spectateurs, n'a rien qui l'égale.

Je n'ai pas besoin de vous dire que Clélie dansait admirablement. Aujourd'hui la plupart des gens ne savent faire qu'une chose. Les uns chantent, d'autres dansent, d'autres plaident, d'autres rabotent des planches, d'autres guérissent (ou enterrent) leurs malades, d'autres gouvernent, d'autres conspirent, d'autres mangent, boivent, dorment et digèrent du matin au soir; enfin, chacun a sa spécialité, d'où il ne doit pas sortir sous peine d'étonner et même d'indigner le public.

En ce temps-là, l'on était plus indulgent. Une femme pouvait tout à la fois être jolie, gouverner sa maison (et souvent son mari), élever ses enfants, chanter, danser, remplir tous ses devoirs; personne n'était surpris de ce cumul. Aujourd'hui l'homme et la femme sont devenus des roues de l'engrenage social. On pousse un ressort et ils marchent. Dans quelques années les mathématiciens pourront poser et résoudre le problème suivant :

Étant donné un homme, son âge, son patrimoine et sa profession, déterminer son caractère.

Excusez cette digression. Il est permis de radoter à mon âge.

XV

Aussitôt que Clélie s'avança en me donnant la main, tout le monde fit cercle autour d'elle.

Peut-être étais-je pour quelque chose dans la curiosité générale, car personne n'ignorait toutes les raisons qui auraient dû nous séparer. J'entendais autour de moi chuchotter :

— Comment! c'est Fénestrange qui l'invite! Où donc est le vieux Brutus?

Un voisin répondit :

— Après tout, il a bien raison. Parce que son père est en exil, faut-il qu'il reste seul au logis? Mais je suis étonné que la citoyenne Clélie...

— La citoyenne Clélie est bien heureuse, dit aigrement une voix de femme; son père fait guillotiner les ci-devant, et leurs fils sont encore trop heureux de l'inviter à danser. Qui aurait dit au *beau Fénestrange*

5.

que son fils *aurait l'honneur* de faire danser la fille du citoyen Brutus ?

Je me retournai d'un air indigné. J'aurais voulu exterminer l'abominable vieille femme dont la langue pestiférée venait empoisonner mon bonheur ; j'aurais voulu qu'elle eût un fils, un mari, un frère, un parent quelconque à qui je puisse faire payer cette insolence ; mais tout le monde garda le silence aussitôt que je me retournai, et la vieille femme, forcée de se taire sous mon regard, grommela entre ses dents que la génération présente ne valait plus rien, que les hommes étaient lâches et n'osaient plus dire ouvertement leur pensée.

Je ne craignais plus qu'une chose, c'est-à-dire que Clélie eût entendu quelques mots de cette conversation ; heureusement, elle causait avec une de ses amies, et le bruit du violon et des pas finit par couvrir toutes les voix.

Je ne dois pas cacher que j'avais aussi bien que Clélie une certaine réputation de danseur de bourrée, non certes pour la grâce, qui ne fut jamais mon fort, mais pour la souplesse et l'agilité ; de sorte qu'après une tentative inutile pour partager l'attention publique, les deux autres danseurs se retirèrent et nous laissèrent seuls.

Pardonnez-moi de m'arrêter avec complaisance sur ces détails. Les jeunes gens ont pour eux l'espérance ; nous n'avons plus, nous, que le souvenir.

Je vous ai dit que Clélie était belle. C'est trop peu

C'était la grâce même. Dans le cours de ma vie aventureuse, j'ai vu beaucoup·de femmes, des plus illustres et des plus brillantes; plusieurs m'ont dit qu'elles m'aimaient et l'ont pensé peut-être; celle-là seule a fait battre mon cœur.

Sa danse était, comme sa démarche, d'une simplicité charmante. Nul apprêt, nulle affectation, nulle minauderie provinciale. Elle n'avait pas le mol abandon des Allemandes qui se jettent dans les bras d'un valseur comme dans ceux d'un mari, ni la sécheresse de ces femmes pointues dont les coudes et les genoux semblent destinés à vous donner le goût de la vertu. Elle était la nature même, dans sa grâce exquise et naïve. En la voyant, on l'aimait. En l'écoutant, on l'adorait.

Dès qu'elle eut commencé à danser, il se fit comme un silence dans la salle de bal, bientôt interrompu par un murmure d'admiration. Moi-même, aussi fier de son succès que s'il m'eût appartenu, et plus fier encore d'exciter la jalousie des jeunes jacobins qui remplissaient le bal, je déployais tous mes talents, mais on n'avait de regards que pour elle.

Tout à coup, vers la fin de la bourrée, le joueur de violon s'interrompit, et fit crier lentement la chanterelle avec son archet, ce qui est, comme vous savez, un ordre au danseur d'embrasser sa danseuse.

Il n'est pas besoin de vous dire avec quel empressement je me hâtai d'obéir à cet ordre sacré. Clélie elle-même se prêta de fort bonne grâce, quoique en rougissant un peu, à la fantaisie du musicien.

Tout le monde applaudit, et, dans l'excès de mon zèle et de ma joie, je perdis tout à fait le peu de sang-froid qu'aurait pu me laisser la vue de Clélie, et je lui dis tout bas, en l'embrassant pour la seconde fois sur les deux joues :

— Je vous aime.

Au même instant, je levai les yeux, et je rencontrai le regard perçant et presque sinistre du *Vendéen*.

XVI

— Monsieur de Fénestrange, dit Clélie, je suis un peu fatiguée, ramenez-moi, je vous prie à ma place.

La froideur de ces paroles me rendit aussitôt mon sang-froid. Je maudissais ma sotte témérité. Je craignais que Clélie considérât cet aveu comme un affront pour elle-même. J'aurais voulu le racheter au prix de mon sang, mais il était trop tard.

Je ramenai Clélie à sa place. Elle s'assit et répondit à mon salut par une courte révérence, mais en évitant mon regard.

En revanche, le *Vendéen* nous suivait des yeux avec une attention extrême. Quoiqu'il fût trop éloigné pour entendre les trois mots que j'avais dit à Clélie, il devait, au mouvement de mes lèvres, en avoir deviné le sens. Il souriait d'un air moqueur en nous regardant l'un et l'autre.

Ce sourire mit au comble ma fureur contre moi-même et contre lui.

J'étais outré de ma propre sottise, et, comme il arrive souvent aux gens emportés, très-disposé à la faire expier à quelqu'un. Le *Vendéen* me parut venir à point pour cela.

Je me dirigeai donc vers lui de l'air le plus indifférent que je pus prendre, et avec l'intention formelle de chercher une querelle sous le premier prétexte venu.

Je crois qu'il devina cette intention, car il fit deux ou trois pas de mon côté, et ses yeux brillants gardèrent leur gaieté sardonique.

— Permets-moi de te féliciter, citoyen Fénestrange dit-il. Tu danses la bourrée comme un dieu de l'Olympe. En vérité, Apollon lui-même, donnant la main à la chaste Diane, n'aurait pas conduit d'un air plus triomphant les danses des nymphes dans la profondeur des bois.

Je fus enchanté de ce début qui me parut une excellente occasion de rencontrer une querelle.

— Citoyen Mauléon, répliquai-je, mêle-toi de tes propres affaires.

— Oh! oh! dit-il d'un air de surprise, le vent souffle-t-il de ce côté? En ce cas, mon cher Fénestrange, tu ne refuseras pas sans doute, de sortir un instant du bal avec moi.

— J'allais te le proposer, citoyen Mauléon.

Et, en effet, nous descendîmes tous deux sur la grande place d'Aubusson, qui est très-vaste, plantée d'arbres, obscure, déserte, et parfaitement propre à servir de lieu d'explication ou de champ de bataille lorsque les explications verbales ne paraissent pas suffisantes.

— Mon cher ami... dit le *Vendéen*.

Je l'interrompis tout d'abord.

— Je ne suis pas ton ami, je ne te connais pas, et je ne veux pas te connaître.

Je m'attendais, vu la réputation effrayante du *Vendéen*, à terminer ainsi du premier coup le conversation, et à venir à l'essentiel, c'est-à-dire aux coups de poing ou aux coups d'épée : mais je comptais sans mon hôte.

Mauléon montra une patience et une modération que je n'aurais jamais cru trouver dans un homme si violent; mais il avait sans doute un dessein caché.

— Eh bien donc, dit-il, citoyen Fénestrange, ne soyons pas amis puisque tu ne le veux pas ; mais est-il pour cela nécessaire d'être ennemis? Ne pouvons-nous aimer la même femme sans nous couper la gorge?

Je fus surpris de cette franchise inattendue et j'essayai de nier.

— Quelle femme? dis-je.

— Clélie.

— Je n'aime pas la citoyenne Clélie, répliquai-je hardiment, ni aucune autre citoyenne, et je ne suis rival de personne.

— Ne cherche pas à dissimuler. Je n'ai pas entendu le mot que tu viens de lui dire tout à l'heure au milieu de la bourrée, mais je l'ai lu sur tes lèvres et surtout dans tes yeux.

J'étais trop sincère pour nier, j'étais indigné qu'il m'eût deviné et, ne sachant que répondre, je cherchais un moyen de reprendre la querelle interrompue. Mais il ne m'en laissa pas le temps.

N'essaye pas de me dévorer, continua Mauléon d'un air de bonne humeur moqueuse, ce que je dis n'a rien d'offensant pour toi, et prouve au contraire que tu ne manques pas de goût. Clélie est une jolie fille, d'un assez bon caractère ; surtout elle n'a pas de pruderie déplacée, et te fera volontiers bon visage. Faute de mieux, c'est une occupation suffisante dans ce chien de pays, où l'on ne voit la plupart du temps que des singes coiffés.

J'enrageais de voir avec quelle insolente familiarité ce drôle parlait de ma chère, de ma divine Clélie ; mais la curiosité, presque aussi forte que l'amour, et surtout la jalousie, me poussaient malgré moi à l'écouter.

Il s'en aperçut, et me dit :

— Pourquoi nous mettre en colère et nous mordre comme deux boule-dogues en l'honneur d'une coquette qui, peut-être, se moquera de tous deux? Qu'elle aime qui elle voudra, vous ou moi, ou un troisième que nous ne connaisons ni l'un ni l'autre, il n'importe. J'ai dans l'esprit de bien d'autres projets que de passer ma vie à poursuivre une petite fille orgueilleuse. Monsieur de Fénestrange, ajouta-t-il en changeant tout à coup de ton et de langage, êtes-vous digne du beau nom que vous portez?

Je fis pour toute réponse un geste presque menaçant.

— Je ne doute pas de votre courage, continua Mauléon; vous êtes un Fénestrange, c'est tout dire. Mais, haïssez-vous comme moi la stupide tyrannie des sans-culottes? Êtes-vous dévoué à la monarchie? Voulez-vous prendre les armes contre ceux qui vous ont dépouillé de votre héritage, qui ont chassé votre père de France, et qui l'ont condamné à mort, qui ont mis votre mère à la porte de sa propre maison!

J'hésitai à répondre, pensant à Clélie; mais ce diable d'homme devinait toutes mes réflexions.

— Je vous entends, me dit-il, malgré votre silence. Vous pensez à la belle citoyenne Clélie Dupuy, propriétaire légitime du château de Fénestrange, et vous soupirez, et vous rêvez peut-être de repasser le pont-levis en donnant la main à la fille du procureur-syndic, pendant que le curé Lautonière vous offrirait sa bénédiction. N'est-ce pas cela, avouez-le, Robert?

Ici, je jugeai nécessaire de détourner la conversation.

— Je vous croyais jacobin et même sans-culotte? lui dis-je.

— Qu'importe ce que je suis ou ce que je parais être! Savez-vous, monsieur de Fénestrange, que j'ai déjà fait la guerre aux Bleus, en Vendée; que mon frère est mort sous leurs balles; que j'ai tué plus de sans-culottes de ma propre main, moi qui vous parle, qu'il n'y a de mois dans l'année et peut-être de jours dans le mois? Voyons, on vante votre courage, votre force, votre intrépidité; vous étiez fait pour la guerre civile; vous avez mille injures à venger, êtes-vous prêt?

— Non, lui dis-je.

— Vous n'êtes pas prêt? c'est Clélie qui vous retient? Enfant, qui s'attache aux jupons d'une femme!

— Halte-là! Mauléon! N'insultez pas Clélie!

— J'espère au moins, reprit-il, que vous n'abuserez pas de ma confidence, et que le procureur-syndic...

— Monsieur, lui dis-je, de certaines actions sont faites pour de certaines gens... Je ne veux pas conspirer, mais je laisse aux jacobins le soin de chercher qui vous êtes.

— Ne vous emportez pas, dit Mauléon, et soyons amis. Quelque jour sans doute, nous nous retrouverons dans le même camp, coude à coude, à moins toutefois que la citoyenne Clélie... Ce sujet vous déplaît? C'est bien, n'en parlons plus. Donnez-moi une poignée de main, et rentrons.

Je lui serrai la main avec répugnance, et nous retournâmes dans la salle du bal.

Au premier coup d'œil, je vis que Clélie était inquiète et presque irritée. Elle me fit signe d'approcher et me dit :

— D'où venez-vous? Défiez-vous de ce Mauléon... (Hélas ! Elle ne disait que trop vrai.) Reconduisez-moi après le bal. Je veux vous parler de choses sérieuses.

XVII

Vers minuit, Clélie me fit un signe et se leva suivie de sa tante. Tous les jeunes gens qui étaient là se précipitèrent au-devant d'elle pour la supplier de rester, ou tout au moins pour l'accompagner. Mais elle les remercia.

— Le citoyen Fénestrange vous a prévenus, dit-elle.

Cette réponse étonna tout le monde et me remplit, je dois l'avouer, d'un immense orgueil.

Une dame d'un âge mûr qui était assise à quelques pas de moi, et dont la fille — pourvue, hélas ! d'un nez trop rouge — n'avait pas cessé de faire tapisserie, s'écria d'un air moqueur :

— En vérité, il n'y manque plus que la bénédiction du procureur-syndic. Alors la fête sera complète.

— Vous oubliez, dit la voisine, la bénédiction du *beau*

Fénestrange, qui serait touché sans doute de cet édifiant spectacle. Où allons-nous? mon Dieu! où allons-nous?

Quant aux jeunes jacobins, mes rivaux, je crois qu'ils enviaient franchement mon sort, mais Clélie était si respectée qu'aucun d'eux n'osa rien dire.

Je conduisis Clélie et sa tante jusqu'à la maison du procureur-syndic, qui est située en face de l'hôtel du *Cheval-Blanc*, où j'étais logé moi-même. Pendant que nous marchions côte à côte, la conversation fut courte et insignifiante. J'avais peine à rassembler quelques phrases banales sur le froid, le chaud, le vent, la pluie et le bal, et j'attendais avec une anxiété profonde le discours de Clélie, aussi émue que moi pour le moins.

Mais quand la porte s'ouvrit, la vieille tante entra la première dans la maison; Clélie resta seule sur le seuil et dit :

— Vous m'aimez?

Je pus à peine répondre. Je saisis sa main et je la pressai avec ardeur sur mes lèvres.

— Je vous crois, dit-elle encore. Eh bien, si vous m'aimez, il faut partir demain.

Je restai stupéfait de cette étrange conclusion.

— Il faut partir, car déjà toute la ville a les yeux sur nous, et vous avez entendu ce que disait, quand nous sommes sortis, la citoyenne Durand-Caillou.

— Mais...

— Si vous ne partez pas demain, continua-t-elle avec

autorité, on saura bientôt que vous m'aimez. On croira,
l'on dira peut-être que je vous aime... On parlera de
votre père et du mien. On dira que la famille Fénestrange n'a pas trouvé d'autre moyen de rentrer dans ses
terres et dans son château que de s'allier au citoyen
Brutus Dupuy. On ajoutera que de son côté le citoyen
Brutus n'est pas fâché de légitimer par un mariage
l'acte d'achat de Fénestranges. Je connais mon père;
un tel soupçon le déshonorerait à ses propres yeux.
Sa volonté serait un obstacle insurmontable à notre
mariage...

— Vous m'aimez donc? m'écriai-je éperdu de joie et
d'amour.

— Je n'ai pas dit cela, Robert...

Ce nom qu'elle prononçait pour la première fois cha-
touillait délicieusement mon cœur.

— ..... Non, je ne l'ai pas dit. Je n'aimerai jamais
qu'un homme qui aimera la patrie au-dessus de tout, et
qui saura donner sa vie pour elle. Robert, de mes trois
frères, deux se sont fait tuer pour la liberté; le troisième, mon pauvre Tibérius Gracchus, est peut-être à
l'heure où je vous parle, étendu sanglant sur quelque
champ de bataille; ils auraient pu vivre, comme tant
d'autres, riches, honorés, heureux dans la maison pater-
nelle; ils ont tout sacrifié à la République. Je ne serai
pas, moi, leur sœur, indigne d'eux. Partez, Robert,
suivez leur glorieux exemple. Je jugerai de votre amour
par votre dévouement. Allez combattre pour la France,

si ce n'est pour la République, et quand la guerre sera terminée, revenez à Aubusson Je serai fière de vous, et vous serez content de moi.

A ces mots, elle me tendit la main, entra dans la maison et referma la porte, sans que j'eusse le temps de répliquer un mot.

Au reste, avais-je besoin de parler? J'étais le plus heureux et le plus fier des hommes. Elle m'aimait, j'en étais sûr; m'aurait-elle ordonné de partir si elle ne m'avait pas aimé?

Je restai encore quelques minutes à me promener seul en ruminant cette pensée délicieuse, et répétant tout haut ces mots sans m'en apercevoir.

— Elle m'aime! elle m'aime!

Au même instant, je levai par hasard les yeux sur la fenêtre du premier étage de l'auberge du *Cheval-Blanc*. La chambre était éclairée, et une femme accoudée sur le bord de la fenêtre ouverte me regardait en silence.

Je reconnus ma mère.

XVIII

Elle me fit signe de monter aussitôt, et je sentis mon sang se glacer dans mes veines en la voyant.

— A qui donc en as-tu, Robert? demanda-t-elle avec ce sang-froid ironique et hautain qui ne la quittait jamais. *Elle m'aime! Elle m'aime!* Qui est-ce qui t'aime?

Je restai muet, cherchant une réponse et voyant le terrible avantage qu'elle avait pris sur moi.

— Quelle est, dit-elle encore, cette jeune personne qui te faisait tout à l'heure, sur le seuil de la porte, un discours si chaleureux? Il est bien tard pour parler politique. J'étais assez mal placée pour entendre, et Dieu me garde d'écouter; mais quelques mots çà et là sont venus jusqu'à mes oreilles... La *République*, la *liberté*, la *patrie, les frères qui se font tuer*, que sais-je? Je parie que c'est la citoyenne Clélie qui te faisait, à deux heures du matin, un cours de patriotisme.

— Oh, ma mère!...

— C'est une fine mouche, continua ma mère sans se laisser désarmer par mon air suppliant; oui, une fine mouche, en vérité, et bien digne de son père. Acheter Fénestrange pour rien, ou quasi pour rien, et s'en assurer la possession par un bon contrat de mariage, voilà qui n'est pas mal combiné, même pour la fille d'un procureur. Puis les niaiseries patriotiques et sentimentales... « mourir pour la patrie... Je serai fière de vous, et vous serez content de moi... » Veux-tu que je te dise, mon ami ? Un bon coup de baïonnette autrichienne ou prussienne ferait admirablement les affaires de toute la famille Dupuy, et couperait court à toute revendication de Fénestrange...

— Oh ! ma mère, ma mère, par pitié !

— À moins, dit-elle encore, que tu ne reviennes vivant de la guerre ; et alors ce serait un assez joli pis-aller pour la fille du sans-culotte Brutus que d'entrer sous ton bras dans le château de Fénestrange, et d'être appelée madame la baronne par tous les jacobins du pays ; car les baronies reviendront, mon cher Robert, les baronies reviendront, si ce n'est les barons, et peut-être seront-elles encore plus à la mode dans l'avenir que dans le passé.

— Ma mère, je vous en prie, parlons d'autre chose. Comment êtes-vous venue si tard et seule à Aubusson, au lieu de partir avec moi ?

— Sans doute quelque pressentiment me poussait, dit ma mère.

Mais, en vérité, j'aurais tout soupçonné, excepté le spectacle dont je viens d'être témoin : un Fénestrange aux pieds de la citoyenne Clélie. Certes, cela n'était pas défendu autrefois ; mais on parle de mariage aujour-

d'hui, et l'on fait ses conditions et l'on envoie son
amant se faire tuer à l'armée. Peste! mon ami, ce sont
là de nouvelles mœurs et de nouvelles manières. Il me
faudra du temps pour m'y accoutumer.

Et maintenant parlons sérieusement, Robert; car
tout cela n'est qu'enfantillage d'un jour qui ne mérite
pas qu'on s'y arrête. J'ai des nouvelles de ton père.
Comme il n'a pas reçu nos lettres, il ignore tout à fait
ce qui se passe à Aubusson, et ne veut pas y entrer
au hasard et sans guide.

Il m'écrit de Besançon qu'il a fort heureusement
franchi la frontière sous le déguisement d'un ouvrier
horloger de Neufchâtel. Son passe-port porte le nom de
Jean Cluseau. Pour des raisons qu'il te dira lui-même,
il se croit obligé de faire un détour et de passer par
Orléans. C'est là qu'il t'attendra dans un cabaret borgne,
au coin du pont, à l'entrée du faubourg Saint-Jean-le-
Blanc. Le cabaret a pour enseigne un *Bacchus sans-
culotte*. Voici de l'argent dont il a grand besoin. Il faut
partir à l'instant même, car il doit être arrivé au rendez-vous, étant parti en même temps que sa lettre.

Le motif de mon départ était si sacré que je n'osai
faire la moindre objection, ni attendre au lendemain pour
revoir Clélie avant de partir. Je me promis, d'ailleurs,
de lui écrire dès ma première étape.

En même temps je sellai Alezan et je partis après
avoir embrassé ma mère.

XIX

Mon voyage fut assez heureux, quoiqu'un peu long au gré de mon impatience ; mais il fallait ménager Alezan, les voitures publiques étant fort lentes et encore plus incommodes. Dans le coche, les voyageurs étaient, en ce temps-là, appuyés les uns contre les autres, dos à dos, de sorte qu'au moindre cahot on sentait les épaules maigres ou les coudes pointus du voisin.

J'arrivai à Orléans le 26 nivôse, vers neuf heures du soir, et je cherchai Jean Cluseau dans le cabaret indiqué : personne ne l'avait vu. J'attendis encore quinze jours, mais inutilement, et, enfin, persuadé que mon père avait pour une raison quelconque changé d'avis et de direction, je repartis, laissant à tout hasard, au cabaretier, une lettre et une liasse d'assignats qu'il devait se charger de lui remettre.

Cependant l'absence de mon père me donnait quelque inquiétude ; je revenais tristement au logis. Avait-t-il été reconnu, arrêté et transféré à Paris ? Dans ce cas, sa mort était certaine. Émigré et faisaint partie du corps de Condé, il ne pouvait pas trouver grâce devant le tribunal révolutionnaire.

Je ne sais pourquoi mes pressentiments devenaient de plus en plus sombres à mesure que j'approchais d'Aubusson, ni surtout pourquoi l'image de Brutus Dupuy se mêlait à celle de mon père. Le procureur-syndic était l'homme dont il devait le plus redouter la rencontre. Le caractère impitoyable, la haine profonde et invétérée du vieux jacobin contre le *beau Fénestrange* étaient si connus qu'il n'y avait aucun doute que Brutus fût ravi de le faire arrêter et envoyer au tribunal révolutionnaire.

Comment empêcher ce malheur ? Je pensai à prévenir Clélie de l'arrivée de mon père. S'il était menacé de quelque danger, elle interviendrait auprès de Brutus et détournerait le coup qui nous menaçait tous deux.

Le 12 pluviôse, j'arrivai à Aubusson, tout rempli de ces sombres pensées, et je traversais à cheval la grande place, lorsque j'entendis battre le tambour.

Le crieur public allait lire, au milieu d'une foule immense, la proclamation qui suit :

Extrait du jugement du tribunal révolutionnaire de Paris qui condamne à la peine de mort le ci-devant noble Guy de Fénestrange. Détails de l'exécution qui a eu lieu le 4 pluviôse sur la place de la Révolution.

J'avais mis pied à terre, et, j'étais entré dans le cercle formé par les spectateurs. Je m'attendais à entendre la lecture de quelque décret nouveau de la Convention, ou de quelque bulletin de victoire remportée sur les Prussiens, lorsque je reçus ainsi à l'improviste la terrible nouvelle de la mort de mon père.

Le coup fut si violent que je me sentis pâlir et prêt à défaillir dans les bras de ceux qui m'entouraient. Pendant une minute, je n'entendis plus que des mots dont je pouvais à peine comprendre le sens — car le crieur public continuait sa lettre sans me reconnaître, et les spectateurs, dont la plupart d'ailleurs ne m'avaient jamais vu, ne faisaient aucune attention à moi.

Un mot, cependant, me tira de la stupeur où les paroles du crieur m'avaient plongé. L'arrêt qualifiait mon père de « *traître à la patrie.* »

— Misérable ! m'écriai-je en me précipitant sur le crieur et lui arrachant le papier qu'il tenait à la main, mon père était un meilleur citoyen que toi et que tous les infâmes sans-culottes de ton espèce.

Le crieur essaya vainement de lutter. D'un coup de poing je le renversai à terre, et me tournant vers la foule qui murmurait :

— Brigands ! leur dis-je, je vous défie tous, vous et votre abominable république. A bas les sans-culottes ! vive le roi !

Mon désespoir était si violent que j'aurais, je crois, tenu tête à une armée. Au reste, personne n'essaya de relever mon défi. Quelques-uns même disaient avec compasion:

— C'est le fils du *beau* Fénestrange. Pauvre garçon !

Et comme quatre ou cinq gendarmes, attirés par le

bruit, sortaient de leur caserne, le sabre nu, et paraissaient vouloir m'arrêter, on me cria :

— Sauvez-vous ! sauvez-vous ! voici la gendarmerie.

Cependant j'attendais l'ennemi de pied ferme : une femme me dit :

— Songez à votre mère !

Ce dernier mot me décida à la retraite. Je remontai sur Alezan, mais pour braver et insulter les gendarmes, je le lançai sur eux au galop, au moment où ils paraissaient vouloir m'arrêter. Ils s'écartèrent en cherchant à piquer Alezan avec leurs sabres, mais mon cheval fit un bond si effrayant que les gendarmes reculèrent à droite et à gauche, et comme ils étaient à pied, ils ne purent pas me poursuivre. Je levai alors mon chapeau en l'air en criant une dernière fois :

— A bas les sans-culottes ! Vive le roi !

XX

A peine sorti d'Aubusson je m'engageai dans le chemin de Grangeneuve. La nuit allait venir. De grands nuages noirs couraient dans le ciel chassés par un vent violent. Tout annonçait la tempête.

Bientôt de larges gouttes de pluie commencèrent à

tomber, mais sans diminuer la violence du vent. Puis, ce fut une véritable rafale, et mon manteau trempé de pluie était collé sur mes reins.

Vous savez que le chemin d'Aubusson à Grange-neuve est presque désert, même aujourd'hui. En ce temps-là, il l'était tout à fait. Pas un village, pas même une maison isolée. Partout la forêt sombre où chaque arbre semble vous regarder pendant la nuit et vous observer comme un ennemi.

Bientôt je fus forcé de m'arrêter et de mettre pied à terre. Alezan, fatigué d'une trop longue étape, pouvait à peine marcher. Je m'arrêtai à l'entrée d'une clairière pour lui donner le temps de se reposer et je me mis à l'abri du vent derrière un groupe de chênes. Je rêvais à mon père mort sur l'échafaud, à ma mère devenue veuve; et mon âme, encore assombrie peut-être par la nuit et la fatigue, entrait déjà dans cet état qui n'est ni la veille ni le sommeil, et qui ressemble à l'hallucina-tion.

Tout à coup, au moment où, la pluie ayant cessé et la lune reparaissant dans le ciel, j'allais remonter à cheval et partir, je vis venir à moi, du fond de la clai-rière, un homme, ou plutôt une ombre de grandeur plus qu'humaine.

Il ne marchait pas. Il glissait sur la bruyère, s'avan-çant de mon côté et fixant sur moi ses yeux sans regard. Je reconnus mon père, et je demeurai saisi d'une inexprimable horreur.

6.

Il ouvrit la bouche et parla. Je ne sais si d'autres auraient pu l'entendre ; mais je l'entendis, moi, quoique sa bouche ouverte ne parût articuler aucun son, et pendant qu'il parlait, je voyais autour de son cou, mal cachée par le linceul, la marque rouge du couperet de la guillotine.

— Robert, dit-il, celui qui m'a fait arrêter, et qui m'a livré au tribunal révolutionnaire, c'est Brutus Dupuy. Jure que tu me vengeras !

Je fis signe que j'obéirais. Je ne pouvais parler. Je craignais le son de ma propre voix.

— Jure, dit encore le spectre, que Brutus Dupuy ne mourra que de ta main.

Je jurai.

En même temps je voulus avancer d'un pas vers le spectre, mais il fit un geste pour m'en empêcher et la vision s'évanouit.

Je restai atterré de ce nouveau coup. Mon père était mort, et le père de Clélie était son meurtrier ! Étais-je donc poursuivi par une étrange fatalité !

Une heure plus tard, j'arrivai à Grangeneuve où la lugubre nouvelle était connue depuis trois jours. Ma mère, déjà malade de chagrin depuis l'exil de mon père, était frappée au cœur par le terrible arrêt qui avait fait décapiter son mari. Elle était couchée dans son lit et montrait déjà sur son visage les symptômes d'une mort prochaine.

Elle leva sur moi ses yeux noyés de larmes et me tendit les deux lettres suivantes :

— Tiens, dit-elle, voici les adieux de ton père.

XXI

Paris, 26 janvier 1794.
De la prison de la conciergerie (6 pulviôse an II de leur république française, une et indivisible.)

« Ma chère femme,

« Ceci est mon testament, car je ne puis guère éviter
« mon sort. Le ciel ne m'a pas permis de vous revoir
« et de vous embrasser, et m'a fait tomber entre les
« mains de ces brigands.

« Jusqu'à Orléans mon voyage se fit sans encombre.
« Partout où je passais, les gendarmes s'inclinaient
« devant le passe-port du citoyen Jean Cluseau. de Neu-
« châtel (Suisse), et j'avais un excellent motif pour
« voyager et chercher du travail en France, mon patron,
« horloger de son état, ayant fait faillite et fermé bou-
« tique par suite de la rigueur des temps.

« Je venais donc, m⁹ Jean Cluseau, réparer les mon-

« tres et les pendules des patriotes français (que Dieu
« confonde !)

« Malheureusement, une mission secrète me retenait
« à Orléans. De plus, arrivé là, je n'avais plus même
« un assignat à mettre sous ma dent. Que faire ?

« Mon cabaretier, qui n'était pas celui dont je vous
« ai donné l'adresse — car je ne voulais pas, si je
« devais être découvert à Orléans, que Robert pût être
« compromis à cause de moi — s'aperçut de ma misère
« et me demanda pourquoi je ne cherchais pas à tra-
« vailler chez les horlogers de la ville, au lieu de rester
« sans rien faire dans le faubourg. Ce raisonnement ne
« manquait pas de logique. Par malheur, je m'entendais
« à l'horlogerie comme les Turcs à chanter des *oremus*,
« de sorte qu'il m'était impossible de suivre le conseil
« bienveillant du cabaretier.

« D'un autre côté, je n'osais m'éloigner, attendant
« toujours Robert, qui ne pouvait (suivant mes calculs)
« manquer d'arriver trois jours plus tard. J'essayai donc
« de tenir bon, et je déclarai au cabaretier que j'avais
« écrit à ma famille et que j'attendais de l'argent.

« Malheureusement, mon homme était patriote zélé,
« et soupçonneux comme sont volontiers tous ces sans-
« culottes. Un soir, j'entendis en passant sous la fenê-
« tre, qu'il causait de moi avec sa femme.

« — Qu'est-ce que c'est que cet ouvrier qui n'a pas
« d'argent et qui ne travaille pas ? dit la femme. Il a plus
« l'air d'un ci-devant que d'un horloger.

« — Il est certain, répliqua l'homme que je ne lui
« vois pas faire œuvre de ses dix doigts.

« — C'est peut-être la mode en Suisse que les ouvriers
« ne travaillent pas, ajouta la femme.

« — Et qu'ils aient de belles chemises de batiste.

« — Et qu'ils aient les mains blanches.

« — Et qu'ils n'aiment pas à causer avec les vrais
« patriotes, dit encore l'homme.

« — Et qu'ils ne payent pas leur dépense.

« — Plus j'y pense, plus je crois que c'est un ci-
« devant qui aura émigré — peut-être un agent de
« Pitt et Cobourg.

« — Si tu le croyais, dit la femme, il faudrait le
« dénoncer au comité de la section. On ne sait pas ce
« que de telles gens peuvent faire en France, et cela
« suffirait pour déshonorer une honnête maison.

« Je ne jugeai pas nécessaire d'en entendre davan-
« tage. J'étais assez averti de l'imminence du danger. Je
« quittai donc Orléans sans perdre une minute, et je
« pris au hasard, à travers la campagne, la route de
« Grangeneuve.

« Après dix heures de marche forcée, je me trouvai
« enfin dans un hameau isolé de la Sologne, où les
« paysans tout pauvres et misérables qu'ils étaient, par-
« tagèrent leur pain avec moi sans demander mon nom.
« De là, marchant par les chemins les moins fréquentés,
« évitant les villes, les grosses bourgades et la rencontre
« de la gendarmerie, j'arrivai enfin à deux lieues de

« Guéret, et je m'arrêtai, suivant ma coutume, dans
« une métairie isolée. Ma longue barbe, mes cheveux
« que l'exil a blanchis, mes habits sales et déchirés,
« devaient empêcher que je fusse reconnu, du moins je
« l'espérais.

« Mais je comptais sans mon hôte. Ce pauvre homme,
« à qui, d'ailleurs, je ne reproche pas mon infortune,
« eut envie, par hasard, de causer avec moi. C'était
« bien le moins qu'on pût faire que de céder au désir d'un
« homme qui m'avait offert à souper sans me connaître.
« Malheureusement, comme il ne parlait pas français, je
« fus forcé de parler patois moi-même pour me faire
« entendre de lui et de sa femme. Funeste inspiration!

« Deux gendarmes qui traversaient le pays s'arrêtèrent
« pour se sécher au feu de la métairie, car il pleuvait de-
« puis quelques heures, et prirent part à la conversation.
« Tout à coup, comme je me levais pour aller dormir
« dans le grenier à foin, et surtout pour éviter cette
« dangereuse compagnie, l'un d'eux, qui était brigadier,
« me regarda, eut un soupçon, et voulut voir mon
« passe-port.

« Je le donnai sans hésiter; mais le gendarme, qui
« était plus digne de servir dans les brigades de Lenoir
« ou de Sartine que dans la gendarmerie, me dit :

« — Citoyen Cluseau, vous êtes Suisse d'origine?

« — Oui, né à Neuchâtel.

« — Comment se fait-il que vous parliez si bien notre
« patois ?

« Je vis tout de suite où tendait sa question, et sans
« m'amuser à répondre, je sautai sur la porte, je l'ou-
« vris et je m'élançais déjà dans la campagne, lorsqu'il
« tira un pistolet de sa poche, et fit feu.

« Je tombai évanoui. La balle, tirée à six pas de dis-
« tance, avait pénétré dans le flanc droit. Quand je
« repris mes sens, les deux gendarmes m'avaient lié les
« pieds et les mains, et attelaient eux-mêmes la charrette
« du métayer pour me transporter à Guéret.

« La métayère effrayée se tordait les mains de déses-
« poir.

« — Hélas ! disait-elle, qui aurait cru que ce pauvre
« homme serait un criminel, un agent de Pitt et de Co-
« bourg ?

« En même temps elle me souleva la tête, car j'étais
« couché à terre, près du feu, et me donna à boire un
« bol de lait.

« Je la remerciai avec effusion ainsi que son mari. Le
« chagrin de ces pauvres gens et la sympathie tou-
« chante qu'ils témoignaient à un inconnu étaient un
« adoucissement de mon malheur.

« — Eh bien, dit le gendarme d'une voix triom-
« phante, persistez-vous à dire que vous êtes le citoyen
« Cluseau de Neuchâtel, nonobstant ?

« J'aurais donné de bon cœur le peu de temps qui me
« reste à vivre pour croiser le sabre avec cet homme
« sur la bruyère ; mais j'étais prisonnier et sans armes.
« Je détournai la tête d'un air de mépris, sans répondre.

« Le brigadier, voyant qu'il ne tirerait de moi aucun
« renseignement, donna le signal du départ. On me
« porta dans la charrette, couché sur deux bottes de
« paille, et à travers mille cahots qui rouvrirent ma
« blessure et me coûtèrent beaucoup de sang, j'arrivai
« enfin à Guéret, où je fus écroué tout d'abord.

« Mais là, malgré les soupçons du gendarme, j'étais
« tellement défiguré que personne ne put me recon-
« naître.

« — Ses manières, disait le brigadier, prouvent que
« c'est un ci-devant. Sa connaissance du patois prouve
« qu'il est né dans le pays; mais dans quel arrondisse-
« ment? Voilà la difficulté.

« Là-dessus, voilà mes argousins en campagne. On
« écrit aux procureurs-syndics du département, et le
« matin 20 nivôse, je vois entrer, vers six heures dans ma
« prison, le citoyen Brutus Dupuy qui, sans me dire un
« mot, m'examine scrupuleusement, reconnaît la cica-
« trice d'un coup de sabre que j'ai reçu au front, en
« Pologne, et me nomme.

« Dès lors je vis bien que j'étais perdu.

« Mes habits furent décousus avec soin. Dans la dou-
« blure se trouvait une dépêche dont le prince de Condé
« m'avait chargé pour M. de Charrette, général des
« Vendéens, et que je devais remettre à un agent ven-
« déen, à Orléans. Le Vendéen n'étant pas venu au ren-
« dez-vous, soit qu'il fût pris ou tué, la dépêche n'avait
« pas été remise.

« — Il faut le renvoyer au tribunal révolutionnaire,
« à Paris, dit-il. C'est un crime de haute trahison.

« — Scélérat, lui dis-je indigné, c'est toi qui me tues !
« Mais Dieu est juste ! tu seras tué à ton tour.

« — Ce n'est pas moi qui te tue, c'est la loi, ré-
« pondit-il. L'ennemi de la République est digne de
« mort.

« En même temps on pansa ma blessure avec soin
« comme si j'avais dû vivre, et la balle qui n'avait tou-
« ché aucun organe essentiel fut extraite assez facilement.
« Dès le lendemain, on m'a conduit à Paris, et écroué à
« la Conciergerie d'où je vous écris.

« Je ne suis plus au secret, comme à Guéret. Je suis
« enfermé avec deux ou trois cents prisonniers, hommes
« et femmes, et je vois la meilleure société de Paris. Si
« ce n'était le bruit des verrous et des grilles et la mine
« sombre des geôliers, on se croirait par moments à
« l'Œil-de-Bœuf.

« Mon camarade de chambre est M. le comte de Pyr-
« mont-Cardanne, dont j'ai beaucoup connu la mère à
« Versailles, quand j'étais chevau-léger du feu roi
« Louis XV. Sa mère est morte, mais sa sœur, qui est
« mariée au prince de Kulm–Kulm, et qui avait de
« grandes propriétés en Lorraine et en Alsace, est à la
« Conciergerie avec nous, et sa gaieté charmante adou-
« cit les ennuis de notre captivité.

« Nous nous réunissons quelquefois comme au bon
« temps, car les communications entre prisonniers sont

7

« faciles, et les geôliers eux-mêmes s'y prêtent volon-
« tiers, moyennant finance, bien entendu.

« Hier, Pyrmont-Cardanne me disait : Mon cher
« Fénestrange, ne souhaitons rien, si ce n'est qu'on
« nous oublie ici. Ces ogres à face humaine ont déjà
« commencé à s'égorger entre eux. Mirabeau a chassé le
« verbeux Necker ; Barnave et Duport ont chassé Mira-
« beau ; les Girondins ont remplacé Barnave ; Danton a
« tué les Girondins ; Robespierre tuera Danton ; je ne sais
« qui tuera Robespierre, et enfin l'on reviendra aux hon-
« nêtes gens comme vous et moi. Laissons-nous oublier ;
« si l'on nous oublie, nous sommes sauvés. Allons, mon
« ami, à la santé de madame de Fénestrange !

« Pyrmont-Cardanne pourrait bien avoir raison. On
« se lasse de tout, même de verser le sang. A défaut de
« remords, ces brigands auront envie de sauver leurs
« têtes et leurs biens récemment acquis. C'est alors que
« quelqu'un viendra, rétablira l'ordre et ramènera les
« Bourbons.

« Adieu, chère femme. Dans cette espérance, je vous
« embrasse de tout mon cœur et vous envoie un adieu
« qui ne sera pas éternel, je l'espère du moins.

                                    « FÉNESTRANGE.

« P. S. — Mais si je dois périr, je recommande ma
« vengeance à Robert. Dupuy ne doit mourir que de sa
« main. »

XXII

Voici la seconde lettre :

« Paris, 31 janvier 1794.
« De la prison de la Conciergerie.

« Ma chère femme,

« Tout est décidé. Je sors du tribunal révolutionnaire,
« condamné à mort d'une voix unanime. Fouquier-Tin-
« ville en était si sûr d'avance qu'il a pris à peine le
« temps de conclure, s'en rapportant d'ailleurs à la
« sagesse et au patriotisme des citoyens jurés.

« D'avance, en regardant la face bilieuse et jaunâtre
« de ce coquin, j'avais deviné mon sort. Avec quelle
« volupté il écoutait la déposition du brigadier; lorsque
« celui-ci, fier de son exploit, a raconté comment il
« m'avait renversé d'un coup de pistolet, moi sans armes
« et sans défense! Et quand le brigadier se retirait, avec
« quel empressement il l'a recommandé à ses chefs pour

« qu'on le récompensât et qu'on le fît capitaine ou lieu-
« tenant de gendarmerie !

« Avec quelle lenteur il lisait la déposition écrite du
« citoyen Brutus Dupuy, son digne collègue, appuyant
« sur chaque mot, faisant valoir chaque syllabe ! *Soldat*
« *de l'armée de Condé*, criait-il de sa voix aiguë,
« *émigré, traître à la patrie, agent de Pitt et de Co-*
« *bourg, chargé de mission secrète pour les brigands*
« *de l'Ouest, quelle grâce peut-il attendre ?*

« Et, en effet, je n'en attendais aucune. Je savais si
« bien que ma tête était promise à la guillotine, que je
« n'ai pas daigné faire appeler un avocat, comme Pyr-
« mont-Cardanne me pressait de le faire. A quoi bon
« disputer sa vie quand on est sûr de perdre la partie ?

« Au reste, mon procès n'a pas duré longtemps. Si
« l'on eût écouté Fouquier-Tinville, il aurait suffi de
« *constater mon identité,* » mon crime étant notoire
« au dire de ce gredin. Il avait d'ailleurs d'autres affaires
« sur les bras et voulait aller dîner, je crois. Je l'en-
« tendais grommeler entre ses dents :

« — A quoi bon interroger et plaider ? C'est perdre du
« temps. Il faut épouvanter les ennemis de la Républi-
« que. Il faut que leurs têtes tombent comme des ar-
« doises.

« Enfin, après un simulacre d'interrogatoire, le pré-
« sident m'a demandé ce que j'avais à dire pour ma
« défense. J'ai répondu d'une voix retentissante :

« — Vous êtes des scélérats ! Vive le roi !

« J'étais las de disputer ma vie et de voir l'odieuse
« figure de ces bourreaux. On m'a emmené sous pré-
« texte que je manquais de respect au tribunal, et quel-
« ques instants plus tard j'ai su qu'on m'avait condamné.
« Je serai exécuté demain.

« On a condamné en même temps que moi un
« Béthune, un Montmorency, Machault et deux ou trois
« robins de l'ancien Parlement de Paris. On meurt ici
« en bonne compagnie.

« Chère Solange, non, je ne crains pas la mort. J'ai
« été soldat, et je l'ai vue bien souvent en face; mais je
« pense à Robert et à toi, et je me sens faiblir. O Dieu !
« si du moins j'avais pu vous presser encore une fois
« sur ma poitrine, si vous étiez près de moi pour rece-
« voir mes derniers adieux !

« Mes compagnons de captivité me montrent une
« sympathie touchante. Ce soir ils se cotisent pour
« m'offrir le banquet des adieux. C'est Pyrmont-Car-
« danne et sa sœur qui président. On boira à la santé du
« roi et à la mort de Robespierre.

« Des marches de l'échafaud où je suis déjà monté, je
« regarde les cinq dernières années avec cette tranquil-
« lité souveraine que donne la certitude d'en finir bien-
« tôt avec la vie. Que de siècles en ces cinq années !
« Que de chemin parcouru ! Qui pouvait croire qu'une
« révolution dont les chefs avaient sans cesse sur les
« lèvres, et peut-être aussi dans le cœur, les mots de
« liberté, d'égalité, de fraternité, d'amour de la justice

« et du genre humain, finirait par de tels massacres?
« A présent, on est si habitué à la guillotine qu'elle ne
« fait pas plus d'effet qu'un coup de sabre. On assure
« que Fouquier-Tinville a voulu la faire dresser en plein
« tribunal, pour ne pas perdre de temps, et que Collot-
« d'Herbois, un autre coquin de la même espèce, lui a
« dit : *Tu veux donc démoraliser le supplice?*

« Adieu, chère Solange; adieu Robert! Je ne vous
« reverrai plus. Gardez de moi un pieux souvenir.
« Même de l'autre côté de la tombe, je penserai à vous
« et je veillerai sur vous. Je vous embrasse mille fois.
« Adieu.

« Fénestrange.

P. S. — « Ma dernière espérance est que Brutus Du-
« puy ne jouira pas longtemps de son crime. Mais si
« Robert me venge, je veux qu'il prenne d'avance toutes
« ses précautions, qu'il se taise longtemps s'il le faut,
« qu'il attende l'occasion, qu'il ne s'expose pas à périr
« lui-même pour punir ce brigand. On ne tuera pas
« toujours les nobles et les émigrés. Un jour viendra où
« les sans-culottes passeront à leur tour sous le couteau
« de la guillotine. Cela commence déjà. Ce jour-là, que
« Robert se charge de ma vengeance. Dupuy m'a dé-
« pouillé de tout, m'a fait exiler, m'a conduit à l'écha-
« faud. Qu'il meure à son tour! »

Nous gardâmes un long silence, ma mère et moi,

après cette lecture. J'étais dans un abattement d'esprit insurmontable.

— Eh bien, dit ma mère en essuyant ses larmes, avais-je raison de te détourner de cette odieuse famille ?

Que répondre ? Certes, ma mère avait raison, et cependant je ne pouvais haïr Clélie. Un horrible obstacle nous séparait à jamais ; mais pouvais-je le lui reprocher ? Ma mère dit encore :

— Mon enfant, j'ai bien peu de jours à vivre. Je suis frappée à mort comme ton père ; promets-moi, jure-moi de ne rien entreprendre contre ce Dupuy jusqu'à ce que tu m'aies fermé les yeux.

Je le promis solennellement, et cette promesse ne m'engageait guère, car je voyais trop clairement sur son visage les signes alarmants de sa faiblesse. Déjà elle ne quittait plus sa chambre ; bientôt elle ne se leva plus de son lit.

Cependant elle vécut encore cinq mois, et mourut le 15 messidor. Je la conduisis presque seul au cimetière. Je ne pleurais pas. J'avais perdu toute sensibilité. Je me voyais seul sur la terre, sans amis, sans famille. J'étais séparé de la seule femme que j'eusse encore aimée, et l'auteur de tous mes malheurs était son père.

Dès le soir même je pris la résolution de venger ma famille et moi-même.

XXIII

Le moyen le plus court et le plus sûr qui devait se présenter à un jeune homme de dix-neuf ans tel que j'étais alors, eût été d'attendre Dupuy dans la rue, de lui tirer un coup de pistolet, de l'achever à coups de sabre et de partir ; mais je me souvenais des conseils de ma mère.

— Surtout, me disait-elle la veille de sa mort, sois prudent, car j'aimerais mieux te voir renoncer à la vengeance que t'exposer à suivre ton père sur l'échafaud.

En revenant du cimetière, je me rappelais ces paroles, quand tout à coup je songeai au *Vendéen* qui m'avait fait des offres de service au bal de la nuit du 20 nivôse.

Je chargeai mes pistolets, je mis mon fusil de chasse en bandoulière sur mon épaule, et je pris le chemin d'Aubusson, où j'arrivai à neuf heures du soir.

La maison de Mauléon était située à peu de distance, — deux ou trois cents pas environ, au coin du bois, vers le grand chêne qu'on y voit encore et qu'on appelle depuis ce temps là l'*Arbre du loup*.

De sourds grognements signalèrent mon approche. Mauléon soupait avec trois hommes que je ne reconnus pas, et dont les figures m'auraient paru sinistres en toute autre occasion. Quatre fusils étaient accrochés au mur.

Mauléon ouvrit la porte lui-même, et me reconnaissant

— Ah! ah! dit-il, soyez le bienvenu, Fénestrange. Je savais bien que vous viendriez à moi tôt ou tard. Messieurs, je vous présente M. le baron Robert de Fénestrange. Monsieur le baron, je vous présente trois de mes amis que les circonstances forcent aujourd'hui de cacher leurs noms de famille, mais qui n'en sont pas moins d'honnêtes et braves serviteurs du roi.

Les serviteurs de roi se levèrent pour me faire honneur et parurent me regarder avec curiosité.

— Nous parlions de vous tout à l'heure, Robert, continua Mauléon, et je disais à ces messieurs que le fils de M. le baron de Fénestrange ne pouvait pas manquer de combattre avec nous les ennemis de l'autel et du trône. Me suis-je trompé, Robert?

Et il me tendit la main avec effusion comme si nous eussions été des amis de vingt ans.

Je serrai cette main avec une antipathie instinctive. Quoique je n'eusse plus aucune vue sur Clélie et que j'eusse fait depuis cinq mois les plus grands efforts pour l'oublier, je me souvenais encore des regards qu'il jetait sur elle au bal d'Aubusson. Elle ne pouvait plus être à moi; mais je ne voulais pas qu'elle pût appartenir à personne, — et bien moins à Mauléon qu'à tout autre.

7.

Au fond, j'étais indigné de sa fourberie. Quoi ! cet homme frayait avec les jacobins, faisait partie de leur club, proposait les motions les plus violentes, s'introduisait (c'est là surtout que mon indignation montait au comble !) dans la maison du procureur-syndic, épiait ses secrets et voulait lui enlever sa fille ! Était-ce l'action d'un ennemi loyal ?

Cependant la fureur de vengeance dont j'étais possédé ne me permit pas de pousser plus loin ces réflexions. Mauléon, du reste, ne m'en laissa pas le temps, car il fit un tel éloge de moi et ses paroles furent couvertes de tels applaudissements par les autres convives, que je demeurai comme étourdi et ne sus que répondre.

— Maintenant, Robert, dit Mauléon, vous arrivez à propos ; nous nous mettions à table. Asseyez-vous ici et faites-nous raison avec ce vieux vin d'Issoudun...

Il peut vous paraître étrange qu'au sortir de l'enterrement de ma mère, je fusse disposé à souper en compagnie. Cependant rien n'est plus vrai. La solitude profonde où je vivais depuis plusieurs mois, et les lugubres images que j'avais sans cesse sous les yeux amenèrent enfin une réaction étrange. J'étais affamé de bruit, de tumulte et d'émotion, et la gaieté grossière de mes hôtes, bien loin de me révolter, me tirait de mon abattement.

— Où donc est Catherine ? demanda tout à coup mon voisin de droite. Elle s'est sauvée dès qu'elle a entendu le coup de cloche de M. de Fénestrange.

— Elle va revenir; dit Mauléon. Elle a craint de voir entrer un jacobin à la mine rébarbative, et d'entendre quelque sermon sur la vertu, l'austérité, l'Etre suprême. Mais je vais l'avertir... Catherine !

Aussitôt une grande et belle fille, que je ne connaissais pas, entra et se mit à table avec nous. Elle avait l'air joyeux et hardi.

— Rassure-toi, dit Mauléon, Fénestrange est des nôtres. Croiriez-vous, Robert, qu'à vos habits de deuil et à votre mine lugubre, qu'elle entrevoyait dans l'ombre, elle vous avait pris d'abord pour un sans-culotte attardé ? Remplis son verre, Catherine, et qu'il boive à ta santé ! Vivent la joie, les jolies filles et le bon vin ! Il n'y a que cela de réel au monde. N'est-ce pas, le *Loup* ?

— Sans doute, répondit celui qu'on appelait le *Loup*, mais tout le monde n'a pas une belle Catherine dans sa maison, pour rire des jacobins, de la guillotine et de M. de Robespierre.

— A propos, demanda mon voisin de droite, où donc avez-vous fait connaissance de ce mauvais sujet, Catherine ?

Le front de la belle fille s'assombrit.

— Ne vas-tu pas, répliqua Mauléon, lui faire des questions lugubres ? Je répondrai pour elle.

Il y a dix mois environ que j'étais, comme vous le savez tous trois, et comme Fénestrange s'en doute un peu, capitaine dans l'armée des Vendéens. On s'était jeté sur Granville, pour avoir un port de mer et communiquer avec les Anglais. On fut battu. C'était vers le 15 novembre. De là, par compensation, nous battîmes Rossignol vers Rennes; puis nous fûmes repoussés d'Angers sur le Mans.

C'est là que les chasseurs attendaient le gibier. Notre armée, traînant après elle quatre-vingt mille prêtres, vieillards, femmes ou enfants, repoussée de toutes les grandes villes, poursuivie le sabre en main par la cavalerie républicaine de Westermann, laissait sur toutes les routes des milliers de cadavres et de prisonniers. Comment garder cet immense convoi de gens à qui l'âge, le sexe, les infirmités ou les blessures ne permettaient nulle défense? Notre camp ressemblait à une foire. Les prêtres prêchaient, les femmes pleuraient, les enfants criaient, les chevaux, les ânes, les moutons se plaignaient chacun en son langage; au milieu de tout cela, les hommes en état de porter les armes pouvaient à peine entendre le commandement de leurs chefs et tenir ferme à l'arrière-garde. A toute heure, des coups de fusil, des alertes, des surprises. Les Bleus, libres de tout ce qui retardait notre marche, nous harcelaient sans cesse comme une bande de loups affamés.

Enfin, au Mans arriva la débâcle que depuis longtemps tous le monde prévoyait. On se battait dans les rues, dans les maisons, au milieu de la nuit, on se fusillait à bout portant, on se perçait à coups de baïonnette. Point de grâce ni de quartier pour personne.

Ma compagnie était à peu près détruite. On ne combattait plus que pour fuir. J'étais à l'extrémité du faubourg, du côté de Laval, et je gagnais déjà la campagne quand je fus attiré par des cris de femme. J'enfile une ruelle avec précaution, je me coule derrière une haie, et j'entends des coups de fusils mêlés d'imprécations. A la lueur des coups de feu je distingue quatre ou cinq Vendéens qui vendaient chèrement leur vie à une dizaine de Bleus. Du premier coup d'œil je vis qu'ils étaient perdus. D'autres Bleus accouraient et les enveloppaient. Je me retirais donc, lorsqu'une femme m'aperçoit malgré l'obscurité, et ne sachant qui j'étais, s'attache à mon habit : « Sauvez-moi ! Emmenez-moi ! » C'était Catherine.

Dans la bagarre elle avait reçu un coup de fusil, peu dangereux du reste, à l'épaule droite, et perdait beaucoup de sang ; mais elle pouvait encore marcher. Je l'emmène ; je la fais monter sur un cheval sans maître, et nous partons. La bataille était finie. Une déroute incroyable avait dispersé tout le monde. Çà et là, il fallait se frayer un passage à coups de sabre. Enfin nous fûmes assez heureux pour échapper comme par miracle aux recherches et à la poursuite des Bleus. Catherine avait quelques pièces d'or. J'étais moi-même assez bien en fonds ; nous achetâmes des habits neufs à Bourges, et nous sommes venus ici, où Catherine a bien voulu, afin d'éviter le scandale, passer pour ma servante.

— Tandis qu'elle est ta *maîtresse*, dit finement le *Loup*. Heureux coquin! Tout lui arrive.

— Laissons la plaisanterie, dit Mauléon, et voyons ce que veut de nous Fénestrange, car je le connais; il n'est pas venu chez moi pour souper ou pour entendre l'histoire de Catherine.

— A propos, dit le *Loup*, savez-vous, ma belle Catherine, que Mauléon vous donnerait volontiers une rivale?

— Et qui donc? demanda la belle fille, dont les yeux étincelèrent de fureur jalouse.

— Je vous le dirai, répondit le Loup, si vous me promettez que, dans ce cas, vous me prendrez pour successeur?

— Le Loup! s'écria Mauléon d'une voix terrible, ceci passe la plaisanterie.

En même temps il tira un pistolet de sa poche et fit mine de l'armer. Le *Loup* suivit son exemple, et je vis le moment où le souper serait ensanglanté par le meurtre de l'un des convives.

Mais Catherine plus prompte, saisit le bras de Mauléon et lui cria :

— Désarme !

Il obéit lentement, et le *Loup* désarma aussi son pistolet.

— Voyons, parle, Fénestrange, dit alors Mauléon.

Je fis alors un effort sur moi-même et je dis :

— Le procureur-syndic Brutus Dupuy a fait tuer mon

père. Ma mère est morte de chagrin hier. Je l'ai enterrée ce matin. Je veux tuer Dupuy, quelqu'un de vous peut-il m'aider ?

A ces mots, une joie féroce parut sur le visage de Mauléon. Le *Loup* regarda Catherine en souriant d'un air d'intelligence.

— C'est convenu, dit Mauléon. Justement nous pensions à quelque chose de pareil pour le mois prochain.

— Quel jour ?

— Diable ! mon cher ami, tu es bien pressé. Ce sera pour la fin de messidor ou les premiers jours de thermidor.

— Oui, dit l'un des convives, cela coïncide avec...

Il s'arrêta sur un regard de Mauléon.

— Avec quoi ? demandai-je.

— Je te l'expliquerai plus tard. Sois sûr, seulement, que ta vengeance ne t'échappera pas.

— Vous me le jurez !

— Nous le jurons ! dirent les quatre hommes.

— Pauvre garçon ! Il ne sait guère dans quel guêpier... dit Catherine d'un air de compassion que j'aurais dû remarquer.

— Silence, Catherine ! s'écria Mauléon d'une voix retentissante.

J'échangeai avec eux une dernière poignée de main, et je sortis sans attendre la fin du souper.

XXIV·

Je retournai à Grangeneuve.

Le 3 thermidor, je reçus un billet ainsi conçu :

« Fénestrange est attendu le 4 thermidor à neuf
« heures du soir, dans la maison de son ami Mauléon.
« Il y aura, dans la nuit suivante, ou le matin de bonne
« heure, une *grande chasse au sanglier*. Fénestrange
« est prié d'apporter de bonnes armes. Le sanglier est
« un vieux ragot très-redoutable, et qui fera, l'on doit
« s'y attendre, une vigoureuse défense. Il sera d'ailleurs
« escorté de plusieurs autres.

« Les chasseurs, de leur côté, sont au nombre de
« dix, tous bien armés et résolus à bien faire. Le san-
« glier a ravagé les récoltes de plusieurs d'entre eux. Les
« autres le haïssent d'instinct.

« Tout est bien préparé. Ne pas manquer à l'appel.
« Une occasion pareille ne se retrouverait pas.

« Que Dieu nous soit en aide !

« MAULÉON.

« Le mot de passe est : *Sans quartier !* »

Je fus exact au rendez-vous.

Mauléon m'ouvrit la porte lui-même, suivant son habitude. La salle à manger resplendissait de lumières. Les vins de toute espèce étincelaient sur la table dans les flacons. Catherine, superbement vêtue, faisait les honneurs de la maison.

— Voici le dernier ! dit Mauléon en m'introduisant. Et maintenant, puisque nous n'attendons plus personne, à table !

Il me fit mettre à droite de Catherine. Les autres convives se rangèrent au hasard, et l'on s'assit.

J'ai vu rarement, dans le cours de ma trop longue vie, une réunion de figures aussi sinistres que celles de mes compagnons d'armes. Les diverses classes de la société avaient chacune son représentant dans cette assemblée. Mauléon pouvait passer pour un gentilhomme (et il l'était en effet), mais pour un de ces gentilshommes routiers du moyen âge qui détroussaient les passants. Son nez droit, dont les ailes mobiles s'enflaient de colère à la moindre contradiction, sa barbe et ses cheveux roux, ses yeux fauves, vifs et perçants lui donnaient une physionomie sanguinaire.

A côté de lui, le *Loup*, robuste, carré, large d'épaules, solidement campé sur ses reins, et pourvu d'une large trogne, avait l'aspect d'un gros boucher, nourri de vin et de viande ; mais ce boucher-là saignait l'homme.

Un troisième, à face blême, à lèvres minces, à figure de chafouin, ressemblait à un usurier ; et, en effet, j'appris plus tard que le *Loup* et Mauléon étaient ses débiteurs ; et s'il prenait part à leurs expéditions, c'était pour surveiller l'emplci du butin et se faire rembourser à gros intérêts l'argent prêté. Celui-là s'appelait *Finot.* Peut-être était-ce un nom de guerre.

Le reste, amas de vulgaires et grossiers bandits, tels qu'on en trouve dans toutes les guerres civiles, obéissait à ces trois chefs.

Tout le monde appelait Mauléon : *Capitaine*, bien moins je pense à cause de son grade, quoiqu'il l'eût conquis dans l'armée vendéenne, que parce qu'il était en effet le plus brave, le plus hardi, le plus rusé et le plus féroce de tous.

Du reste, il faisait avec une aisance admirable les honneurs de sa table, soutenant la conversation, la dirigeant ou l'arrêtant quelquefois, d'un regard imposant silence à ces hommes et coupant court aux confidences inutiles, aimable compagnon quand il lui plaisait de l'être, et surtout circonspect, sachant interroger, sachant éviter les questions d'autrui. C'était un scélérat, mais non un scélérat vulgaire.

Aussitôt que le tintement des verres et des fourchettes se fut ralenti, Mauléon frappa deux coups sur la table avec le manche de son couteau et dit d'un ton d'autorité, comme un général qui va passer son armée en revue :

— Mes amis, c'est pour cette nuit...

A cette nouvelle, les assistants répondirent par des cris de joie. La plupart, il est vrai, étaient à moitié ivres.

Finot pâlit, quoiqu'il fût déjà livide. Moi-même, quoique ma résolution fût bien arrêtée, je me sentis ému.

— Tout est prêt, continua Mauléon. Vous allez entendre le rapport de nos hommes. A vous, Finot, parlez le premier.

— Ce n'est pas nécessaire, répliqua Finot, et les renseignements que je pourrais donner ne serviraient pas à grand'chose.

— Pensez-vous nous trahir, Finot? demanda Mauléon d'une voix terrible. Croyez-vous, si nos têtes doivent tomber sur l'échafaud, que la vôtre restera sur vos épaules?... Il est trop tard pour reculer.

Et tirant de sa poche un pistolet :

— Sachez, mon bon ami, dit-il avec un amer ricanement, que je suis décidé à brûler la cervelle au premier qui reculera.

Finot prit son parti :

— Ce que j'ai à dire, le voici. Le sieur Dupuy doit verser demain, à midi, entre les mains du receveur de la république, à Guéret, une somme de huit mille francs en or, pour solde de tout paiement de la terre et du château de Fénestrange qu'il avait acquis de la nation l'an dernier.

— Huit mille francs en or ! dit le *Loup* avec admiration. Je ne crois pas qu'il y ait en France une autre poche aussi bien garnie que celle du citoyen Brutus. Où diable a-t-il pu ramasser tant d'or ?

— Rien n'est plus facile, répliqua Finot. Le citoyen

Brutus a vendu et s'est fait payer (en espèces, non en assignats) cinquante arpents de haute futaie ; et les marchands de bois qui vont expédier tout ce bois à Toulon et à Rochefort, pour la marine de la république, ont fait main-basse sur l'or de tout le pays pour satisfaire le citoyen Brutus qui n'est pas homme à prendre les vessies pour les lanternes, et les assignats pour argent comptant.

— Comment sais-tu ce détail? demanda Mauléon.

— Les marchands de bois eux-mêmes sont venus escompter chez moi les bons de la république.

— Et tu as donné ton or en échange d'un bon de la République? s'écria le *Loup* étonné.

— Oh! j'ai pris mes précautions. Je me suis fait livrer en gage le couvent de Créssat avec ses dépendances, qu'on n'estimait pas à moins de quatre cent mille francs avant la Révolution. C'est un bien national que personne ne peut plus réclamer. Les moines sont partis pour toujours et n'ont pas laissé d'enfants. Je ne crains pas les revendications.

— Et si le marchand de bois te paye exactement à l'échéance ?

— Eh bien, j'en serai quitte pour lui rendre le couvent; mais la bibliothèque seule, que j'ai vendue à deux ou trois amateurs, m'a valu plus que ma créance.

— Est-il rusé, ce Finot! dit Mauléon. Et dire qu'avec tout cela il sert la bonne cause !

— La question d'argent n'empêche pas les sentiments! répliqua Finot.

— Si tu demeures propriétaire de Cressat, dit le
Loup, j'espère que tu deviendras honnête homme et
que tu ne prêteras plus à deux cents pour cent comme
à présent.

— Je serai encore plus honnête homme que tu ne
crois, dit l'usurier, car je ne prêterai plus un liard à
personne; et les ivrognes qui se mettent à mes genoux
soir et matin pour emprunter cinq cents francs n'auront
plus à se plaindre de moi.

— A qui donnes-tu le nom d'ivrogne, fils de chienne?
s'écria le *Loup* d'un air menaçant.

— A personne. Qui se sent morveux se mouche.

— Silence! dit Mauléon. Nous sommes ici pour parler
d'affaires sérieuses. Si quelqu'un trouble la paix publique, je lui fais avaler mon poignard.

Et il l'aurait fait. Mais le silence se rétablit.

— Écoutons la suite, dit Mauléon.

— Voici la fin, continua Finot. Dupuy a reçu son
argent ce matin au château de Fénestrange. Comme il
craint quelque embuscade ou quelque assaut, il est
pressé de se débarrasser de ce fardeau dangereux, et il
a écrit au receveur d'Aubusson d'envoyer à sa rencontre six gendarmes bien armés, avec lesquels il escor-
tera le précieux trésor. Lui-même aura des armes, je
n'en fais aucun doute.

— Six gendarmes! dit un des convives.

— Je tiens ce renseignement du receveur d'Aubusson, qui attend avec impatience le précieux convoi. De là, après une courte halte, la brigade de gendarmerie, renforcée par une colonne mobile de volontaires, conduira en grande pompe le sans-culotte Brutus et ses huit mille francs à Guéret. Du moins, c'est son projet.

— Bien! dit Mauléon. A un autre... Foucard, quelle nouvelle?

— Capitaine, repondit Foucard, suivant vos ordres, j'ai passé la matinée à flâner près de la caserne de gendarmerie, à preuve que le brigadier m'a dit : Que fais-tu là, animal, au lieu de garder tes vaches? Allons, file, et vivement! ou ma botte... — Excusez, que j'ai fait, excusez, mon bon brigadier, mais je ne fais pas de mal à regarder le devant de votre porte... Vous avez une si belle jument que j'aurais voulu la voir mener à l'abreuvoir... J'avais bien mon idée en parlant de sa jument. Je sais qu'il l'aime mieux que son épouse. Au mot de jument, il baisse le ton... — Est-ce que tu voudrais l'y mener toi-même (à l'abreuvoir)? qu'il me dit... — Oh! mon officier, je n'osais pas espérer... — Viens donc, imbécile, mais prends-la par le licol, et ne monte pas dessus, car Reinette ne connaît que moi, et te jetterait par terre d'un coup de reins...

J'entre dans l'écurie. Je prends Reinette par le licol, je la mène à la rivière avec respect comme une personne raisonnable; je la fais rentrer à l'écurie, et après l'avoir rattachée au râtelier, je dis :

— Mon officier, cette bête-là ne doit pas voyager souvent? Elle est si propre, si bien soignée, qu'on dirait que vous la peignez soir et matin comme une demoiselle.

Il se met à rire et me dit :

— Imbécile ! Elle fait plus de chemin en huit jours que tu n'en ferais en trois ans. Tiens, aujourd'hui, elle va partir à six heures du soir. Elle arrivera vers neuf heures à Fénestrange. Elle repartira une heure plus tard. Elle sera ici vers deux heures du matin; elle y mangera l'avoine et prendra le chemin de Guéret vers trois heures. Juge si ses étapes sont longues. Et maintenant, chien de paresseux, va flâner ailleurs ; je vais fermer l'écurie.

— Très-bien, dit Mauléon. Voilà des renseignements précis et qui s'accordent avec ceux de notre ami Finot... Maintenant, mes amis, notre plan de campagne est fait. C'est au pont de Bauze que nous attaquerons le convoi. La route est si dégradée près du ruisseau que la voiture sera forcément retardée dans sa marche. D'un autre côté, les gendarmes se voyant près de la ville, se relâcheront un peu de leur surveillance et peut-être prendront le grand trot sans attendre la voiture. Dans ce cas, le danger est presque nul. Cependant, il faut tout prévoir et s'armer avec soin... Avez-vous chacun une paire de pistolets et un fusil à deux coups ?

— Oui... oui... cria-t-on de toutes parts.

— Eh bien, dit Mauléon, buvons un dernier coup à

la santé du roi et partons. Il est onze heures et demie. Le convoi arrivera vers deux heures au pont de Bauze. C'est là qu'il faut l'attendre... Une dernière précaution... Catherine, apporte la suie.

Catherine obéit et enduisit de suie le visage de tous les convives, pour les rendre méconnaissables. Quand mon tour fut venu, je refusai.

— Je veux aller au combat le visage découvert, lui dis-je, et quand je tuerai Dupuy, je veux qu'il sache que c'est moi qui le tue !

— Comme il te plaira, dit Mauléon.

Je le pris alors à part, car la conversation et les manières de mes compagnons commençaient à m'inspirer un profond dégoût :

— Ce n'est pas là ce que vous m'aviez promis, lui dis-je. On ne parle que d'enlever le fourgon de Dupuy. Allons-nous donc à une expédition de brigands? Si je le croyais...

— Mon cher ami, dit Mauléon avec une affectueuse complaisance, on ne fait pas d'omelette sans casser des œufs. Voulez-vous que je parle à ses gens-là d'honneur et de patrie? Me comprendraient-ils? Essayez un peu pour voir. Dans toute guerre civile il ne faut pas être trop difficile sur le choix des instruments. Vous voulez venger votre père, n'est-ce pas?

— Oh! oui...

— Et tuer Dupuy? Et vous ne voulez pas être tué du premier coup comme un enfant?... Prenez donc patience, et pensez à tuer votre homme plutôt qu'à blâmer la conduite ou les inclinations de vos voisins.

— Oui, mais s'ils vont voler sur le grand chemin, dois-je aller en leur compagnie ?

— Remarquez, mon ami, qu'ils volent pour le service du roi, puisqu'ils ôtent à la République un argent dont elle ferait usage contre le roi. Voler ainsi, ce n'est pas voler, c'est combattre loyalement l'ennemi. Et d'ailleurs, vous en particulier, à qui Dupuy et les autres sansculottes ont volé la terre et le château de Fénestrange, quel scrupule pouvez-vous avoir d'arracher une partie de votre bien des mains de ces brigands. Soyez vertueux, mon cher ami, mais ne soyez pas austère jusqu'à la limite où s'arrête le bon sens.

C'est par ces raisonnements et d'autres pareils qu'il en vint à vaincre mes scrupules. Je me sentais d'ailleurs trop engagé pour reculer ; et, si près de ma vengeance, je ne pensais plus qu'à tuer.

Un instant après, chacun fit ses préparatifs de départ.

Outre la suie qui couvrait tous les visages, excepté le mien, nous étions vêtus de blouses blanches qui devaient nous servir de signe de ralliement et nous empêcher de tirer les uns sur les autres dans la confusion du combat.

8

XXV

Nous partîmes en bon ordre sous la conduite de Mauléon. Finot sortit en même temps que nous de la maison, mais ne nous suivit pas. C'est lui qui avait fourni les renseignements, les vêtements et les armes; on ne lui demandait rien de plus. En revanche, il devait recevoir une portion considérable du butin.

Au moment de se séparer de lui, Mauléon le prit à part et lui dit à demi voix :

— Tu es certain qu'elle y sera ?

— Oui.

J'entendis ce mot : *Elle*, sans y faire grande attention. La suite ne devait que trop m'apprendre ce qu'il signifiait.

La maison de Mauléon était située près de l'arbre du Loup, sur le bord du chemin de Bellegarde, à quelques pas du pont de l'Accueil, et de la route de Clermont. Pour aller de là au pont de Bauze, nous fûmes forcés de faire un grand détour, de remonter jusqu'à la Seiglière, de descendre dans la vallée du Liénardet, jusqu'à la Creuse, de passer la rivière au-dessus du château de

Saint-Jean, et de descendre la montagne à pic, en face de l'ancien moulin deBauze.

Ce long détour était nécessaire.

Avant tout, nous devions craindre d'attirer l'attention des habitants d'Aubusson. Dans les petites villes, on se couche de bonne heure, mais il faut toujours prendre ses précautions contre le hasard. Un beau clair de lune éclairait la ville d'Aubusson et la vallée de Bauze. Si quelque bourgeois attardé avait aperçu nos blouses blanches, nos visages noircis et nos fusils, il aurait pu pousser un cri et mettre en un instant toute la ville sous les armes.

Mauléon le savait et n'avait négligé aucune mesure de prudence. Deux hommes placés en avant de la troupe devaient arrêter les passants inoffensifs qui auraient pu nous voir et donner l'alarme.

Les autres étaient cachés sur les bords du ruisseau de Bauze, derrière les saules, à droite et à gauche de la route, et leur feu croisé devait arrêter le convoi.

Pour moi, debout et accoudé sur le parapet de la passerelle de bois qui servait alors au passage des piétons (car les voitures étaient forcées de traverser le lit, d'ailleurs peu profond, du ruisseau), j'attendais avec une anxiété profonde l'arrivée de l'ennemi.

Je regardais tantôt le ciel pur où la lune brillait parmi quelques étoiles, tantôt la vallée profonde où l'on n'entendait que le bruit du ruisseau qui coule sur un lit de granit et ce murmure immense des plantes et des insectes qui ressemble à la prière que la nature entière adresse au Créateur.

Tout à coup, deux heures sonnèrent, et le *Loup*, qui de temps en temps appliquait son oreille à terre, s'écria :

— Garde à vous! J'entends le tintement des grelots et le pas des chevaux.

Aussitôt les deux hommes de l'avant-garde se replièrent et choisirent, comme leurs compagnons, un poste derrière les saules.

La voiture descendait au grand trot, précédée et suivie de l'escorte.

Cependant j'armais mon fusil et j'attendais le convoi de pied ferme.

— Au nom du diable! s'écria Mauléon, que faites-vous là, Fénestrange? Voulez-vous être une cible pour les gendarmes? Descendez dans le lit du ruisseau et attendez le signal.

Mais je refusai opiniâtrément. Je craignais que Dupuy ne fut tué par un autre que moi.

— Eh! qu'il se fasse tuer si bon lui semble, dit Foucard. Après tout, c'est son affaire, et notre part n'en sera que plus grosse.

Pendant ce court dialogue, l'ennemi s'était rapproché, et n'était plus qu'à cinquante pas environ de l'embuscade. Je remarquai alors avec une émotion inexprimable, où la crainte de la mort, je puis le dire, n'avait aucune part, que le procureur-syndic était, à cheval, en tête de la troupe.

Et vraiment, il avait grand air, le vieux jacobin, relevant la tête avec fierté, et paraissant défier tous les dangers. Malgré ses cheveux gris, il paraissait encore jeune et robuste, et à coup sûr aussi résolu qu'aucun des soldats de l'escorte.

Bien armé, du reste. Il avait deux pistolets à la ceinture, et un sabre de cavalerie. J'en fus content, car je voulais le tuer, mais non l'assassiner, et j'aurais été honteux que les armes ne fussent pas égales entre nous.

Un peu avant d'arriver au ruisseau, qu'il fallait traverser, l'escorte ralentit le pas ainsi que l'avait prévu Mauléon. La route était en fort mauvais état, et les deux gendarmes qui formaient l'avant-garde, le pistolet au poing, mirent pied à terre et prirent leurs chevaux par la bride.

Brutus Dupuy resta seul en selle, plus exposé, par conséquent, que personne au feu des assaillants.

A ce moment, Mauléon cria :

— Bas les armes! ou vous êtes morts!

Ce cri imprévu jeta l'alarme dans la troupe de Dupuy.

Les gendarmes, ne voyant pas leurs adversaires, se pelotonnèrent autour de leur chef. Lui seul ne parut pas ému, et ne voyant que moi sur le pont de bois qui servait aux piétons, poussa son cheval de mon côté et me dit :

— Qui va là? qui êtes-vous?

— Je suis, lui dis-je, Robert de Fénestrange, le fils de celui que tu as fait guillotiner, et tu vas mourir.

8.

Au même instant, un cri de surprise, d'épouvante ou
de douleur se fit entendre dans l'intérieur de la voiture.
Je crus reconnaître cette voix, mais je n'eus pas le
temps de réfléchir davantage, car le vieux jacobin prit
un pistolet à sa ceinture, l'arma et le dirigeant sur moi :

— Gendarmes! dit-il, au nom de la loi, saisissez-moi
ce jeune homme, et, s'il bouge, feu sur lui!

Au même instant une autre voix répéta :

— Feu!

C'était celle de Mauléon.

Tous nos hommes tirèrent à la fois. Un gendarme fut
tué. Deux chevaux furent blessés. Le chapeau de Brutus
Dupuy fut emporté par une balle.

— Ah! ah! dit-il d'une voix éclatante. Mais ce sont
des voleurs de grand chemin, ces messieurs!

En même temps il tira sur moi un coup de pistolet à
bout portant. Ce coup aurait dû me tuer. Heureusement
son cheval effrayé du bruit, ou peut-être blessé se cabra,
et la balle, au lieu de me frapper au cœur, perça seulement ma blouse blanche et égratigna la peau.

Jusque-là, je n'avais pas tiré, voulant lui laisser l'avantage du premier feu. Mais quand je sentis l'égratignure,
je tirai à mon tour, et dans ma précipitation, quoique
nous fussions fort près l'un de l'autre, je le manquai,
mais j'atteignis son cheval à la tête. Le pauvre animal
tomba mortellement blessé.

Dupuy se releva aussitôt et continua le combat.

En même temps, Mauléon et ses hommes se précipitèrent des deux côtés sur la chaussée ; la mêlée devint furieuse, et je fus séparé de mon adversaire par un groupe de combattants.

Tout à coup le même cri que j'avais cru reconnaître se fit entendre de nouveau. Je reconnus la voix de Clélie !

En même temps, la portière de la voiture s'ouvrit, et Clélie, ma Clélie, s'élança au milieu des combattants en criant :

— Mon père ! mon père !

Pendant qu'elle cherchait son père, elle se trouva face à face avec moi.

XXVI

Jamais surprise ne fut égale à la mienne. J'avais tout prévu, excepté cette terrible rencontre. Comment se trouvait-elle là ? Je croyais qu'elle habitait le château de Fénestrange.

J'ai su plus tard que le vieux Dupuy, inquiet des haines que ses fonctions de procureur-syndic avaient amassées contre lui, et forcé de quitter Fénestrange pendant deux jours, n'avait pas osé y laisser Clélie seule ou entourée de domestiques dont il n'était pas sûr.

Il se défiait d'ailleurs de Mauléon, et lui avait refusé quelque temps auparavant la main de sa fille. Or, on disait que Mauléon était capable de tout, et Dupuy commençait à le croire. Il avait donc cru mettre sa fille à l'abri de tout danger en la conduisant, ainsi que son trésor, sous la protection de la gendarmerie ; mais grâce aux espions de Mauléon, la prudence du vieux jacobin avait tourné contre lui-même.

En me reconnaissant, Clélie s'écria :

— Grand Dieu! Fénestrange, est-ce vous qui assassinez mon père?

Je n'eus pas le temps de répondre, ni même de réfléchir. Je ne pensai qu'à lui sauver la vie, car les balles sifflaient de toutes parts, et je voulus la saisir dans mes bras et la porter dans la voiture.

Mais elle se débattit de toutes ses forces en criant :

— Au secours! à moi! Mon père! à moi! Au secours!

A ses cris, Brutus se dégagea du groupe qui l'entourait et courut au secours de sa fille.

— Ah! dit-il, c'est encore toi, Fénestrange. Tiens, louveteau, va rejoindre tes pères.

En même temps il me porta un coup de sabre si violent, que s'il m'avait atteint en plein corps, comme il en avait le dessein, il m'aurait tué raide ; mais je parai le coup avec le canon de mon fusil, et je répondis par un coup de pistolet qui l'étendit à terre, tout sanglant, sous les yeux de sa fille.

Clélie se précipita sur lui, le releva à demi, essaya

de le ranimer, mais en vain ; la blessure était mortelle.

— Sauve-toi, mon enfant ; sauve-toi, ma Clélie, dit-il péniblement. Je vais mourir. Ne me laisse pas le désespoir de penser que je te laisse aux mains de ces brigands.

Et, me regardant avec des yeux où se peignait déjà la mort :

— Jouis de ton crime, assassin, me dit-il. Tu en garderas éternellement la tache et le remords. Adieu, Clélie!...

Il fit encore un effort et cria de toutes ses forces :

— Vive la République !

Puis il mourut.

Ma vengeance était complète. Je contemplais le cadavre de mon ennemi avec une étrange stupéfaction, épouvanté de la présence de Clélie, et n'osant ni fuir, ni rester, ni affronter son regard.

Machinalement je me souvins du danger qu'elle courait, et je voulus de nouveau la transporter dans la voiture. A vrai dire, je ne savais plus ce que je faisais.

Elle-même demeurait muette et immobile au milieu du tumulte et couvrait de ses larmes le visage de son père. Tout à coup je fis un mouvement; elle s'aperçut que j'allais la toucher et recula avec horreur en criant :

— Retire-toi, assassin ! retire-toi !

Sans l'écouter, je la saisis dans mes bras; mais au même instant un gendarme que je ne voyais pas voulut venir à son secours et me tira par derrière, à bout portant, un coup de pistolet. La balle glissa le long d'un os,-tourna je ne sais comment, sortit de l'autre côté sans faire de blessure grave et frappa Clélie en pleine poitrine.

Comme elle était dans mes bras, nous tombâmes tous deux, et je me relevai avec peine pour tenir tête au gendarme. Clélie, plus dangereusement blessée, s'évanouit. Quant à moi, j'assénai sur la tête du malheureux gendarme un tel coup de crosse qu'il tomba, mais pour ne plus se relever.

Puis j'allai au secours de mes compagnons. Le combat avait été longtemps douteux, car les gendarmes se défendirent avec beaucoup de courage et de résolution; ils se défendaient même encore, quoique blessés. Enfin, le brigadier tomba mort d'un coup de poignard que lui porta Mauléon, et celui-ci me cria :

— Victoire, Fénestrange, victoire! L'ennemi est à nous!

— Au nom du ciel, lui dis-je, puisque tout est fini, prenez soin de Clélie. J'ai eu le malheur de tuer son père tout à l'heure sous ses yeux.

— Qui? le vieux Brutus! Ce n'est pas un malheur, cela, c'est un bonheur. N'a-t-il pas tué le vieux Fénestrange?... Où est-elle?

— A quelques pas d'ici, près de la voiture. Elle tient son père dans ses bras. Ce spectacle me navre.

— Bon! bon! dit Mauléon. La première fois, c'est une pilule un peu amère, mais on s'y fait, mon ami, l'on s'y fait.

— Au moins, lui dis-je encore, respectez son malheur et faites-la transporter dans un lieu de sûreté.

— Soyez tranquille! Et vous, pendant ce temps, finissez-en avec ces malheureux gendarmes qui ne veulent pas se rendre.

Chose étrange! au moment même où j'aurais dû me défier le plus de Mauléon, je lui livrais sans réserve tout ce que j'avais de plus cher au monde.

Je vis de loin (car je n'osais me retrouver en face de Clélie même évanouie, je vis qu'avec l'aide de Foucard il la transportait dans la voiture, dont les chevaux, paisiblement attelés, étaient restés immobiles dans la bagarre; et je pensai qu'on la déposerait avec le corps de son père dans la première auberge que nous rencontrerions sur la route.

Le rendez-vous était indiqué d'avance à Saint-Quentin (car il avait fallu prévoir le cas de dispersion), à une lieu de Felletin. Nous devions nous y retrouver tous vers sept heures du matin, et là prendre une résolution définitive; j'entends les survivants, car nous avions perdu trois hommes, parmi lesquels le *Loup*. Plusieurs autres étaient blessés. Cependant le jour commençait à paraître et les étoiles s'effaçaient à l'horizon. Je considérais avec stupeur le champ de carnage tout jonché de cadavres d'hommes et de chevaux, et je ne savais quel parti prendre. J'attendais le retour de Mauléon pour savoir si Clélie avait repris ses sens et si sa blessure était dangereuse ou mortelle. Je n'osais y aller moi-même;

quoique je n'en fusse éloigné que de quelques pas, je voyais Mauléon occupé à faire le partage du butin avec l'aide de Foucard. Ses hommes se précipitaient autour de lui pour en avoir leur part. Mais j'avais honte et dégoût de leur cupidité.

Tout à coup, au milieu de ces réflexions, le tocsin commença à sonner. Le conducteur de la voiture s'était échappé pendant le tumulte et avait donné l'alarme. Le tambour battait le rappel à Aubusson, et nous entendîmes d'immenses clameurs s'élever dans toute la ville. Evidemment, les colonnes mobiles allaient nous poursuivre, venant, par deux côtés différents, du faubourg de la Terrade et du pont des Récollets. Si nous attendions davantage, nous allions être pris entre deux feux.

— Attention ! cria Mauléon. Sauve qui peut! Le rendez-vous général est à Saint-Quentin, à l'auberge du Bon-Saint-Quentin, chez Pardouvy.

Les tambours se rapprochaient, et le tocsin sonnait toujours avec furie. Nous pouvions craindre de voir tous les villages soulevés contre nous.

On se sépara, et je pris à travers bois la route de Saint-Quentin. Les gardes nationaux allaient venir. J'étais donc bien certain que Clélie serait recueillie et mise en sûreté.

Cependant je ne m'éloignai pas sans un cruel serrement de cœur.

Le vieux Fénestrange garda quelques moments le

silence. Il paraissait accablé par quelque poignant souvenir.

— Mon cher ami, dit-il enfin au curé de Tramise, continuez vous-même mon récit, ou plutôt, prenez dans votre secrétaire la brochure qui fut publiée autrefois à propos de cette sanglante affaire, et lisez-nous les dépositions de quelques témoins, celle de Clélie surtout. Tout vieux que je suis et endurci par une cruelle expérience de la vie, je sens les larmes me gagner quand je pense à certaines choses.

Et comme je paraissais étonné de son émotion :

— Vous ne savez pas, me dit-il, vous ne pouvez pas deviner quel regret déchirant a rempli mon cœur depuis cette nuit terrible. Vous le saurez bientôt. Ah ! j'ai payé bien cher ma funeste vengeance, que je considérais comme un devoir !

Le curé se leva, prit au fond de son secrétaire une vieille brochure jaunie par le temps et lut ce qui suit :

« Aujourd'hui, 12 brumaire, an III de la République « française, une et indivisible, devant nous François- « Bernard Chambertin, juge directeur du jury d'accusa- « tion de l'arrondissement de Guéret, chef-lieu du dépar- « tement de la Creuse, en vertu du jugement du tribu- « nal de cassation du 6 vendémiaire dernier, qui ren- « voie par-devant nous les procès pour raison des cri- « mes et délits ci-après énoncés, et les prévenus Jean « Foucard, Charles-Louis Mauléon, etc., etc.

9

— Laissez les formules, dit Fénestrange, et lisez les dépositions.

— Hum... hum... hum... dit le curé. Ah ! voici.

« Ont comparu les témoins ci-après nommés, lesquels,
« après leur avoir fait connaître l'objet pour lequel ils
« avaient été cités, ont fait leurs déclarations de la ma-
« nière et ainsi qu'il suit :

« 1º Clélie Dupuy, fille du feu procureur-syndic Bru-
« tus Dupuy, demeurant au château de Fénestrange,
« arrondissement d'Aubusson, département de la
« Creuse, âgée de dix-huit ans : — promesse par elle
« faite de dire la vérité, toute la vérité, rien que la
« vérité, de parler sans haine et sans crainte, a dit
« n'être parente, alliée, servante, ni domestique d'aucun
« des prévenus.

« A déclaré que le 3 thermidor an II, étant au château
« de Fénestrange avec son père, vers dix heures du
« matin, et jouant du clavecin, le citoyen Brutus Dupuy
« avait annoncé l'intention de partir ce jour-là même
« pour Guéret, afin de remettre entre les mains du rece-
« veur général du département la somme de huit mille
« francs en pièces d'or, espèces sonnantes et trébu-
« chantes, formant le solde du prix de la propriété
« nationale dite de Fénestrange, acquise par ledit
« citoyen Dupuy.

« Déclare de plus que ledit citoyen ayant appris
« que des bandes de brigands couraient dans le pays,
« et, sous couleur de sentiments politiques, cherchaient

« à satisfaire leurs vengeances particulières ou leur
« cupidité en attaquant les maisons des patriotes —
« avait résolu de conduire, elle déclarante, aussi bien
« que les huit mille francs, sous l'escorte de la gendar-
« merie nationale, jusqu'à Anbusson, où elle devait-
« être en sûreté plus que partout ailleurs.

« Déclare de plus, qu'étant montée pour obéir à son
« père, et malgré de fâcheux pressentiments, dans la
« voiture que ledit citoyen escortait avec la gendar-
« merie, elle déclarante commençait à sommeiller lors-
« qu'elle fut éveillée subitement par une secousse et
« un grand bruit de voix et d'armes ;

« Qu'elle avait aperçu un jeune homme en blouse
« blanche, armé d'un fusil et de deux pistolets, qui,
« debout sur le pont de bois, essayait de barrer le pas-
« sage aux gendarmes ; qu'une altercation s'étant élevée,
« bientôt suivie du bruit sec de fusils qu'on arme,
« elle avait entendu son père ordonner aux gendarmes
« de saisir ce jeune homme ; que cet ordre avait été
« aussitôt suivi du commandement : *Feu!* et d'une
« décharge de coups de fusil ; qu'un gendarme et deux
« chevaux avaient été tués ;

« Déclare encore, ladite citoyenne Clélie Dupuy,
« qu'une effroyable mêlée s'était engagée sous ses yeux
« entre son père, les gendarmes et une dizaine de ban-
« dits apostés sur la route ;

« Pressée de donner d'autres détails, la déclarante a
« fondu en larmes et demandé qu'on ne l'obligeât pas à
« continuer ce récit :

« Enfin sur notre instance, et après qu'il lui a été
« représenté qu'elle, déclarante, avait promis de dire la
« vérité, toute la vérité, rien que la vérité, a dit qu'elle
« avait vu tuer son père sous ses yeux, qu'elle avait été
« blessée elle-même d'une balle pendant le combat et
« qu'elle était tombée évanouie.

« Interrogée pourquoi les gardes nationaux l'ont
« trouvée baignée dans son sang et évanouie dans un
« chemin creux, depuis longtemps abandonné, au
« milieu de la prairie dite de Chabassière, à cinq cents
« pas du lieu de l'assassinat, la déclarante a paru saisie
« d'une émotion si vive et si douloureuse que l'interro-
« gatoire a été forcément suspendu pendant quelques
« instants, et que la blessure de la déclarante, à peine
« guérie depuis un mois, a failli se rouvrir;

« A cependant repris ses sens et répété que l'éva-
« nouissement avait eu lieu au pont de Bauze, et qu'elle
« n'avait été rappelée à la vie que par les soins des
« gardes nationaux d'Aubusson qui la cherchaient
« partout, et n'ont pu la retrouver que vers six heures
« du matin ou environ;

« Interrogée si elle a reconnu les brigands, répond
« qu'un seul excepté, tous les autres avaient la figure
« noircie; qu'elle peut donc soupçonner, mais qu'elle
« ne peut convaincre personne;

« Interrogée si elle a reconnu le jeune homme à
« blouse blanche qui était debout sur le pont, déclare
« qu'elle l'a vu parfaitement, car il ne cherchait pas à

« se cacher, et d'ailleurs, au clair de lune, on aperce-
« vait distinctement ses traits ;

« Ajoute qu'il se nomme Robert Fénestrange, et
« qu'il a quitté le pays ; qu'il a tué son père sous ses
« yeux, et voulu la saisir et l'emporter dans la voiture ;

« Interrogée si elle a reconnu la voix qui commandait
« le feu, déclare que cette voix ressemble à celle du
« prévenu Mauléon ;

« Interpellée de déclarer si elle reconnaissait le pré-
« venu ci-présent.

« A déclaré qu'elle reconnaissait ledit Mauléon,
« l'ayant vu souvent dans la maison du procureur-
« syndic, son propre père ;

« Ajoute que ledit Mauléon l'a demandée en mariage,
« elle déclarante, au citoyen Brutus Dupuy, lequel,
« après avoir consulté sa fille, a répondu par un refus
« très-net ;

« Ajoute que de mauvais bruits qui commençaient à
« courir sur le patriotisme et les mœurs dudit Mauléon
« ont déterminé le refus du citoyen Brutus Dupuy, outre
« que ladite déclarante avait une véritable antipathie
« pour le prévenu dont les manières et le caractère lui
« inspiraient une défiance insurmontable ;

« Interpellée de nouveau si elle a reconnu Mauléon
« à d'autres signes qu'au son de sa voix, répond néga-
« tivement, tous les brigands, excepté le seul Fénes-
« trange, étant barbouillés de noir ;

« Et de la part dudit Charles-Louis Mauléon a été

« déclaré que la citoyenne Clélie se trompe ; qu'il n'a
« pris ni pu prendre aucune part à l'assassinat de son
« père ; qu'il a en effet désiré autrefois d'être uni en
« légitime mariage à la déclarante, mais qu'il avait cessé
« ses poursuites six semaines avant la nuit du 3 au
« 4 thermidor ; que l'antipathie de la citoyenne Clélie ne
« repose sur aucun motif sérieux ;

« Interpellé de dire où il a passé son temps depuis le
« 3 thermidor à neuf heures du soir jusqu'au 4 ther-
« midor à minuit, répond qu'il a chassé dans les bois
« du Mas-Laurent, avec son chien loup, et atteste le
« témoignage du citoyen Félix-Marie Trogne, cultiva-
« teur qui l'a rencontré au bas de la côte de Bunleix
« entre midi et midi et demi.

« Lecture faite à ladite citoyenne Clélie Dupuy, a
« déclaré icelle contenir la vérité.

« Pareillement, lecture faite audit Mauléon de sa décla-
« ration, y a persisté, et a signé ladite citoyenne Clélie
« Dupuy avec nous et le greffier. A signé pareillement
« ledit Mauléon de ce enquis.

XXVII

Ici le vieux Fénestrange interrompit le curé :

— Remarquez bien, me dit-il, tous les termes de ces deux déclarations. Et vous, maintenant, mon cher ami, lisez la déposition de Pierre Pardouvy, aubergiste de Saint-Quentin. Et comme le temps nous presse, laissez là les formules de la procédure.

Le curé reprit sa lecture :

« A déclaré, ledit Pardouvy, que le 4 thermidor an II, « étant à travailler aux champs avec son épouse vers « sept heures du matin, il entendit sur la route, qui est « proche de sa maison d'habitation, la marche de quel- « ques hommes qui venaient du côté de Felletin, qu'il « s'avança pour voir ce que c'était, qu'il aperçut sept « hommes armés de fusils, marchant en ordre, deux à « deux, et qui suivaient la route ; qu'il n'en put recon- « naître aucun, parce qu'ils avaient tous le visage noirci, « sauf un seul que tous appelaient Fénestrange ; qu'ils « entrèrent dans son auberge et demandèrent à boire ; « qu'il eut grand'peur et se hâta de les servir ; qu'ayant « voulu, sous un prétexte, rester là et écouter la con- « versation, l'un d'eux, que les autres appelaient *Capi-*

« *taine,* et qui paraissait leste et bien fait, avait tiré de
« sa poche un pistolet et menacé de lui brûler la cer-
« velle s'il ne se retirait sur-le-champ ;

« Que lui déclarant avait promptement obéi ; que sa
« femme, aussi effrayée que lui mais bien plus curieuse,
« avait prêté l'oreille derrière la porte fermée et entendu
« presque tout ce qui se disait ou se faisait ;

« Que le *Capitaine* et un autre avaient versé sur la
« table un assez grand nombre de pièces d'or, et avaient
« fait le partage du butin, comme ils disaient ; que cet
« or paraissait provenir de quelque vol et de quelque
« assassinat ; que le *Capitaine* en avait offert une part
« à Fénestrange qui l'avait refusée avec dégoût ; que le
« *Capitaine,* sans s'émouvoir, avait partagé cette part
« entre tous les autres ;

« Ajoute le déclarant, qu'on avait tenu conseil ; que
« le *Capitaine* avait proposé de tenter une seconde
« expédition du côté de Boussac, où, disait-il, le rece-
« veur de l'arrondissement devait être en fonds, et que
« sa proposition avait été accueillie avec des cris de
« joie par tout le monde, excepté Fénestrange ci-dessus
« nommé ;

« Que l'expédition avait été décidée pour le 29 ther-
« midor, et le rendez-vous fixé à Gouzon chez le citoyen
« Pradin, aubergiste : mais que le *Capitaine* avait fait
« observer qu'il fallait auparavant rentrer chacun chez
« soi et se munir d'alibi contre les tribunaux républi-
« cains ; qu'il allait donner l'exemple en rentrant chez

« lui le soir même, et alléguant une chasse au loup dans
« les bois du Mas-Laurent, que Fénestrange seul avait
« déclaré ne vouloir ni rentrer chez lui ni chercher un
« alibi ; qu'il était parti sur-le-champ sans serrer la main
« d'aucun de ses compagnons, pas même du *Capitaine*,
« et que les autres s'étaient dispersés une demi-heure
« après ;

« A déclaré reconnaître les blouses blanches dont les
« hommes ci-dessus désignés étaient revêtus, mais ne
« reconnaître aucun des prévenus.

« Lecture à lui faite de sa déclaration, a signé, etc. »

— C'est assez, interrompit Fénestrange, je vous
dirai moi-même le reste.

XXVIII

Le récit de Pardouvy est parfaitement vrai. J'avais
éprouvé pendant le combat tant d'émotions diverses que
j'étais comme étourdi par cette rapide succession d'événements. Je marchais au hasard dans les bois, fuyant les
chemins frayés et la rencontre des hommes, ne sachant
même plus si je vivais réellement ou si j'étais la proie
d'un affreux cauchemar.

Arrivé à Charasse, au lieu de suivre la route ordinaire,

9.

je descendis dans la vallée de la Creuse, et je côtoyai la
rivière, gravissant les rochers qui la surplombent à pic
en quelques endroits, et quelquefois tenté de m'y précipiter et de finir d'un seul coup tous mes malheurs.

Le soleil qui parut dans tout son éclat (nous étions
alors, comme je vous l'ai dit, en thermidor, c'est-à-dire
en plein mois de juillet) et la fraîcheur du matin me ren-
dirent enfin un peu de calme ; mais je ne savais que
résoudre.

Qu'allais-je devenir ? La garde nationale et la gendarmerie, je n'en doutais pas, allaient courir sur ma
trace. Par une sorte de bravade que m'inspriait le
désir de savourer ma vengeance, j'avais dit tout haut
mon nom, et le conducteur de la voiture qui venait de
donner l'alarme à Aubusson devait avertir tout le
monde. Je ne pouvais donc pas demeurer vingt-quatre
heures en sûreté dans mon propre pays. Mais où fuir ?

Ce n'est pourtant pas ce qui m'inquiétait le plus. Je
ne craignais pas la mort, j'étais bien armé, et surtout
bien résolu à ne pas me laisser prendre vivant. Mais
fuir en emportant la haine de Clélie ! car je l'aimais
encore, malheureux que j'étais, et je ne l'avais jamais
mieux senti qu'au moment de tuer son père sous ses
yeux. O Dieu ! être en horreur à celle pour qui j'aurais
cent fois donné ma vie !

Je m'assis sur la bruyère et j'y demeurai plus d'une
heure, perdu dans les plus sombres réflexions. Je pensai d'abord à retrouver Clélie, à me jeter à ses genoux,

à lui présenter un poignard et à la supplier de venger
elle-même son père et de mettre un terme à mes souffrances. Pourvu que je mourusse avec son pardon, je
consentais à mourir.

Puis je quittai ce dessein encore plus fou que désespéré, Clélie, ma chère et malheureuse Clélie était-elle en
état de m'entendre? Vivait-elle encore ? Et si elle vivait,
voudrait-elle revoir le meurtrier de son père?

Dans cette incertitude, voyant que l'heure du rendez-
vous approchait, je me levai et repris la route [de Saint-
Quentin.

A quelques centaines de pas, je rencontrai mes compagnons qui marchaient en rang et en silence, étourdis
peut-être comme moi de l'action qu'ils venaient de faire.

Mauléon vint à moi et me tendit la main. Je fis effort
pour la prendre; mais il me fut impossible de la serrer.
Cependant je brûlais d'entendre parler de Clélie.

— Robert, dit-il, vous êtes un peu pâle. Etes-vous
bléssé ?

— Non.

Il fut étonné de la sécheresse de ma réponse; mais
lui-même, sous la couche de suie qui recouvrait son
visage, me parut plus ému qu'à l'ordinaire.

— Est-ce que vous pensez encore au vieux jacobin?
demanda-t-il en s'efforçant de rire.

— Non.

— A propos, dit-il, comme pour prévenir mes questions, j'ai voulu mettre sa fille en sûreté, comme vous

me l'aviez demandé ; mais elle, profitant sans doute du moment où je cherchais avec Foucard, dans la voiture, les rouleaux d'or du citoyen Dupuy, a disparu comme par enchantement. Ni Foucard, ni moi ne l'avons revue; n'est-ce pas, Foucard ?

— Comme vous dites, capitaine, répondit l'homme.

Si j'avais eu plus de sang-froid, j'aurais été étonné que Mauléon appelât un de ces bandits en témoignage. Ce n'était pas son habitude. Il semblait qu'il eût l'air de se justifier par avance et de dire : *Ce n'est pas moi.*

Je ne remarquai pas d'abord ces nuances. Plus tard, je me suis souvenu et j'ai compris.

— La pauvre fille, ajouta Mauléon d'un air compatissant, aura eu peur de son sauveur, et je ne lui en fais pas un reproche. Vous et moi, mon cher ami, nous n'étions pas beaux à voir cette nuit.

Je ne répondis rien. J'étais inquiet de ce qu'il venait de m'annoncer — la disparition de Clélie, — mais l'explication qu'il avait donnée était si vraisemblable! Il est trop clair que Mauléon ne pouvait pas attendre l'arrivée de la garde nationale d'Aubusson et qu'avant tout il avait dû songer à sa propre sûreté.

Nous entrâmes dans le cabaret de Pardouvy. La déposition de ce brave homme vous apprend qu'on but et qu'on partagea le butin. Je ne voulus rien accepter, quoique Mauléon, peut-être avec l'intention de me compromettre, me fît observer qu'après tout cet argent m'appartenait légitimement, étant le prix de l'héritage de mon père. Je refusai sans dire un mot, et je partis, bien décidé à ne revoir jamais aucun de mes compagnons.

Pendant que les autres buvaient et parlaient, je venais de prendre la résolution de quitter le département et de m'enrôler sous un faux nom dans l'armée française. Ç'avait été la dernière volonté de Clélie au temps où elle m'aimait (m'avait-elle jamais aimé ? A ce souvenir, je sentais mon cœur se gonfler, tout prêt à se rompre) ; je n'osais plus l'aimer, car l'amour ne va pas sans quelque espérance, mais je voulais lui obéir encore. Il m'était presque doux de penser que même absente et ennemie, elle dirigeait encore ma vie.

Ce n'est pas tout. Dans ma précipitation, j'avais quitté Grangeneuve sans emporter d'argent. Or, ma mère, que l'expérience avait rendu prévoyante et qui s'attendait toujours à me voir émigrer et rejoindre mon père, avait eu la précaution d'amasser pièce à pièce et d'enfouir dans un coin de son jardin, connu de moi seul, deux mille cinq cents francs en or auxquels on ne devait toucher qu'en cas de péril extrême. Il fallait donc retourner à Grangeneuve.

Ce n'était pas chose facile. La première précaution des autorités d'Aubusson devait être de prendre possession de ma maison, d'apposer partout les scellés et de guetter mon retour. Cependant, il n'y avait pas d'autre parti à prendre ; car un homme à pied et sans argent est bientôt arrêté comme vagabond.

Je me dirigeai donc à travers champs vers Grangeneuve ; arrivé à quelque distance, je m'assis sous
un chêne pour prendre du repos et réfléchir à ce que
je devais faire.

Une bergère vint à passer, et en me voyant voulut
s'enfuir.

Je courus sur ses pas et je l'arrêtai.

— Ah ! monsieur Robert, me dit cette pauvre fille,
ne me faites pas de mal. Je ne dirai rien. Ne me tuez
pas ! Au nom de la sainte Vierge, pauvre monsieur, ne
me tuez pas !

Cette supplication naïve me frappa au cœur. On me
prenait donc pour un assassin ! Je sentis un mouvement
de haine contre le monde entier et contre moi-même.

Cependant j'essayai de rassurer la bergère et de lui
parler avec douceur.

— Est-on venu chez moi ? lui dis-je.

— Ah ! monsieur Robert, je crois bien qu'on est venu !
Ils étaient plus de trente gardes nationaux qui vous
cherchaient partout, dans le foin, dans le fumier, sous
les lits, avec leurs baïonnettes. Il était midi quand ils
sont venus, et à cinq heures ils avaient à peine fini de
chercher.

— Et maintenant ?

— Oh ! maintenant, ils ne cherchent plus, ils dînent,
Jésus Dieu ! ont-ils mis la maison à feu et à sang ! La
vieille Jeanneton a voulu dire qu'il ne fallait pas faire
tant de bruit dans une maison où Mme de Fénestrange

était morte depuis si peu de temps. Ils ont tout bousculé en jurant et disant que vous...

Ici la bergère s'interrompit.

— Que je...... ? demandé-je avec impatience.

— Oh ! je n'oserai jamais vous répéter, monsieur Robert.

— Achève donc. Que je...

— Eh bien, que vous étiez un assassin et un voleur de grand chemin ; mais qu'on vous prendrait et qu'on vous couperait le cou.

— Bien ! Bien ! N'ont-ils rien dit de plus ?

— Rien du tout. Jésus Dieu ! n'est-ce pas assez ? les cheveux m'en dressaient sur la tête.

Pendant ce dialogue, la nuit était venue, et la bergère commençait à trembler, se voyant seule avec moi. D'un autre côté, j'osais à peine me fier à son silence.

Cependant il fallait prendre un parti. M'en aller sans argent c'était enfiler tout droit la grande route de l'échafaud. Entrer dans la maison au hasard d'une lutte contre la garde nationale, c'était par un autre chemin arriver au même but.

— Écoute, dis-je à la bergère, tu n'as pas peur de moi, n'est-ce pas ?

— Oh ! non, monsieur Robert...

Mais sa voix altérée démentait ses paroles.

— Eh bien, je vais te laisser libre, si tu veux me faire un serment.

— Ah ! monsieur Robert, s'écria-t-elle naïvement, je

jurerai tout ce que vous voudrez si vous me laissez partir.

— Tu entreras dans ma maison. C'est facile. Elle est pleine de monde et personne ne fera attention à toi. Tu ouvriras la huche, tu prendras le premier pain et le premier morceau de viande qui se trouveront sous la main, et tu me les apporteras ici derrière la haie, sans rien dire à personne. Si Jeanneton est là, tu l'avertiras; si elle ne te voit pas, ne lui dis rien. Surtout, jure-moi de ne rien dire.

— Ah ! monsieur, je le jure au nom de la sainte Vierge et de tous les saints du paradis !

— Encore un mot, tu regarderas s'il y a quelqu'un au jardin. S'il n'y a personne, tu déposeras une pioche à côté de la porte d'entrée.

Elle exécuta mes ordres de point en point sans rencontrer Jeanneton et sans donner d'explication à personne. Elle eut même le bon sens d'ajouter une bouteille de vin au menu de mon dîner. Quant à la pioche, elle l'appuya au mur et partit sans vouloir accepter mes remerciments ni même une pièce de monnaie.

Aussitôt que j'eus soupé, et j'en avais grand besoin, n'ayant rien mangé depuis vingt-quatre heures, je sautai par-dessus le mur d'enceinte du jardin, je m'avançai avec précaution vers le massif de droite où mon trésor se trouvait caché, et je commençai à creuser la terre avec ma pioche.

XXIX

Par un heureux hasard, mon jardin était situé sur un vaste plateau qui domine le Thorion, et le bruit que fait la rivière en se heurtant contre les rochers de granit qu'elle couvre d'écume, servait mon dessein, en se confondant avec celui de la pioche.

Autre hasard non moins favorable. Un vent assez fort soufflait dans la forêt et courbait les jeunes arbres jusqu'à terre. J'eus donc tout le temps de faire mon trou et de reprendre ma cassette.

Cependant j'entendais le bruit des gardes nationaux qui faisaient résonner sur le plancher les crosses de leurs fusils et qui s'arrangeaient par chambrées pour dormir commodément. Deux d'entre eux faisaient faction dans le vestibule, car on craignait une surprise et l'on s'attendait à être attaqué de nuit par la bande que j'étais censé commander. Excepté le mien, on ne paraissait connaître le nom d'aucun de ceux qui avaient pris part au combat du pont de Bauze.

Tout à coup, au moment même où j'allais repasser par-dessus le mur qui était élevé de plus de dix pieds, l'un des deux factionnaires, regardant par hasard dans le jardin, m'aperçut et cria : *Qui vive !*

Naturellement, je ne perdis pas de temps à répondre; mais il fallait d'abord sauver la précieuse cassette. Je la jetai de l'autre côté du mur, et m'accrochant aux branches d'un cerisier, je fus en deux secondes sur la crête.

Là j'entendis un coup de feu. La balle siffla près de mon oreille. Le garde national avait tiré. Son camarade suivit cet exemple, mais au juger, car j'avais déjà sauté à bas du mur et j'étais en sûreté.

Cependant, je n'eus pas le temps de rendre grâce au Seigneur, car les deux coups de feu avaient éveillé tout le monde. Les gardes nationaux s'étant couchés tout habillés furent sur pied en moins d'une minute et coururent à ma poursuite.

Grâce au ciel, je suis ou plutôt j'étais aussi agile que robuste, et j'aurais bien lassé à la course tous les gardes nationaux d'Aubusson mais ma cassette m'embarrassait beaucoup. De plus, je m'aperçus que toutes les issues étaient gardées, et qu'il ne me restait d'autre moyen de fuir que de descendre rapidement la colline qui s'élève presque perpendiculairement au-dessus de la rivière. De là je pouvais gagner le Thorion, le descendre en nageant entre deux eaux, ce qui, vu la saison, n'était pas trop pénible, et mettre pied à terre à une demi-lieue de là.

Le seul inconvénient était de mouiller, et par conséquent de rendre inutiles mes armes à feu; mais je n'avais que le choix des périls. Je descendis donc le long des rochers, ayant mes pistolets dans mes poches, ma cassette sous mon bras et mon fusil à deux coups en bandoulière sur l'épaule. La lune, qui me montrait à mes ennemis, favorisait aussi ma descente, car je m'accrochais aux balais et aux bruyères pour ne pas glisser. La moindre chute pouvait être mortelle.

Croiriez-vous que cette chasse à l'homme où j'étais le gibier me fut presque salutaire? Dans le danger pressant où je me trouvais, mon énergie, engourdie par les malheurs de la veille, se retrouva tout entière. Je pensai qu'un Fénestrange ne devait pas se laisser prendre comme un lièvre au gîte, qu'il devait se retourner, faire tête à l'ennemi comme un sanglier acculé; et qu'après tout, mourir en combattant avait été la mort de presque tous mes ancêtres. — « Non, me dis-je, on ne me traînera pas à l'échafaud comme un mouton à l'abattoir. S'ils veulent me tuer, il leur en coûtera cher. »

Et en même temps, car la jeunesse, l'amour et la vanité sont trois belles choses qu'on sépare rarement, je fis réflexion que Clélie connaîtrait un jour les détails du combat, qu'elle me saurait gré de n'avoir pas lâchement cédé à l'infortune, et qu'elle serait fière de mon courage. C'est pourquoi je résolus de vendre chèrement ma vie si je ne pouvais fuir, et dans aucun cas de ne me laisser prendre.

Ayant donc descendu sans encombre jusqu'au bas des rochers, je me cachai sous une espèce de grotte que je connaissais depuis longtemps, et dont le sol était à peine élevé d'un pied au-dessus de la surface de l'eau. C'est là qu'étant enfant j'avais l'habitude de m'asseoir pour pêcher la truite et le goujon.

On ne pouvait se glisser qu'avec peine, et un par un dans cette grotte à cause des broussailles épaisses qui l'environnaient et la cachaient à tous les yeux, excepté du côté de la rivière.

C'était une cachette, mais c'était surtout une forteresse.

Je pensai qu'après quelques instants on se lasserait de me chercher, qu'on me croirait en fuite, disparu, bien éloigné, sans doute ; que les gardes nationaux, pères de famille pour la plupart, de vie et de mœurs régulières, accoutumés à se coucher de bonne heure et dans de bons lits de plume, se dégoûteraient bientôt d'une recherche fort dangereuse en tout temps, mais surtout la nuit, car on savait bien que je ne pouvais espérer aucun quartier et que je devais m'attendre, si j'étais pris, à monter sur le même échafaud que mon père.

Donc, on me chercherait mollement, on ne me trouverait pas, on remettrait la poursuite au lendemain, et j'aurais le temps de quitter le pays.

Raisonnement logique et juste. Mais j'avais compté sans un maudit capitaine de garde nationale, jacobin zélé, qui s'avisa du plus simple et du plus dangereux de tous les stratagèmes.

J'avais laissé en partant un gros chien de garde, appelé Médor, et ce chien était à l'attache.

Aussitôt qu'il entendit les coups de fusil, Médor donna des signes d'une vive inquiétude, et secoua fortement sa chaîne pour la briser. Hélas! Pauvre ami! aurait-il pu se douter de la perfidie du rôle qu'il allait remplir?

Le capitaine de la garde nationale devina sans peine que l'agitation de Médor venait de mon voisinage. Il le détacha et cria :

— Suivez le chien. C'est lui qui nous servira de guide.

Je n'eus pas plutôt entendu les aboiements du chien et le bruit de ses pas, que je vis bien que j'étais perdu; mais je n'en résolus pas moins de rester à mon poste. Il ne s'agissait plus de me sauver, mais de ne pas mourir sans vengeance.

Je renouvelai les amorces de mes pistolets et des deux canons de mon fusil. Je posai mes pistolets à terre, à côté de ma cassette. J'armai mon fusil, et me cachant de mon mieux au fond de la grotte, j'attendis de pied ferme l'arrivée de Médor.

Il se glissa péniblement dans les broussailles comme j'avais fait moi-même, et vint japper à mes pieds avec des transports de joie.

Quoique sa tendresse dût me coûter la vie, je n'en accueillis pas moins cet ami avec plaisir. Sa sympathie me devenait précieuse dans un moment où j'étais en horreur au monde entier. Je l'embrassai comme un frère et je lui fis signe de se coucher à mes pieds, de se taire et d'attendre.

Il me comprit et obéit sur-le-champ.

Mais je n'attendis pas longtemps, car l'un des gardes nationaux, qui le suivait de près, passa par le même chemin, m'aperçut au fond de la grotte, dirigea le canon de son fusil vers moi et cria à ses camarades :

— Le voilà ! le voilà !

Au même instant, je le mis moi-même en joue.

XXX

Entre le garde national et moi la partie paraissait égale, mais elle ne l'était pas, car j'avais peu de chose à risquer, étant d'avance à peu près condamné à mort. Lui, au contraire, bon garçon, gros et gras, ami de l'ordre et de la paix, venu là par hasard et sans haine, et seulement pour obéir à la loi, ne demandait « qu'une solution pacifique, » comme disent les diplomates. En effet, à quoi bon se faire tuer en l'honneur d'un mort ? Brutus Dupuy et les gendarmes ne pouvaient pas être rappelés à la vie, et tout le dévouement du garde national n'aurait abouti qu'à le faire massacrer.

Il fit sans doute ces réflexions assez rapidement, car il me cria :

— Ne tirez pas ! ne tirez pas !

Peut-être ne voulait-il que gagner du temps et attendre l'arrivée de ses camarades. Mais moi qui n'avais pas les mêmes raisons pour attendre, et dont chaque seconde écoulée redoublait le danger, je fis un pas en avant et je lui dis d'une voix forte :

— Bas les armes ! ou tu es mort !

Je ne sais quelle résolution il allait prendre. Un accident imprévu le tira d'embarras, et moi aussi ; car le sang versé la veille pesait sur ma concience comme un remords, et j'aurais eu honte de tirer le premier.

Médor, qui nous observait, me voyant avancer sur mon adversaire, devina qu'il était temps de réparer sa faute, et sauta à la gorge du garde national.

Instinctivement, celui-ci voulut reculer ; mais comme il n'avait derrière lui que le Thorion, il tomba en arrière dans le gouffre que la rivière, assez peu profonde partout ailleurs, formait en cet endroit, et en voulant s'accrocher à un buisson il laissa échapper son fusil. Le coup partit en l'air et ne fit de mal à personne.

Heureusement, il savait nager, et quoique embarrassé de son équipement, il se retourna assez vite. Je vis à la manière dont il faisait ses brasses qu'il serait bientôt hors d'affaire. En effet, il regagna promptement la rive.

Ses cris et le coup de fusil avaient attiré ses camarades qui entourèrent bientôt, mais à distance respectueuse, le rocher sous lequel j'avais trouvé un asile.

— Cherchez, leur cria le garde national qui se secouait de l'autre côté de la rivière comme un chien mouillé, cherchez dans la grotte. Ils sont là !

Ce pluriel, qui s'appliquait à Médor et à moi, redoubla la prudence de mes ennemis.

— Combien sont-ils ? demanda le capitaine de la compagnie.

— Entrez vous-même, répliqua l'autre, et vous le saurez.

Il était de fort mauvaise humeur d'avoir fait le plongeon dans la rivière, et craignait les plaisanteries de ses camarades. Aussi fut-il bien aise de les laisser dans l'incertitude.

Cependant, on tint conseil.

— Toute la bande doit être là, dit le capitaine. Qu'en pensez-vous, Jacquet ?

— Je pense, répliqua Jacquet, que si vous aviez eu plus de zèle, et si vous m'aviez suivi de plus près, nous aurions pris la pie au nid tout à l'heure; mais vous délibérez toujours !

— Fusilier Jacquet, dit l'officier, ce n'est pas tout de nager comme un canard...

— A ma place, dit Jacquet, vous auriez peut-être mieux aimé vous noyer, vous capitaine? Au reste, allez devant, je vous suis.

— Avant tout, continua le capitaine, il faut aller en reconnaissance.

Il se coucha à plat ventre sur le rocher, s'avança avec précaution jusqu'au bord, et se pencha un peu pour voir l'intérieur de la grotte.

C'est là que je l'attendais. J'avais entendu toute la conversation et je tenais mes armes prêtes.

Il n'eut pas plutôt montré sa tête au-dessus du rocher, que j'appuyai le bout de mon fusil sur le haut du shako, et je fis feu. Le schako, n'étant pas attaché sous le menton par la jugulaire, tomba dans l'eau, percé de part en part, et le capitaine se retira brusquement derrière le rocher.

— Eh bien, dit Jacquet d'un ton ironique, combien sont-ils, capitaine?

Les autres gardes nationaux se mirent à rire.

Le capitaine seul ne riait pas.

— Voyons, dit-il, la bande était composée de dix personnes. Le conducteur les a comptés hier au soir. De ces dix brigands, trois sont morts, dont nous avons relevé les cadavres cette nuit. Le reste doit être blessé ou fatigué. Avec un peu de patience et de courage nous en viendrons facilement à bout.

— Mais, au calcul du capitaine, dit un des gardes nationaux, la bande doit être composée de sept hommes bien armés et d'un chien. Peut-être, au lieu de les prendre de vive force ou de les tuer, ferait-on bien de les bloquer ou de leur offrir des conditions honorables...

— Oui, répliqua l'officier, celle-ci par exemple : — Que le bourreau chargé de les guillotiner aura des gants blancs et des bottes molles... Mes amis, il faut en finir ce soir, à l'instant même. Sans cela, nous serons forcés de passer la nuit au grand air, sans dormir; et alors,

10

tant pis pour ceux qui craignent les rhumatismes.

— Il a raison, dit Jacquet, mais qu'il donne l'exemple.

L'autre n'hésita pas. Il tira de sa ceinture, et arma un pistolet, et tenant son sabre de l'autre main, il s'avança bravement à travers les broussailles.

En m'apercevant, il tira sur moi un coup de pistolet, mais si brusquement qu'il n'eut pas le temps de viser. La balle s'aplatit contre le rocher et rebondit dans l'eau.

Il voulut alors me porter un coup de sabre; mais je lui saisis les deux bras, et le serrai si fortement qu'il laissa tomber ses armes. Puis, le lançant à son tour dans l'eau :

— Va rejoindre Jacquet, lui dis-je en riant.

Ce qu'il fit avec beaucoup de promptitude et d'adresse.

Pendant ce temps, un autre garde national qui le suivait avait pris sa place, et déjà deux autres se tenaient prêts à le soutenir.

Mais le fidèle Médor mordit si cruellement le premier, et lui fit pousser un tel cri de douleur que tous trois reculèrent effrayés.

— C'est le diable qui est là-dedans, dit l'un d'eux. Capitaine, allons nous coucher; nous reviendrons demain matin.

— Se couche qui voudra, répliqua le capitaine; pour moi, je n'en aurai pas le démenti. J'ai fort bien vu l'intérieur de la grotte. Il n'y a là-dedans qu'un chien, — celui que nous avons eu la fâcheuse idée de détacher, — et un homme, Robert Fénestrange, sans doute.

Voulez-vous qu'on dise, quand nous rentrerons à Aubusson, que le petit Fénestrange nous a tenus en échec, et que nous n'avons pas pu, à nous trente, le tuer ou le prendre?

— Ce serait très-bien, dit Jacquet, s'il était en rase campagne; mais là, il est comme un ours dans sa tanière. On ne peut l'aborder ni par terre ni par eau.

— Attendez ! s'écria le capitaine. Je l'en ferai bientôt sortir. Il suffit de l'enfumer. Allez chercher du bois.

A ces mots, que j'entendis distinctement, je pensai que j'étais perdu. Le pauvre Médor, tout heureux de m'avoir sauvé la vie (il le croyait du moins), remuait la queue d'un air joyeux et se frottait doucement contre mes bottes, comme s'il eût voulu me dire : « Ne crains rien. Toi et moi, nous viendrons à bout d'une armée »

O bonne et douce créature à quatre pattes, tout ton instinct ne pouvait pas te faire deviner le danger dont nous étions menacés !

Cependant une dizaine de gardes nationaux remontèrent la colline pour obéir à l'ordre de leur chef, et redescendirent quelques minutes après, tous chargés de bois sec qu'ils avaient pris dans ma propre maison. On l'entassa autour de la grotte, sans que je pusse m'y opposer, car le moindre pas hors les broussailles m'aurait conduit à une mort certaine.

Puis, quand tout fut prêt, — avant d'y mettre le feu, — le capitaine me cria :

— Citoyen Fénestrange, rends-toi !

Je ne répondis pas.

— Rends-toi, répéta l'officier, rends-toi ou tu seras brûlé vif.

— Donne-moi cinq minutes pour réfléchir, répliquai-je à mon tour.

C'était une ruse, car je ne pensais pas à me rendre, mais à m'échapper ; et déjà je commençais à me déshabiller sans bruit.

Excepté mes bottes, je quittai tous mes vêtements, je les mis en tas avec la précieuse cassette et les attachai l'un à l'autre ; puis, au moment où les gardes nationaux allaient faire leur troisième sommation, je criai :

— Garde à vous !

A ces mots, et sans savoir de quoi il s'agissait, trois ou quatre d'entre eux déchargèrent leurs fusils dans la direction de ma grotte ; mais je n'y étais déjà plus. J'avais sauté à l'eau en même temps que Médor, et j'avais tiré sur eux deux coups de pistolet. L'un des gardes nationaux fut blessé, je crois.

Mais je ne fus guère plus heureux, quoique je n'eusse reçu aucune blessure. Médor, mon ami, mon sauveur, reçut sa part d'une décharge générale, au moment où il mettait les pattes de devant sur l'autre rive du Thorion, et fut tué raide. J'eus la douleur de le voir couler à fond sans pouvoir le secourir ou lui rendre les derniers devoirs, car je n'avais pas de temps à perdre, et mes ennemis, remontant la rivière jusqu'au pont de Tramise, qui n'est qu'à un quart de lieue de distance, pouvaient aisément me poursuivre et me rattraper. Or, j'étais complétement nu, et je ne pris guère que le temps de m'habiller derrière un rideau d'arbres.

De là, sans être vu, j'entendais la conversation des gardes nationaux, et je voyais tous leurs mouvements, car le Thorion n'a guère plus de trente mètres de largeur à cet endroit.

— Je tombe de sommeil, dit Jacquet, Fénestrange est allé se coucher. Faisons comme lui. Bonsoir, citoyens.

— Il ne peut pas être bien loin, répliqua le capitaine. Partageons-nous en deux troupes. L'une va descendre le Thorion, et l'autre va le remonter. Vous, Durand, montez à cheval, et faites sonner le tocsin dans tous les villages. Il faut prendre ce brigand par la famine.

Quelques gardes nationaux essayèrent de résister, mais la plupart approuvèrent le capitaine, et il fut décidé qu'on me poursuivrait toute la nuit.

— Quant à Jacquet, dit le capitaine d'un air moqueur, nous n'avons pas besoin de lui. Qu'il aille se coucher dans la maison de Fénestrange.

Mais Jacquet, ramené au devoir par ce discours et par les rires de ses camarades voulut suivre les autres.

Aussitôt les gardes nationaux se remirent en marche, partagés en deux troupes suivant l'ordre du capitaine. Il fut convenu qu'on battrait le pays avec soin sur les deux rives du Thorion.

Pour moi, bien averti de leur plan de campagne, et

10.

accablé de fatigue, je conçus un projet qui n'exigeait pas
moins de prudence que d'audace. C'était d'aller tout
simplement coucher dans mon propre lit, en l'absence
des gardes nationaux. Suivant toute apparence on me
chercherait là moins que partout ailleurs. Dans tous
les cas, j'avais besoin d'un sommeil de quelques heures
après tant de fatigues et d'émotions, et je l'aurais acheté
n'importe à quel prix.

C'est pourquoi, aussitôt que les gardes nationaux furent
partis, je repassai la rivière à la nage, sans m'inquiéter
de mouiller mes habits, je remontai sur la colline, je
repassai par-dessus le mur sans rencontrer personne,
et j'allai tout doucement éveiller la vieille Jeanneton.

En me voyant elle fut saisie de frayeur :

— Ah ! mon enfant, que viens-tu faire ici ? Les gardes
nationaux vont revenir et te fusiller ou te mener à la
guillotine. Malheureux enfant ! Qu'as-tu fait ? Avais-tu
besoin de tuer ce scélérat de Dupuy ? etc., etc.

Vous imaginez aisément ce que la bonne femme pouvait dire sur ce sujet ; mais je n'avais pas le temps de
faire ou d'entendre des discours inutiles.

— Mon lit est-il fait ? demandai-je.

— Il est fait et défait, répondit Jeanneton. Ces coquins
étaient déjà couchés ; on les a réveillés pour courir après
toi... Mais j'y pense, tu dois avoir faim et soif ?

Je lui dis que j'avais déjà dîné ; et j'allai me coucher.

Vers cinq heures du matin, j'entendis le tambour
retentir dans la vallée et annoncer de loin le retour

des gardes nationaux qui rentraient de fort mauvaise humeur. Jeanneton remplit mes poches de provisions de toute espèce et je partis.

Si tu voulais attendre seulement jusqu'à demain matin, disait la bonne femme, j'aurais le temps de te faire cuire une de ces bonnes dindes en daube que tu aimes tant...

Mais le bruit du tambour qui se rapprochait l'avertit que le temps des dindes en daube était passé, et qu'il fallait d'abord sauver ma vie. Je l'embrassai de bon cœur.

— Tu reviendras, me dit-elle, tu reviendras et tu rentreras dans le château de Fénestrange. Va, va, le bonheur des brigands ne durera pas toujours.

Je lui dis adieu et je pris la route d'Aubusson, où Clélie avait dû recevoir les premiers soins, malgré le péril, je ne voulais point partir sans l'avoir revue. Un instinct irrésistible me ramenait à elle comme le lièvre au gîte.

XXXI

Jamais voyage ne me parut plus long que celui de Grangeneuve à Aubusson. Je me voyais traqué avec acharnement. Les colonnes mobiles des gardes nationaux battaient tout le pays. J'étais désigné d'avance à tous les regards, et, par malheur, j'étais parfaitement connu de la plupart des paysans dans un rayon de trois lieues au moins. Cependant je n'hésitai pas.

Un repos de quelques heures m'avait rendu mes forces, et le combat que j'avais soutenu la veille contre les gardes nationaux me rendait la confiance. J'avais eu le bonheur de ne pas tuer et de n'être pas tué. C'était beaucoup dans la situation présente. J'avouerai même que le danger terrible auquel je venais d'échapper par miracle me délivrait presque de tout remords.

Après tout, j'avais vengé mon père en combat singulier. Les gendarmes, en intervenant entre Dupuy et moi et en essayant de me tuer, m'avaient forcé de tirer sur eux : cas de légitime défense.

Je sentais par moments un mouvement d'orgueil; lutter contre la société tout entière, les armes à la main, m'élevait dans ma propre estime à la hauteur des héros des anciens temps. Si Clélie me voyait! pensais-je.

Malheureusement, c'était mon remords aussi bien que mon orgueil. Le meurtre de Dupuy creusait entre nous un fossé plus large et plus profond que l'Océan. Non-seulement j'étais séparé d'elle pour toujours, mais encore elle devait me haïr jusqu'à la mort. Cependant je brûlais d'un désir irrésistible de la revoir.

J'errai toute la journée dans les bois de la Villatte,

à une lieue d'Aubusson, n'osant entrer en ville avant le coucher du soleil.

Vers huit heures du soir, un orage terrible éclata, accompagné de tonnerre et d'éclairs. En un instant les rues furent désertes, et, la nuit vint, ce qui me permit de traverser la ville en toute hâte et de chercher un asile chez Mauléon.

Je frappai à la porte. La belle Catherine elle-même vint m'ouvrir et me reconnut à peine, trempé de pluie comme je l'étais.

— Entrez vite, dit-elle. Mauléon a été mandé à l'hôtel de ville. — Mais vous, comment n'êtes-vous point parti ? On vous cherche de tous côtés.

Je racontai ce que j'avais fait depuis la veille et le combat que j'avais soutenu contre les gardes nationaux sur le bord du Thorion.

D'abord, ce récit la fit rire ; mais, après quelques instants, je vis qu'elle était inquiète, et je la priai de me donner une blouse, un pantalon de toile et des bottes, afin que je pusse partir. Elle s'empressa de me satisfaire et m'offrit la moitié de son souper dont j'avais grand besoin.

Pendant que je mangeais debout et vite, tout prêt à sortir, Mauléon rentra et fronça le sourcil en me voyant. Mais ce ne fut qu'un mouvement involontaire bientôt réprimé. Il me serra les deux mains avec effusion, et jura que je n'aurais pas d'autre asile que sa propre maison.

— D'où viens-tu? lui dis-je.

— Le maire m'a fait mander, répondit Mauléon, et je crois bien que si j'avais tardé cinq minutes, la gendarmerie se fût mise à ma poursuite. Heureusement, je m'attendais à ce coup, et je me suis rendu paisiblement à l'invitation de l'autorité.

— Citoyen, m'a dit le maire assez brusquement, où avez-vous couché la nuit dernière?

— Chez moi, citoyen.

— Et la nuit précédente?

— Chez moi, pareillement.

— Savez-vous quelque chose de l'assassinat du procureur-syndic et des gendarmes?

— Non.

Il m'a regardé fort longtemps, pendant que les gendarmes le regardaient lui-même, attendant qu'il donnât l'ordre de m'arrêter.

J'ai vu que ma liberté ne tenait qu'à un fil. Je me suis levé d'un air délibéré.

— Où allez-vous? m'a demandé ce magistrat rébarbatif.

J'ai répliqué avec assurance :

— Je rentre chez moi.

— Asseyez-vous... Il court de mauvais bruits sur votre compte, citoyen Mauléon.

— Je l'ignore.

— On dit que vous recevez toutes sortes de gens à des heures indues.

— Quel est celui qui a dit cela? ai-je répondu avec indignation.

Et là-dessus, je l'ai forcé d'avouer, ou à peu près, qu'il plaidait le faux pour savoir le vrai, et que sa police était fort mal faite, puis je me suis retiré emportant son estime et les soupçons de la gendarmerie.

Donc, je suis hors d'affaire, du moins pour le moment; mais toi, Robert, tu vas payer pour tous si tu te laisses prendre.

— Aussi, je vais partir.

— As-tu besoin d'argent? Ma bourse...

— Non, merci. Je voulais seulement savoir...

Ici, je m'arrêtai en rougissant. Je n'osais plus prononcer le nom de Clélie, et surtout devant lui.

— Savoir quoi? demanda-t-il.

— Si les blessures de Clélie...

Son front s'assombrit. Il se mordit les lèvres; puis feignant de rire aux éclats, quoiqu'il n'y eût rien de risible dans ma question :

— Ah! ce bon Fénestrange! Un vrai chevalier français, dit-il à Catherine. Il tue le père et il est amoureux de la fille. Je crois, parole d'honneur, qu'il va se faire inscrire à sa porte et demander si la citoyenne Clélie consent à le recevoir.

— Mauléon!

— Voyons, ne te fâche pas. Je n'ai pas dit cela pour t'offenser, mais en vérité...

Et il se mit à rire de nouveau. Cependant ce rire était

sec et forcé. Je sentis que Mauléon me cachait quelque
chose. Mais quoi ?.....

— Enfin, continua-t-il, puisque tu veux le savoir,
Clélie n'est pas morte, elle ne vaut guère mieux. Elle a
reçu dans la poitrine une balle. C'est fort grave. Le chirurgien, qui est expérimenté et qui a coupé quarante-
cinq ou cinquante bras et jambes pendant la guerre
d'Amérique, ne croit pouvoir répondre de rien. Il a dû
y retourner ce soir vers sept heures, et extraire la balle.
S'il y parvient, elle vivra.

— Comment le sais-tu ?

— Je suis allé moi-même, comme ancien ami du procureur-syndic, demander des nouvelles de sa fille et
m'offrir pour rechercher ses assassins.

On a refusé la dernière offre, car je suis devenu suspect, comme tu vois; mais le vieux curé Lautonière,
qui veille au chevet de la malade, m'a dit qu'elle en re-
viendrait.

A propos, ajouta-t-il, je dois t'avertir que ton signalement court déjà les rues. Le *Patriote d'Aubusson*
a publié ce soir un numéro extraordinaire pour raconter
les détails de nos exploits d'avant-hier, et te signale
comme chef de la bande. Tiens, lis toi-même. Voici le
journal dont un exemplaire est affiché au coin de chaque rue.

Je lus alors ce que vous allez entendre. Curé, vous
qui gardez toutes ces pièces pour défendre un jour ma
mémoire, — car, de mon vivant, il me plaît de n'être

pas défendu : — donnez-moi le *Patriote* du 6 thermidor an II. Voici :

« Un crime épouvantable et sans exemple a jeté la
« consternation dans la ville d'Aubusson. L'un de nos
« plus braves et de nos plus éminents patriotes, le ci-
« toyen Brutus Dupuy, procureur-syndic de la commune
« et président de la Société des jacobins, vient d'être
« lâchement assassiné.

« Cet homme illustre qui n'avait d'autres ennemis que
« ceux de la patrie, etc., etc. »

Suivent les détails du combat, assez exactement racontés, et les vœux du rédacteur pour que tous les assassins, y compris et en tête l'abominable ci-devant noble Robert Fénestrange, reçoivent promptement sur l'échafaud le châtiment de leur crime.

Un peu plus loin vient mon signalement. Si vous êtes curieux de me connaître tel que j'étais autrefois, le voici :

« Robert Fénestrange, ci-devant noble.

« Age : dix-neuf ans et demi.

« Taille : 1 mètre 80 centimètres.

« Front élevé et découvert.

« Yeux vert-de mer.

« Nez droit et mince.

« Menton rond.

« Visage ovale.

« Teint coloré.

« Sourcils châtains.

« Cheveux châtains, très-longs et très-abondants.

« Barbe, néant.

« Signe particulier : Est d'une force et d'une agilité
« peu communes. »

— Tu vois, ajouta Mauléon, qu'il n'y a pas de temps
à perdre. Il faut coucher ici ce soir et partir demain
avant le point du jour.

— Eh bien, dis-je, l'orage est passé. Je trouverai
bien un abri dans la campagne. Je vais partir tout de
suite.

Il fit d'assez bonne grâce quelques faibles efforts pour
me retenir, quoique au fond il fût charmé de mon départ. Enfin, me voyant résolu à ne pas accepter son
offre, il reçut mes adieux, et je rentrai dans la ville pour
rôder sous les fenêtres de Clélie.

XXXII

J'eus le bonheur de ne rencontrer personne. On se
couche vers neuf heures du soir à Aubusson. De plus,
en ce temps-là, sauf quelques rares lanternes dont la
lumière fumeuse servait d'enseigne pendant la nuit à

trois auberges et à huit ou dix cabarets, tout était
plongé dans les plus profondes ténèbres.

La ville, étant construite dans une gorge étroite sur
le bord d'un ruisseau qui descend des montagnes voisines, n'a qu'une seule grande rue qui aboutit à la
Creuse et dont les maisons sont adossées presque partout aux rochers de granit. Quelques propriétaires plus
riches ou plus patients que les autres ont creusé dans
la roche vive de larges escaliers qu'ils recouvrent à
grand'peine de terre végétale et qu'ils appellent fièrement le nom « jardins. »

La maison du procureur-syndic, aujourd'hui démolie,
était située à côté de l'hôtel de ville, à l'endroit même
où s'élève maintenant celle du notaire ***. On ne voyait
au nord, du côté de la rue, qu'un long mur à peine
percé de deux fenêtres grillées. La façade était exposée
au midi, c'est-à-dire du côté opposé à la rue et donnait
sur le jardin.

Je regardai longtemps ce mur sombre comme celui
d'un couvent. Je ne voyais aucune lumière derrière les
deux fenêtres grillées qui ne servaient, en effet, qu'à
éclairer un vaste escalier.

C'est là que dormait Clélie. Mais comment la voir ?
Comment pénétrer dans la maison sans être reconnu et
sans exciter un tumulte effroyable ? Ne me prendrait-on
pas pour un assassin qui veut achever son crime, ou
qui veut jouir des souffrances de sa victime ?

J'hésitai longtemps, caché dans une encoignure. Enfin,

je remontai l'escalier de l'hôtel de ville qui conduit de la grande rue d'Aubusson à la place de l'église, et du haut de cette place qui était autrefois enfermée dans les remparts du vieux château, et qui domine presque toute la ville, j'aperçus la façade de la maison Dupuy.

Trois fenêtres seulement étaient éclairées; l'une au rez-de-chaussée était sans doute celle de la cuisine. Les deux autres étaient, du moins je le supposai, celles de la chambre de Clélie.

Vous savez que le jardin, comme presque tous ceux du voisinage, se compose de quatre terrasses étagées l'une sur l'autre et dont la dernière sert de base à la maison. Chacune de ces terrasses n'a guère plus de quinze pieds de haut, de sorte qu'on peut, même lorsque les escaliers sont fermés par des grilles, sauter facilement de l'une dans l'autre, surtout lorsque la terre est fraîchement remuée et molle sous le pied.

Je calculai qu'il était environ dix heures du soir; que les voisins dormaient, que la lune ne serait pas levée avant minuit, que j'aurais par conséquent le temps d'entrer et de sortir sans être vu. Je fis une courte prière à Dieu pour qu'il favorisât mon entreprise, ce qui ne veut pas dire que je le priai de préserver ma vie de tout accident; c'était alors et c'est encore aujourd'hui le moindre de mes soucis. Je pris mon élan et je sautai sur la première terrasse.

Le saut se fit sans accident. J'écrasai, il est vrai, quelques laitues, mais je tombai d'aplomb. Sur la seconde terrasse, j'écrasai des dahlias. Mes pieds s'enfoncèrent dans la terre molle de la troisième et de la quatrième terrasse, et enfin j'arrivai près de la fenêtre éclairée du rez-de-chaussée. A travers les vitres, je voyais distinctement la vieille servante filer sa quenouille d'un air triste, au coin de la cheminée.

Le plus facile était fait. Mais il fallait entrer dans la maison sans être vu ou entendu de personne. C'est là que toute mon agilité ne pouvait me servir de rien.

Je mesurai d'abord la hauteur qui me séparait des fenêtres de Clélie, qui par bonheur étaient ouvertes à cause de la saison, et, grâce à quelques saillies du mur, j'y grimpai assez aisément; de là, me soutenant seulement à la force des poignets, je regardai avidement dans l'intérieur de la chambre.

Jusqu'au dernier jour j'aurai ce spectacle devant les yeux.

Le lit de ma chère Clélie, — grand lit à la duchesse, orné de baldaquin, — était placé au fond de la chambre et faisait face à la fenêtre. La tête de Clélie reposait sur l'oreiller. Ses yeux étaient fermés. Sa main droite pendait un peu sur le bord du lit, la gauche était repliée à demi sur le drap. Ses cheveux blonds, dénoués, couvraient ses épaules.

Je ne pouvais me lasser de la contempler, mais tout à coup un bruit léger attira mes regards vers le pied du lit.

Le vieux curé Lautonière, assis dans son fauteuil,

lisait avec attention un grand livre dont je distinguai le titre malgré la distance : c'était l'*Imitation de Jésus-Christ*. Soit que j'eusse fait quelque bruit, soit quelque autre raison que les partisans du fluide magnétique vous expliqueraient mieux que moi, il se sentit dérangé de sa lecture et regarda de mon côté, mais sans me voir, car je baissai la tête instinctivement.

Cependant, je m'aperçus qu'il était inquiet ; il ferma son livre, se leva et s'avança vers la fenêtre pour la fermer.

A ce moment, il était inévitable qu'il me vît. Je pris donc bravement mon parti et je sautai à terre d'une hauteur de quinze ou dix-huit pieds environ. Heureusement, car il aurait dû entendre le bruit de ma chute, il était à moitié sourd, et ferma les fenêtres sans avoir le moindre soupçon de ma présence.

La vieille servante, qui filait au rez-de-chaussée, avait l'oreille plus fine ; mais elle crut entendre un chat tombé du toit, et me cria :

— As-tu fini, vilaine bête ?

Puis elle se leva, saisit un balai, et ouvrit la porte en disant :

— Ah ! le gueux ! Je suis sûr que c'est celui de la mère Saumonet ;.... je vais te casser les reins.

En même temps, elle s'avança dans la cour, cherchant partout son ennemi. Mais ses yeux, accoutumés à la clarté de la lampe qui brûlait dans la cuisine, n'apercevaient rien. Je profitai de ce moment pour me glisser derrière elle dans le corridor obscur et me cacher sous l'escalier du premier étage.

Après une ou deux minutes d'attente et de recherches inutiles, elle rentra en grondant, ferma la porte à double tour, tira soigneusement les verrous et alla se coucher.

J'attendis encore pendant une demi-heure de peur d'éveiller son attention ou celle des autres habitants de la maison ; puis je sortis à tâtons de ma cachette, je saisis de la main gauche la rampe de l'escalier, et je montai lentement les vingt marches qui me séparaient du premier étage. De là, je me dirigeai, toujours à tâtons, mais avec un instinct merveilleux, vers la porte de la chambre de Clélie.

Cette porte était vitrée, et derrière la vitre un rideau transparent me laissait voir toutes choses à travers un nuage blanc.

Le vieux curé s'était assis, tournant le dos à la porte, et à demi assoupi par la fatigue. Au moindre bruit, il relevait la tête et regardait Clélie. La sœur du procureur-syndic, qui partageait ce soin avec lui, devait le relever depuis une heure après minuit jusqu'au jour.

Je ne puis vous dire jusqu'où allait mon émotion. Je voyais là mon œuvre, et, pour la première fois, je doutais si ma vengeance avait été légitime. Clélie mourante ! et mourante par moi ! Quel remords éternel ! Que n'aurais-je pas donné pour que la balle de son père m'eût traversé le cœur et dégagé de mon serment !

Cependant, un instinct irrésistible me poussait à me jeter à ses pieds et à implorer mon pardon. Après avoir bravé tant de périls pour la voir, je voulais lui dire un éternel adieu. L'occasion était favorable.

J'ouvris la porte et je la refermai avec lenteur et précaution. Le vieux Lautonière, assoupi déjà, et d'ailleurs presque sourd, ainsi que je l'ai déjà dit, ne m'entendit pas entrer. Je fis trois pas derrière lui, et je vis en me penchant par-dessus son fauteuil qu'il avait déjà les yeux fermés. Je m'avançai alors vers le lit et je regardai Clélie en silence.

Elle était dans un état qu'on ne peut appeler ni veille ni sommeil. Le sang qu'elle avait perdu, soit par sa blessure, soit par les sondages du chirurgien, l'avait réduite à une somnolence continuelle ; et l'âme elle-même était incapable de faire un effort pour comprendre ce qui se passait autour d'elle.

Un mouchoir taché de sang était déposé sur la table de nuit, près d'elle. C'était son propre sang, je n'en pouvais douter, et je le pressai sur mes lèvres avec une piété inexprimable, n'osant toucher à cette petite main plus blanche que le lait et transparente comme l'opale, qui pendait à demi sur le lit. Au moment où je le mettais sur ma poitrine pour l'emporter comme une relique, le plancher craqua sous mon pied, et Lautonière ouvrit les yeux.

Il ne me reconnut pas d'abord, et poussa un cri, croyant sans doute avoir affaire à un assassin.

Je me retournai pour le rassurer: En me reconnaissant, il se leva et parut pétrifié d'horreur.

— Ne criez pas ! lui dis-je tout tremblant, comme si j'eusse été surpris à commettre un crime, ne criez pas ! elle s'éveillerait.

— Malheureux ! me dit-il à demi-voix, vous voulez donc la tuer ! sortez ! sortez !

Elle fit un léger mouvement, et parut près d'ouvrir les yeux. Je me cachai en toute hâte au pied du lit. Mais elle se rendormit.

— Sortez ! me dit encore Lautonière, ou j'appelle les voisins au secours.

— Et moi, lui dis-je en tirant de ma poche un pistolet que j'armai sur-le-champ, si vous appelez, je me tue sous vos yeux, à ses pieds !

— Vous vous rendriez justice, répliqua gravement Lautonière ; mais Dieu nous défend de disposer de nous-mêmes. N'allez pas expier un meurtre par un suicide, et un crime par un autre crime..... Que venez-vous chercher dans cette maison que vous avez remplie de deuil, auprès de cette jeune fille dont vous avez égorgé le père ?

— Mon pardon ou la mort. Si Clélie ne me pardonne pas, je suis décidé à me livrer moi-même aux jacobins, et mon procès ne sera pas long.

— Et moi, répliqua le vieillard, moi qui sais que votre vue peut la tuer, si vous faites un pas vers elle, Fénestrange, j'appelle, — au risque de tout ce qui peut

11.

arriver. Tuez-vous, tuez-moi, assassinez encore si c'est votre désir; mais, moi vivant, vous ne lui parlerez pas.

— Eh bien, je vais partir. Laissez-moi la contempler encore.

Il n'osa m'en empêcher, craignant sans doute de me pousser à quelque parti désespéré, et pendant quelques moments je pus impunément m'enivrer de sa vue.

Puis elle ouvrit lentement les yeux et regarda Lautonière d'un air étonné.

— Mon ami, dit-elle d'une voix plus faible qu'un souffle, vous ne dormez donc pas !

Je me cachai derrière le rideau.

— Je lisais, dit le vieillard.

— J'ai cru entendre un bruit de voix. Est-ce ma tante qui veille avec vous ?

— Non, mon enfant. Je lisais tout haut quelques versets de l'*Imitation de Jésus Christ*; c'est une mauvaise habitude que j'ai contractée autrefois dans mon presbytère, quand j'étais seul toute la journée.

— Je me sens bien malade, dit-elle encore après un assez long silence. Pourquoi mon père n'est-il pas près de moi ?

Elle répéta machinalement cette question à plusieurs reprises ; puis le son de ses propres paroles lui rendit, comme il arrive quelquefois, la mémoire du passé, et elle s'écria tout à coup :

— Ah ! je me souviens ! Malheureuse ! Fénestrange l'a tué ! Fénestrange !

En même temps elle s'évanouit.

— Au nom du ciel, partez! s'écria Lautonière. Si cette malheureuse enfant vous voit, elle en mourra.

Au même instant, j'entendis qu'on ouvrait la porte d'une chambre voisine. La tante de Clélie venait prendre la place du curé.

J'ouvris précipitamment la fenêtre. La lune venait de se lever; je regardai en bas, et ne voyant personne, au moment de sauter je dis à Lautonière :

— Promettez-moi que vous répondrez à mes lettres et que vous me direz si elle est sauvée.

Le vieillard n'eut pas le temps de me faire un signe. On tournait déjà le loquet de la porte. Je sautai à terre et je gravis au clair de lune les trois premières terrasses; mais un incident imprévu me mit dans le plus grand péril.

Au moment où je gravissais le mur qui supportait la quatrième, un coup de fusil se fit entendre, et la balle perça mon chapeau de part en part et me coupa une petite touffe de cheveux.

En même temps une voix qu'il me semblait reconnaître cria :

— C'est lui! c'est Fénestrange! Arrêtez le brigand!

XXXIII

Au reste, je n'eus pas le temps de rappeler mes souvenirs et de me demander en quel pays ou en quelle circonstance j'avais entendu cette voix, car j'étais traqué comme une bête féroce, et le premier coup de fusil fut suivi de dix ou douze autres, auxquels je n'échappai que par miracle.

Mais je mettais alors le pied sur la place de l'Église et je pouvais fuir librement. Quant à m'arrêter et à tenir tête à mes ennemis, c'était chose impossible. J'avais été forcé le matin de jeter mon fusil dans le bois de la Villatte pour ne pas exciter le soupçon des passants; et, mes deux pistolets une fois déchargés, je serais demeuré au pouvoir des assaillants.

Pour comble d'embarras, j'avais déposé ma cassette et les 2,500 francs en or qu'elle contenait dans un coin des ruines du château d'Aubusson, sous une voûte à demi démolie, afin de n'être pas gêné pour sauter en bas des terrasses, et pour entrer dans la maison de Clélie. Il fallait la reprendre, car je n'avais pas d'autre moyen de continuer mon voyage.

Évidemment, je ne pouvais pas demeurer à Aubusson ou dans les environs. J'allais donc chercher un asile, soit à Paris soit à la frontière, dans l'armée de la république. Or, un aubergiste ne s'inquiète jamais des papiers ou des opinions politiques d'un voyageur bien muni d'or et d'argent.

Je fis en un clin d'œil toutes ces réflexions que je vous rapporte si longuement, et je me décidai à forcer la ligne des chasseurs, car j'étais véritablement le gibier de la garde nationale.

Aussitôt que je fis mine de courir vers les ruines qui sont situées, comme vous savez, sur le haut de la colline, et qui dominent de haut la Creuse et toute la vallée du faubourg Saint-Jean, j'entendis une voix qui criait :

— Attention, Jacquet! C'est notre sanglier d'hier au soir. Ne le laisse pas échapper cette fois.

Et Jacquet répondit :

— Soyez tranquille, capitaine, s'il passe à ma portée, son affaire est dans le sac. Mais vous, prenez bien garde Attention! Le voici. A toi, Foucard!

Cet appel fut une révélation. Je reconnus alors la voix qui avait averti les gardes nationaux. C'était sans aucun doute mon complice de l'avant-veille qui m'avait suivi, dénoncé et trahi. J'en fus tellement indigné que sans m'occuper davantage de Jacquet, du capitaine et de mon danger, je courus tout droit vers Foucard pour lui brûler la cervelle.

Le misérable ne m'attendit pas et prit la fuite en

devinant mon dessein. Il cherchait à m'attirer au centre du vaste cercle formé par les gardes nationaux, mais je lui tirai à trois pas un coup de pistolet qui le renversa par terre; je le saisis tout sanglant par le collet de sa veste, et je le traînai en deux minutes jusque dans les ruines où j'allais moi-même chercher un asile.

— Ne tirez pas! cria le capitaine aux autres gardes nationaux. Ne tirez pas! Vous pourriez tuer ce pauvre Foucard.

Mais « ce pauvre Foucard » n'était guère plus à l'aise malgré les ménagements de ses camarades, car je le secouais avec une rudesse terrible.

— Infâme coquin! lui dis-je, quand nous fûmes tous deux dans les ruines du vieux château, misérable assassin, pourquoi m'as-tu trahi?

Il essaya de nier tout d'abord.

— Je ne vous ai pas trahi, dit-il, monsieur le baron; j'étais dans leurs rangs, mais je n'ai pas tiré...

Il mentait : c'est lui qui avait tiré le premier. Mais je n'avais ni le temps ni le désir de le convaincre. Les gardes nationaux s'approchaient quoique avec précaution, et c'était merveille que je n'eusse pas déjà péri. J'armai mon second pistolet et je lui dis :

— Fais ta prière, traître, car ton heure est venue!

Il se roula à mes genoux.

— Monsieur le baron, dit-il, les apparences sont contre moi... Ne me tuez pas... Je ne suis qu'un pauvre homme, mais le vrai coupable se tient caché... Ne me tuez pas, vous saurez tout.

Je crus que la peur le faisait divaguer.

— Qu'est-ce que je saurai? lui dis-je brusquement. Parle vite! ou tu es mort!

— Mais si je parle, il ne me pardonnera jamais, lui!

— Qui? lui?

— Mauléon.

— Quel rapport y a-t-il, lui dis-je, entre Mauléon et un scélérat tel que toi?

— C'est lui qui m'a envoyé prévenir la garde nationale que vous alliez rôder sous les fenêtres de la citoyenne Dupuy.

— Mauléon!

— Oui, monsieur de Fénestrange, je le jure sur tout ce qu'il y a de plus sacré!

— Qui? ce Mauléon qui me serrait encore les deux mains il y a deux heures à peine et qui m'offrait un asile dans sa maison! A qui se fier, grand Dieu!... Mais tu le calomnies.

— Ah! monsieur de Fénestrange, le calomnier, lui!..... Ce n'est pas possible. C'est un homme capable de tout. Et d'ailleurs, ajouta-t-il tout bas, il a des raisons que vous ne savez pas encore pour désirer que vous soyez fusillé, ce soir.

— Mais pourquoi n'est-il pas venu lui-même?

— Oh! il est bien trop habile pour se faire prendre. Il sait qu'on ne croit plus à son zèle patriotique, et il a craint d'exciter les soupçons en se mêlant avec trop de zèle aux recherches de la colonne mobile, mais moi, un pauvre homme, qui me soupçonnerait?...

Je restai atterré de la perfidie de Mauléon. Je doutais encore, et cependant Foucard paraissait dire la vérité.

A ce moment, je m'aperçus que les gardes nationaux allaient m'entourer de nouveau. Il fallait fuir, ne fût-ce que dans l'intérêt de ma vengeance. Je repoussai du pied le malheureux Foucard si violemment, qu'il roula le long de la pente, et tomba dans un jardin en poussant des cris aigus.

Pour moi, qui connaissais parfaitement les ruines, je saisis ma cassette, je sautai après lui dans le jardin, et de ce jardin-là dans un autre; puis, descendant toujours, ou pour mieux dire dégringolant le long des rochers, au milieu des coups de fusil de la garde nationale et des cris :

— Arrêtez le brigand! arrêtez Fénestrange !

J'arrivai au bas de la pente dans la rue des Tanneurs. Toutes les fenêtres s'ouvraient sur mon passage. Hommes et femmes, en bonnets et coiffes de nuit, me regardaient fuir sans chercher à me barrer le chemin. Je traversai, en courant, l'écluse et le pré qui est de l'autre côté de la rivière, puis remontant dans la vallée de la Creuse, j passai près de la petite montagne de Brame-Faons, et je m'enfonçai dans les bois.

Là, du moins, j'étais en sûreté. Ce n'est pas au milieu

de la nuit que des gardes nationaux pouvaient me poursuivre.

Alors, reprenant haleine, je me mis à réfléchir. Après le premier mouvement d'indignation, je pensai que le moment n'était pas venu de punir la perfidie de Mauléon et de son complice, et qu'avant tout il fallait vivre.

Je résolus donc d'aller tout droit à Paris, d'y rester quelques jours, si je pouvais le faire avec sécurité; sinon, je m'enrôlerais dans le premier régiment venu, sous mon nom de baptême; personne ne s'occuperait de savoir ce qu'avait fait, quinze jours auparavant, le fantassin, le dragon ou l'artilleur Robert.

Ma situation étant parfaitement claire, je sentis le soulagement qu'on éprouve toujours quand on a pris un parti, et qu'il n'est plus nécessaire que d'agir.

Je suivis la route de Felletin où j'arrivai vers quatre heures du matin, au point du jour. Je m'arrêtai un instant dans le cabaret qui est au coin du pont des Malaudes, sur la rive droite de la Creuse, et je demandai à la cabaretière du pain, du fromage et du vin blanc — déjeuner fort convenable en tout temps, mais par-dessus tout, assorti à ma fortune présente.

En même temps, je posai mon chapeau gris de feutre mou sur la table, et j'aperçus sans étonnement les deux trous (car il était percé de part en part) qu'avait faits la balle de Foucard au moment où j'escaladais la dernière terrasse du jardin de Clélie.

La bonne femme qui m'apportait le pain, le fromage et le vin, me regarda elle-même avec attention, et parut frappée de ma pâleur.

— Citoyen, dit-elle, d'où venez-vous donc? d'Aubusson, sans doute ?

— Oui, d'Aubusson.

— On dit que le monde s'y est battu hier toute la journée.

— Je n'en sais rien, citoyenne.

— Est-ce que vous n'êtes pas du pays, citoyen?

— Non, citoyenne.

— Et, sans vous interroger, de quel pays êtes-vous, citoyen?

Les questions de la bonne femme m'agaçaient terriblement les nerfs et surtout me faisaient craindre de faire quelque réponse dangereuse. Aussi je répondis d'un air mystérieux et confidentiel :

— Je suis un déserteur de l'armée des Alpes.

— Ah! mon Dieu! mon pauvre garçon, dit-elle, il faut vous cacher alors. Si les gendarmes vous voyaient!...

— Eh! que le diable vous emporte et la gendarmerie avec vous ! répliquai-je avec impatience. Me laisserez-vous le temps de manger un morceau de pain? vieille pie-borgne?

Je fronçais en même temps les sourcils d'une si terrible manière qu'elle n'osa plus souffler mot.

Mais ce silence devint de l'épouvante lorsque à force de m'examiner elle eut aperçu le sang qui tachait mon pantalon. Ce sang était celui du traître Foucard. Elle se mit à trembler de tous ses membres et prit adroitement le chemin de la porte.

Mais j'avais suivi la direction de ses yeux ; je venais de voir le sang, et je me doutais qu'elle allait fuir ou me dénoncer à la gendarmerie. Je me levai d'un bond, je fermai la porte, je mis la clef dans ma poche, et me rasseyant tranquillement, je lui dis :

— Oui, ma bonne femme, tel que tu me vois, j'ai tué deux hommes avant-hier, et je te jure, si tu ne me laisses pas déjeuner en paix, et si tu cherches à sortir par la porte ou par la fenêtre — je te jure que je vais tuer une bavarde aujourd'hui.

La pauvre cabaretière s'excusa fort d'avoir voulu sortir.

— Je n'ai voulu, dit-elle, que donner la pâtée à mes poules et à mes canards.

— C'est bien. Qu'ils attendent, ou prends garde à toi !

Vous jugez bien que je n'avais pas envie de lui faire le moindre mal, mais il fallait l'effrayer ; ma vie était à ce prix.

Au reste, je ne prolongeai pas trop son supplice. Une bouteille de vin me suffit. J'en emportai une seconde avec quelques provisions pour la route, et je partis en la prenant pour guide, quoiqu'elle eût bonne envie de rester au logis ; mais j'étais sûr que le premier usage qu'elle ferait de sa liberté serait d'aller raconter mon passage aux gendarmes et aux gardes nationaux de

Felletin, et je n'avais pas envie de mettre ces braves gens à mes trousses.

Elle ferma donc sa porte en soupirant, donna sous ma surveillance la pâtée à la volaille et au cochon, et me suivit jusqu'à deux lieues de Felletin, du côté d'Ussel.

Arrivé là, j'avais assez d'avance pour ne plus craindre les poursuites; je la renvoyai en lui donnant un louis d'or de 24 livres, ce qui parut la combler de joie, car elle avait craint de perdre le prix de mon déjeuner, et un louis de 24 livres, en ce temps-là, valait plus que cent francs d'aujourd'hui.

Le reste de mon voyage ne fut marqué par aucun événement digne d'être raconté.

Je passai par Ussel, Brives et Limoges, et j'arrivai à Paris le 10 thermidor, vers quatre heures de l'après-midi.

Je mis pied à terre dans la rue Saint-Honoré, et au moment où je prenais possession d'une bonne chambre à l'hôtel d'Anjou, je fus attiré à la fenêtre par des clameurs épouvantables.

Une charrette passait, portant des hommes à demi-vêtus, qui avaient les mains liées derrière le dos. Une nombreuse escorte les environnait, sans les préserver des outrages de la foule. Ils avaient la mine hautaine, impassible et fière, et gardaient un profond silence.

— Venez voir, citoyen, me dit l'hôtelier. Venez voir ce gueux de Robespierre et ses complices qu'on va guillotiner. Croiriez-vous que j'ai été pendant trois ans le voisin de ce monstre? Il demeurait là, tenez, dans la maison en face chez le menuisier Duplay. Mais, Dieu merci, tous ses crimes sont finis, les honnêtes gens vont respirer, et ma foi, j'en profite. Pas plus tard que ce soir, je vais inviter la petite Brindisi, qui vend des éventails au Palais-Royal, et nous décoifferons ensemble une bonne bouteille de vin de Champagne. Voulez-vous être de la partie, citoyen !

— Je vous remercie, citoyen.

XXXIV

Je fus frappé de la joie naïve de ce brave hôtelier qui regardait la mort de Robespierre comme une permission de souper gaiement avec sa maîtresse; mais je venais d'être atteint moi-même par des coups trop douloureux, pour me réjouir avec lui de la mort de qui que ce fût.

Cependant j'étais curieux de voir cet homme dont le nom remplissait alors toute l'Europe, et qui paraissait l'égal des rois. Je descendis donc en toute hâte, et je suivis le cortége sans mêler mes malédictions à celles de la foule. C'est aux lâches d'insulter le vaincu. Quel

que fût son crime, il allait l'expier. Tout reproche était
inutile et presque barbare au pied de l'échafaud.

La charrette s'arrêta sur la place de la Révolution, et
l'on fit descendre un à un tous les condamnés. Je vis
alors de près ce fameux Maximilien Robespierre, que je
ne devais plus revoir, et qui n'avait plus que quelques
minutes à vivre. On disait autour de moi que, se voyant
vaincu, la veille, et près de tomber aux mains de ses
ennemis, il avait essayé de se brûler la cervelle, et
n'avait réussi qu'à se fracasser la mâchoire.

J'ai su depuis qu'on l'avait assassiné. Un jeune
homme, alors simple gendarme, le colonel Merda, que
j'ai connu plus tard à l'armée, m'a dit (et s'en vantait)
qu'il avait tiré lui-même ce coup de pistolet à bout portant sur le « dictateur. » S'est-il vanté? L'on ne se vante
guère d'un tel exploit à moins qu'on ne l'ait réellement
exécuté.

Que Robespierre eût essayé de se tuer lui-même, ou
qu'il eût été tué à demi par ordre du comité de salut
public, il monta les marches de l'échafaud d'un air aussi
tranquille et aussi assuré que s'il avait dû s'asseoir sur
un trône. Pas un muscle de son visage ne bougea pendant qu'il regardait le peuple innombrable qui était
venu jouir de son supplice.

— Quelle tranquillité! dit tout haut un jeune homme
qui cherchait comme moi à percer la foule et à pénétrer
au premier rang. La vie et la mort, tout lui semble
indifférent!

— Citoyen, lui dis-je, de tous ces condamnés quel est Robespierre ?

— Celui qui a la figure enveloppée de linges. Regardez, le bourreau va les ôter.

En effet, Sanson ôta ces linges avec tant de brutalité que le blessé poussa un cri involontaire. Ce fut la seule marque de sensibilité que la douleur put lui arracher. Sa figure livide reprit son calme habituel.

Au moment où il s'agenouillait, posant sa tête sous le couteau, je sentis le cœur me manquer, et je me détournai.

— Citoyen, me dit le jeune homme qui m'avait déjà parlé, vous n'êtes pas habitué à voir ces exécutions ?

— Non, citoyen. Je m'en vais pour ne pas en voir davantage.

— Et vous avez raison, citoyen. J'étais venu pour voir mourir un tyran. Je l'ai vu. Je pars. C'est une vilaine besogne... Et en serons-nous plus libres ? Ceux qui l'ont tué ne le valent pas.

Tout en causant nous étions sortis de la foule, et nous traversions le jardin des Tuileries.

— Où donc allez-vous ? me demanda-t-il.

— Je ne sais. Je suis arrivé de province à trois heures de l'après-midi.

— Et, pour votre début, vous voyez l'exécution de Robespierre et de Saint-Just ! Peste ! vous n'avez pas perdu de temps. Savez-vous, citoyen, qu'on ne voit pas un spectacle aussi intéressant tous les trois cents ans ?

J'étais un peu étonné du ton de mon nouvel ami. Il s'en aperçut.

— Vous trouvez sans doute, me dit-il, que je suis bien peu ému de ces grandes catastrophes sur lesquelles les historiens à venir écriront tant de phrases à effet, et bâtiront tant de systèmes ? Mon cher, dans mon métier on est si habitué aux tranformations diverses de la nature que l'analyse des êtres organisés nous est à peu près aussi indifférenté que la synthèse, ou pour parler plus clairement, que la mort nous est aussi indifférente que la vie. Au fond, ne savons-nous pas bien que tous les corps simples se retrouvent, et se combinent dans des proportions variées, mais qu'aucun d'eux n'est jamais détruit!

— Vous êtes chimiste ?

— Au service de la République française, une et indivisible. Devinez quel est le problème dont je m'occupe en ce moment... Mais auparavant, mon cher citoyen, il est l'heure de dîner. Voulez-vous venir avec moi? Je ne vous promets pas que vous ferez bonne chère. Du jambon, une demi-bouteille de vin et un morceau de pain fort petit (car il faut faire queue et se battre à la porte des boulangers), voilà notre festin. Vous convient-il? Acceptez-vous ?

— De grand cœur.

Et en effet, dans mon isolement, une pareille rencontre était une bonne fortune.

— Comment t'appelles-tu? me demanda-t-il assez brusquement.

J'hésitai un instant, n'étant pas encore habitué à mon nouveau nom, et je répondis en rougissant un peu :

— Je m'appelle Robert.

— Ah ! ah ! dit-il. On croirait que tu as oublié ton nom, ou que tu as quelque raison de le cacher. Tu dois être quelque ci-devant. Ne me réponds pas. Je ne voulais pas t'embarrasser. Il est bien permis d'avoir été duc, comte ou baron. Mon père, à moi, est maître d'école, et je n'en suis pas plus fier. On m'appelle Corbin, Horatius Corbin. J'ai vingt-deux ans, j'étudie sous le citoyen Guyton de Morveau le moyen de réduire en poudre les ennemis de la République ; et, ma foi, je crois que nous avons mis le doigt sur une découverte dont on parlera longtemps.

Ici je l'interrompis pour demander si le restaurant était fort éloigné. Je sentais s'éveiller mon appétit campagnard.

— Robert, mon ami, dit Corbin en riant, il ne faut pas être esclave de son ventre. Tu as faim, et moi aussi, car il est bientôt six heures, mais cette maudite exécution m'a retardé. Prends patience, notre dîner est sur le feu, rue Monsieur-le-Prince, chez le père Cabot, dit l'Empoisonneur, à cause de la bonne réputation de ses sauces, ou l'Aquatique, à cause des vins exquis dont il régale ses hôtes... L'essentiel est qu'on n'y meurt pas de faim...

De quoi parlions-nous donc ? demanda-t-il après un court silence. Ah ! j'y suis... de notre découverte. Con-

12

nais-tu les aérostats?... Heu ! heu ! de réputation, n'est-ce
pas ? Il n'y a pas d'intimité entre eux et toi ?... Eh bien,
peu importe. Imagine-toi que le père Guyton de Morveau, qui est un malin, a découvert qu'en s'élevant à mille
ou douze cents pieds en l'air à l'aide d'un ballon, nous
pouvons voir d'un coup d'œil tous les mouvements des
Autrichiens, des Prussiens, des Anglais, et par suite les
empêcher. Que faut-il pour cela ? Deux ou trois hommes
de bonne volonté, qui consentent à monter en ballon
pendant que trente ou quarante autres s'accrochent aux
cordages et maintiennent la nacelle.

Aussitôt dit, aussitôt fait. On a créé une compagnie
d'aérostiers, et, pour donner du courage aux autres,
Guyton-Morveau est monté le premier dans la nacelle.
J'étais resté en bas le jour de l'expérience, car Guyton-
Morveau m'avait défendu de l'accompagner :

— Coutelle et Conté sont avec moi, me dit-il ; c'est
leur droit, puisqu'ils sont plus âgés que toi. Reste à
terre ; tu commanderas la manœuvre.

Bien lui en prit, car un coup de vent faillit tout emporter, équipage et ballon ; mais je veillais au grain, et
tous trois redescendirent sains et saufs. Aujourd'hui tout
va pour le mieux. Le jour de la bataille de Fleurus, nous
regardions la bataille assis dans les nuages, comme des
dieux de l'Olympe, et nous envoyions de cet observa-
toire, à Jourdan, des notes dont il fit son profit, non
sans peine, car le pauvre homme est lent de concep-
tion ; mais, enfin, à force de lui mâcher la besogne il va

tant bien que mal. Heureusement le pauvre Cobourg ne
sait pas distinguer sa main droite de sa main gauche;
sans cela, il nous aurait battu à plate couture; mais
dans le royaume des aveugles les borgnes sont rois. On
l'a bien vu à Fleurus et à Wattignies.

— Et tu as quitté le métier?

— Point du tout. J'étais lieutenant de la compagnie
des aérostiers. Mais, en campagne nous n'avons rien de
ce qui est nécessaire pour réparer les accidents qui
arrivent tous les jours. On m'a envoyé ici pour faire des
provisions. Ma mission est remplie. Je partirai demain.
On m'attend à l'armée du Rhin. Veux-tu venir avec moi?

Ce projet me souriait; mais j'aurais voulu voir Paris.

— Tu as donc de l'argent? me dit Horatius, car sans
argent Paris est un piteux spectacle. On voit tout, on
désire tout, et l'on est privé de tout.

— J'ai deux mille cinq cents francs en or, lui dis-je.

Il me regarda d'un air si comique et si étonné que je
ne pus pas m'empêcher de rire.

— Deux mille cinq cents francs! dit-il. Et en or!
Dieux immortels! où peut-on pêcher une pareille
somme? A coup sûr, ce n'est pas dans les caisses de la
République... Je ne m'étonne plus si tu veux voir Paris;
mais, malheureux Crésus, tu as de quoi acheter le Lou-
vre et le Panthéon. Ah! c'est dommage, tu me plaisais.
Je t'aurais fait entrer dans ma compagnie. Nous aurions
ensemble cherché le grand secret, c'est-à-dire l'art de
diriger les ballons; car, entre nous, je me soucie des

Anglais et des Prussiens comme d'un fétu de paille. Si je savais diriger un ballon, Pitt et Cobourg, et Clerfayt, et le duc d'York, et le roi de Prusse, et tous les tyrans de la terre, et tous les imbéciles qui se font tuer à leur service pour un sou par jour, ne pourraient plus rien contre moi. Je ne prendrais même pas la peine d'incendier du haut des airs avec des bombes les arsenaux d'Ulm, de Dantzig ou de Plymouth, je répandrais sur le genre humain les lumières divines de la science et de la liberté. L'homme n'est pas méchant, il n'est qu'ignorant et borné ; je le ferais voyager ; je l'instruirais malgré lui ; je le rendrais libre et bon.

— Et tu t'exposes à partager avec moi la gloire de la future découverte ? lui dis-je en riant.

— Et toi, répliqua-t-il, tu ne t'empresses pas d'accepter mon offre généreuse ?

— Après tout, pensai-je, c'est encore le meilleur parti que je puisse prendre. Aérostons puisque Horatius aéroste.

Et je lui dis que j'allais le suivre à l'armée. Il me serra la main et nous nous embrassâmes comme de vieux amis. En ce temps-là, malgré la guerre civile, la guerre étrangère et l'échafaud, les cœurs étaient plus ouverts qu'aujourd'hui. On n'avait pas encore imité la raideur anglaise qui donne à beaucoup de jeunes gens l'aspect des poupées mécaniques.

On ne se hait plus maintenant, et l'on s'aime encore moins. Changement fâcheux ! L'amour et la haine étaient deux bonnes choses qu'on fera bien de retrouver, si l'on peut.

XXXV

Si je vous ai raconté longuement ma rencontre avec Horatius Corbin, lieutenant de la compagnie des aérostiers de l'armée du Rhin, ce n'est pas qu'elle ait eu grande influence sur les événements qui suivirent, mais c'est parce que mon nouvel ami me rendit le goût de vivre, que tant de malheurs immérités m'avaient presque fait perdre. Son activité, sa gaieté, son courage étaient contagieux.

— La vie est courte, disait-il toujours, et n'a de prix que par les bonnes ou grandes actions qu'on a pu faire. Agissons donc, c'est notre premier devoir. La tristesse et la paresse sont le partage des lâches et des imbéciles. En avant, Robert! en avant!

Et il allait lui-même avec tant de hardiesse et de persévérance, ne doutant jamais de rien, qu'il entraînait tous ses camarades. Je me crus moi-même un instant destiné à laisser un nom glorieux dans l'histoire des sciences, mais il fallut bientôt y renoncer. La nature ne

12.

m'avait pas donné le génie nécessaire, et je pâlissais inutilement sur les livres de physique et de mécanique, pendant que mon ami Horatius, toujours en mouvement, résolvait en cinq minutes les problèmes les plus ardus.

Comme je m'en plaignais un jour :

— Va, va, me dit-il en riant, tu es encore le plus favorisé, toi. Tu seras quelque part colonel ou général d'armée, et tu remporteras des victoires comme tant de nigauds illustres qui ont passé leur vie à massacrer les hommes au lieu de les instruire. Mon pauvre Robert, tu as l'étoffe d'un Bayard ou d'un Duguesclin ; et demande à tous nos camarades, demande à toute l'armée, à tout le peuple, à toutes les femmes surtout, lequel on préfère d'un Socrate, d'un Newton, d'un Lavoisier, ou d'un Duguesclin. Je ne t'envie pas ta part, intrépide casseur de têtes et de bras, mais en ce monde et pour le moment elle vaut cent fois mieux que la mienne.

Mais ce n'est pas l'histoire de mon séjour à l'armée du Rhin que je veux vous faire maintenant, et je ne vous en dirai rien de plus, sauf une courte aventure qui fit parler de moi dans l'armée du Rhin pendant quelques jours et dont vous trouverez le récit dans le *Journal de Paris* du 15 frimaire an III. Curé, lisez-moi ceci :

Le curé lut :

« Notre ami le capitaine Coutelle, de la compagnie
« des aérostiers, qui revient de l'armée du Rhin, nous
« a rapporté un de ces traits de sang-froid et d'intrépi-

« dité dont les soldats de la république française sont
« seuls capables.

« Le 6 brumaire courant, le sergent Robert, de la
« compagnie des aérostiers, étant de service près de
« Mayence et chargé de préparer, conjointement avec le
« lieutenant Horatius Corbin, le ballon dans lequel celui-
« ci devait monter avec le capitaine Coutelle et le colo-
« nel d'état-major Duriveau, pour observer la situation
« des Prussiens et leurs mouvements, — une grêle de
« mitraille, envoyée du haut des remparts de Mayence,
« a tué ou blessé une quinzaine de soldats qui retenaient
« les cordes du ballon, et coupé deux de ces cordes.
« Aussitôt le ballon, qui était déjà gonflé à demi, s'est
« élevé dans les airs, emportant le sergent Robert qui
« était alors occupé à remplir la nacelle de sacs de lest.

« Toute l'armée a vu le ballon, emporté par le vent,
« passer au-dessus du camp prussien, et, à ce qu'on
« croyait, se diriger du côté du Hanovre et de la mer
« du Nord.

« Mais, à notre grand étonnement, il a descendu fort
« paisiblement à une lieue de Mayence, sur la rive
« droite du Rhin. Voici ce qui était arrivé :

« Le sergent Robert, surpris par le départ imprévu
« de l'aérostat, n'a point perdu courage. Il avait déjà
« déposé dans la nacelle la lunette du colonel d'état-
« major Duriveau. Il s'en est servi pour observer avec
« le plus grand sang-froid les positions des Prussiens ;
« puis, ses observations terminées, il est descendu tran-

« quillement à terre en ouvrant la soupape de l'aérostat,
« par où le gaz hydrogène s'est enfui.

« Mais à terre, une compagnie de cavalerie prussienne
« l'attendait, et l'a conduit prisonnier au feld-maréchal
« Mollendorf. Tout l'état-major prussien était là, et con-
« sidérait l'aérostat avec curiosité.

« — Vous manœuvrez l'aérostat, vous tout seul? a
« demandé le feld-maréchal.

« — A votre service, a répliqué gaiement le sergent
« Robert. Si le cœur vous en dit...

« — Comment vous appelez-vous, sergent?

« — Robert, mon feld-maréchal.

« — Eh bien, sergent Robert, je vous fais donner
« mille thalers de Prusse, si vous remontez en l'air avec
« trois compagnons de voyage que je vais vous indi-
« quer...

« — Mille thalers de Prusse! a dit Robert, c'est mille
« fois plus que je ne gagnerais en un mois à servir la
« République française une et indivisible; et pourvu que
« vous ne me proposiez pas une trahison...

« — Non, ce n'est qu'une simple expérience scienti-
« fique. Hohenfeld, Kirchfeld et Kirchfeld, vous mon-
« terez dans la nacelle avec le sergent.

« Puis, se tenant un peu à l'écart, il a donné des
« instructions secrètes à ces trois officiers. Robert,
« pendant ce temps, n'ayant pas de gaz hydrogène à sa
« disposition, a dégonflé complétement l'aérostat, puis
« il l'a rempli d'air échauffé, suivant la vieille formule des

« frères Montgolfier, et il a donné le signal du départ.

« Soixante Prussiens tenaient les cordes. A un signal
« donné, Robert a jeté cinq ou six sacs de lest, et le
« ballon s'est élevé majestueusement dans les airs, pen-
« dant que les officiers prussiens, mal habitués à cette
« espèce de monture, essayaient d'examiner le camp
« français avec leurs lunettes.

« Tout à coup, arrivé à une centaine de pieds, Robert
« crie aux soldats : Lâchez tout !

« Les soldats étonnés obéissent, et le ballon, déchargé
« rapidement de son lest, car Robert jetait tous les
« sacs, s'est élevé en un instant à plus de trois mille
« pieds de haut.

« Sergent Robert, dit l'un des officiers, c'est une tra-
« hison ! Descendons, ou je vous ferai fusiller quand
« nous serons de retour au camp.

« — Et moi, réplique le sergent, si vous dites un
« mot de plus je vous envoie rejoindre le lest. Atten-
« tion ! la paix ! Soyez sages, mes amis, si vous voulez
« retrouver le doux plancher des vaches !

« Puis comme le vent ramenait l'aérostat vers le camp
« français, il a ouvert la soupape, et a fait descendre les
« trois Prussiens prisonniers.

« Le général Kléber, qui assistait à la descente, a mis
« le brave sergent à l'ordre du jour, et l'a nommé sous-
« lieutenant. »

Pardonnez-moi cette digression. Un vieux soldat aime
toujours à raconter ses campagnes.

Cependant je ne vous en dirai pas plus long sur ce sujet, et je reviens à mon histoire. Curé, donnez-moi la lettre du vieux Lautonière, que je reçus au camp devant Mayence à peu près vers ce temps-là.

« Neuvic, 3 frimaire, an III.

« Mon cher enfant, car malgré tout le sang versé, je
« ne puis pas vous détester encore, je répondrai peu de
« chose à votre dernière lettre.

« Le bruit des meurtres déplorables que vous avez
« commis n'est pas encore apaisé. Les méchants et les
« imbéciles dont le nombre est toujours si grand par
« tout pays, assurent même que vous avez égorgé une
« pauvre femme, cabaretière à Felletin, pour lui voler
« un canard et deux ou trois assignats. Je n'ai pas
« besoin de vous dire que j'ai reçu ces rapports comme
« ils méritaient de l'être, et que je sais fort bien, après
« information prise, que la cabaretière vit encore, et
« même qu'après avoir eu grand'peur, elle a été fort
« contente de votre générosité et montre à qui veut le
« voir le louis d'or de vingt-quatre livres que vous lui
« avez donné.

« Du reste, personne ici ne se doute de ce que vous
« faites. On vous croit mort ou émigré, et je n'en suis
« pas fâché. Cela arrête les recherches.

« Du reste, la nouvelle du 9 thermidor a calmé
« tous les esprits. Les plus violents jacobins ont baissé

« le ton, et l'on ne parle plus de guillotiner les aristo-
« crates comme autrefois.

« On a poursuivi mollement les assassins des gen-
« darmes d'Aubusson, quoiqu'ils aient commis beau-
« coup d'autres brigandages depuis votre départ ; mais
« maintenant le parti modéré l'emporte, et à son tour,
« fait mettre les jacobins en prison.

« On a pourtant interrogé Mauléon, un pauvre diable
« nommé Foucard et quelques autres qui n'ont pas
« bonne réputation ; mais ils se sont tirés d'affaire, je
« ne sais comment. Je crois qu'on n'a pas osé les con-
« vaincre de peur de n'être pas assez fort pour les punir,
« et que les magistrats ont craint de subir le sort de
« mon pauvre ami Brutus Dupuy.

« Pour vous, mon cher enfant, vous êtes condamné à
« mort par contumace, et si vous êtes pris, vous paie-
« rez pour tous. Restez donc à l'armée du Rhin autant
« qu'il vous sera possible, et attendez le moment favo-
« rable pour revenir. Je n'espère plus vous revoir jamais.
« A mon âge, les projets doivent être de courte durée.
« Je vous envoie ma bénédiction.

« Mon enfant, gardez-vous de la violence de votre
« caractère, qui sera pour vous une source inépuisable
« de malheurs, et que Dieu vous pardonne les meurtres
« que vous avez commis !

« LAUTONIÈRE. »

Le bon vieillard n'avait pas tort de prévoir sa fin pro-

chaine. Il mourut deux mois après avoir. écrit cette lettre, — la dernière que j'aie reçue de lui. ,

La lettre avait un *post-scriptum*. Le voici :

« *P. S.* — Clélie a disparu. Le lendemain du jour où
« l'interrogatoire fut terminé, elle se fit conduire à cler-
« mont, quoique souffrant encore beaucoup de sa bles-
« sure. On croit qu'elle a rejoint son frère, qui est capi-
« taine de dragons à l'armée des Alpes, sous le com-
« mandement du général Stengel.

« Avant de partir, elle m'a fait ses adieux en pleurant.
« J'ai voulu la retenir ; mais sa résolution était irrévoca-
« ble. Ah ! Robert, que de mal vous avez fait ! Et, mal-
« heureusement, il est irréparable. »

Un an plus tard, ayant demandé à quitter la compagnie des aérostiers, où l'avancement était trop tardif, je
reçus un brevet de sous-lieutenant dans la fameuse
32e demi-brigade, et l'ordre de partir sur-le-champ pour
l'armée des Alpes, qui venait de passer sous le commandement du général Bonaparte.

— Ingrat ! me dit Corbin en m'embrassant, tu as
voulu avancer à tout prix. Tu nous regretteras !

XXXVI

Je partis en poste pour rejoindre au plus vite la 32ᵉ demi-brigade. Sur toute la route, on disait déjà monts et merveilles de l'armée des Alpes. Elle avait changé de nom en quelques jours, et s'appelait maintenant l'armée d'Italie.

J'arrivai à Milan le 4 prairial an IV (20 mai 1796), vers cinq heures du soir. Le général Bonaparte avait fait son entrée dans la ville quelques jours auparavant, et les Italiens se réjouissaient de toutes leurs forces ou feignaient de se réjouir. Les drapeaux tricolores pendaient à toutes les fenêtres. Officiers et soldats étaient magnifiquement logés et hébergés ; la municipalité félicitait de son mieux le vainqueur, et il ne tenait qu'aux Français de croire que toute la nation italienne les adorait.

Pour moi presque honteux de jouir comme les autres de la victoire sans avoir partagé le péril, je courus à l'état-major de la place pour savoir où je pourrais rejoindre la 32ᵉ. Mais déjà tout le monde était sorti. On ne voyait dans les rues que soldats buvant, chantant et se promenant bras dessus, bras dessous, avec les Italiens et les Italiennes.

En errant au hasard, je me trouvai en face d'un théâtre merveilleusement illuminé, et je regardai l'affiche.
On jouait *Il Barbiere di Siviglia*, de Paesiello, et la
belle diva Grassini chantait le rôle de Rosine. Quoique
je ne connusse ni madame Grassini, ni Paesiello, j'entrai
avec la pensée que je ne m'ennuierais pas plus au
théâtre qu'à l'auberge.

Déjà la salle était pleine, et le bruit des conversations
ressemblait au tumulte d'une foire. Les belles Milanaises
décolletées jusqu'au milieu du dos et vêtues de longues
tuniques flottantes, suivant la dernière mode de Paris,
soutenaient sans embarras les regards de l'armée française et ses compliments soldatesques. Nos officiers,
tout de neuf habillés pour la plupart, et ruisselants de
dorures et de broderies, éclipsaient les malheureux Italiens qui s'efforçaient de sourire, et calculaient probablement dans leur âme le prix dont ils paieraient tant de
splendeur.

Tout à coup il se fit un grand silence. La porte de
la loge principale s'ouvrit. Un jeune homme très-
maigre, de mine sombre et de petite taille, entra donnant le bras à une dame et suivi de deux ou trois officiers supérieurs.

Aussitôt tout le monde se leva, criant :

— Vive le général Bonaparte ! Vive le libérateur de
l'Italie !

Il répondit à ces vivats par un léger salut et s'assit.

Mais l'enthousiasme redoubla et dura plus de dix

minutes. Aussitôt qu'il paraissait faiblir, de nouveaux cris, partis de tous les coins de la salle, le ranimaient et succédaient aux premiers, comme au bord de la mer une vague succède à une autre vague.

Enfin le général parut impatienté de servir de point de mire à tous les regards. Le chef d'orchestre, qui n'attendait que ce moment, fit un signe, et l'on entama l'ouverture du *Barbiere*. Les cris avaient cessé, mais les conversations continuaient suivant la coutume italienne.

Je ne fis pas grande attention à la musique du pauvre Paesiello. Le spectacle, ce soir-là, n'était pas sur la scène, et la *diva* Grassini, quoique fort belle et chantant à ravir, ne fit pas grande impression sur moi, — ni peut-être sur les autres spectateurs. Elle-même du reste, semblait plus préoccupée du général que de son rôle, et roucoulait en le regardant comme une colombe amoureuse.

Mon voisin, petit homme de cinquante ans environ, dont le costume mi-laïque, mi-ecclésiastique indiquait la profession d'abbé, s'évertuait inutilement à me faire remarquer les roulades délicieuses de la *diva*. Je l'écoutais à peine et ne répondais que par politesse à ses exclamations.

— Voyez-moi cette magnifique créature, me disait-il. C'est moi qui l'ai formée... Oui, c'est moi qui suis son maître de chant... Elle était, il y a cinq ans, plus ignorante qu'un plat de macaroni; aujourd'hui, elle chante comme vous et moi, c'est-à-dire, signor, si vous chantez comme un rossignol... C'est un ange... Eh bien! elle va se jeter à la tête du général qui ne la regarde même pas, et qui cause avec sa femme comme un bon bourgeois de Paris... C'est une pitié, signor!... C'est un massacre!... La Grassini va se piquer au jeu et faire quelque fausse note... Tenez, qu'est-ce que je vous disais? Ah! les femmes! les femmes! Elles ne devraient jamais aimer, excepté sur la scène et en musique, n'est-ce pas, signor?

Je fis un signe de tête affirmatif pour me délivrer de mon bavard; mais il ne lâchait pas prise. Il m'expliquait la pièce... Elle était d'un signor *abbate* qui l'avait écrite pour trente écus. C'était le fameux poëte Pigliardi, — un successeur de Métastase. Quant à la musique de Paesiello, elle était certainement bien supérieure à celle des *barbares* d'outre-monts; mais qui oserait la mettre en comparaison avec celle du divin Cimarosa?

Suivit un long éloge de Cimarosa.

Pour y mettre fin, j'essayai de parler politique. Aussitôt il se répandit en louanges si exagérées de la France et des Français, et éleva tellement la voix, que le parterre lui imposa silence, et que le général Bonaparte tourna les yeux sur moi.

Je vis qu'il considérait avec attention ma figure ou mon habit; car il n'y avait pas d'aérostier dans l'armée d'Italie, et mon uniforme était tout à fait inconnu. Il dit deux mots à un colonel qui était au fond de la loge, et continua de suivre de l'œil le spectacle et les mines de madame Grassini.

Dans l'entr'acte, le colonel vint me chercher au parterre.

— Le général Bonaparte vous demande, dit-il.

Je me levai sur-le-champ et suivis le colonel. Il ouvrit la porte de la loge, et je me trouvai en face de Bonaparte, qui me regardait de ses yeux gris, impérieux et perçants.

— Comment vous appelez-vous? demanda-t-il.

— Robert.

— Quel grade?

— Sous-lieutenant.

— Quel est cet uniforme?

— Celui des aérostiers.

— Vous dites?...

— Je suis, ou plutôt j'étais aérostier.

— Nous n'avons que faire d'aérostiers ici. Les aérostats sont bons tout au plus pour des gens qui marquent le pas comme Jourdan.

— Aussi, j'ai voulu quitter le corps. On m'envoie dans la 32ᵉ demi-brigade avec le même grade.

— Savez-vous monter à cheval?

— Je le crois.

— C'est bien. Je vous mettrai dans la cavalerie. Murat, tu prendras soin de ce jeune homme.

Murat s'inclina.

— Demain matin, à six heures, allez à l'état-major. On vous donnera un cheval, un uniforme et des armes.

Je sortis de la loge et retournai à ma place.

— Eh bien, dit mon voisin l'abbé, le général Bonaparte vous a parlé, signor ?... *Che felicita!* J'espère que cet honneur vous a coûté moins cher qu'à la municipalité de Milan. Le jour de son entrée, il a dit au podestat :

— Il me faut six millions dans deux jours.

Et comme le podestat épouvanté voulait marchander, rabattre quelque chose, Bonaparte a tourné le dos sans répondre... Ah! signor! certainement les Français sont venus pour faire notre bonheur; mais que cela coûte cher, la liberté, l'égalité et la fraternité! Six millions pour commencer, en attendant la suite!...

L'Italien parlait encore, lorsque je remarquai, dans une loge assez éloignée de celle du général Bonaparte, un jeune officier d'une belle figure, noble et fière que je crus avoir déjà vu quelque part. Du moins il ressemblait beaucoup à quelqu'un de ma connaissance; mais à qui? Je ne pus pas le deviner. Je sentis cependant pour lui, à première vue, une étrange sympathie.

— Cher signor, dis-je enfin à mon abbé, vous connaissez sans doute l'armée française, ou à peu près?

— Si, signor. C'est le général Murat qui est derrière le général Bonaparte, un peu à droite. Celui de gauche est le général Lannes. L'autre, celui qui est venu vous chercher, est le colonel Marmont.

— Et dans la cinquième loge à gauche, quel est ce capitaine de dragons qui cause de si près avec la jolie dame qui rit de si bon cœur.

— Oh ! celui-là, c'est un tout jeune officier, l'un des plus braves de toute l'armée.

— Son nom ?

— Il s'appelle Dupuy.

Je compris alors à qui ressemblait le capitaine, et pourquoi j'avais été presque ému en le voyant. C'était Tibérius Gracchus, le frère de Clélie.

XXXVII

Dieu m'est témoin que je ne cherchais pas cette rencontre. Je la craignais au contraire, et si j'avais été sage, j'aurais à tout prix quitté l'armée d'Italie, et repris du service dans l'armée du Rhin ; mais je ne sais quel sot orgueil me retint là. Je ne voulais pas avoir l'air de prendre la fuite devant lui, quoique personne ne dût le savoir. J'avais d'ailleurs un très-grand avantage sur lui et qui me permettait d'éviter le combat. Je le connaissais, mais il ne me connaissait pas.

Le hasard tourna ses yeux de mon côté. Avait-il remarqué que je le regardais ? Était-il poussé vers moi par une secrète sympathie ? Je ne sais ; mais son regard ne se détacha pas de moi pendant plusieurs minutes. Il parlait de mon uniforme ou de moi à la dame qui lui tenait compagnie, et que je sus depuis être la signora Sorbetti, une charmante veuve milanaise dont le mari s'était fait tuer six mois auparavant, au service de l'Autriche.

Vers huit heures et demie, le spectacle fut interrompu par le général Bonaparte, qui sortit au milieu d'une cavatine, emmenant son état-major.

— Il faut, me dit l'Italien à voix basse, que cet homme soit de fer, de marbre ou de bronze pour résister aux roulades et aux soupirs de la Grassini. Le pauvre ténor Teodoro Biffi, qui est amoureux de la dame, donnerait sa vie pour elle ; mais Rosina lui rit au nez, et cependant elle n'est pas cruelle ; le prince Rocca, le comte Malatesta, le signor Percazzi, banquier, ont eu chacun son tour. Pourquoi donc Teodoro n'aurait-il pas le sien ?

Là-dessus, le signor abbate, profitant de ce que je n'écoutais pas, me raconta toute la chronique galante du théâtre, énuméra les amants de tous les premiers rôles féminins, passa de là aux bonnes fortunes du baryton, et serait allé bien plus loin si un son étrange, entre-coupé par la fusillade, n'avait interrompu tout à coup le spectacle et jeté la frayeur dans la salle.

Pendant quelques secondes, tous les spectateurs gardèrent un profond silence. Alors, on entendit très-distinctement le tocsin qui retentissait à la fois dans toutes les églises de Milan, et les cris de ceux qui essayaient d'égorger nos soldats :

— Mort aux Français! mort aux athées!

L'émeute n'avait attendu, pour éclater, que le départ du général Bonaparte qui était monté à cheval vers neuf heures, au sortir du théâtre, pour rejoindre son armée à Lodi.

Je ne sais quel sentiment se peignit sur mon visage, mais le signor abbate s'arrêta court, et les autres spectateurs italiens se levèrent précipitamment pour me faire place. A peine arrivé dans le corridor, je tirai mon sabre et je m'élançai vers la porte en criant :

— Misérables assassins! si quelqu'un de vous se met en travers, je l'éventre !

Au même instant le capitaine Dupuy arrivait comme moi vers la porte et me serra la main en disant :

— Allons, ami, chargeons cette canaille. En avant pour l'armée d'Italie !

D'autres officiers et soldats qui se trouvaient au théâtre se joignirent à nous, et nous courûmes tous ensemble au quartier de cavalerie, sans que personne osât nous arrêter. En revanche on nous tira dans le dos deux ou trois cents coups de fusils qui blessèrent deux hommes.

La garnison, peu nombreuse d'ailleurs, était déjà sous les armes. Le général Despinoy, qui commandait à Milan, envoya sept ou huit patrouilles de cinquante hommes chacune pour balayer les rues et tuer à coups de baïonnette tout ce qui ferait résistance.

13.

— Et vous, dit-il, citoyen aérostier, qu'allez-vous faire ? Car il est trop tard pour monter en ballon, outre que vous n'avez peut-être pas apporté ici votre mécanique.

— Parbleu ! général, je vais vous montrer qu'un aérostier vaut bien un fantassin ou un cavalier : donnez-moi la mission dont personne ne voudra.

— J'y pensais, dit-il. Prenez un cheval, une paire de pistolets, un manteau de dragon, et courez avertir le général Bonaparte que Milan est soulevé, qn'on sonne le tocsin, qu'on essaye d'égorger les hommes isolés, et qu'il faut envoyer du renfort. Si j'en crois le carillon des cloches, toute la Lombardie doit être en armes ce soir.

— Où trouverai-je le général Bonaparte ?

— A Lodi.

— Pouvez-vous me donner un guide ?

— Le guide vous trahirait. Qui a langue peut aller à Rome.

— Général, interrompit le capitaine Dupuy, je connais le chemin de Lodi, et si vous voulez...

— Restez ; j'ai besoin de vous à Milan, et quand la besogne sera faite, il faudra marcher sur Pavie... Et vous, citoyen Robert, Lodi est au sud-est de Milan, orientez-vous, cherchez, et surtout avertissez Bonaparte. Le salut de l'armée en dépend.

Je montai à cheval avec ces instructions, et je partis au galop.

Au détour de la seconde rue, un brave paysan, embus-

qué derrière l'encoignure d'un palais, me tira un coup-
de fusil.

— Parbleu ! pensai-je, voilà mon homme.

Je fais brusquement volte-face. D'une main, je prends
l'homme au collet, et je lui dis :

— Coquin, connais-tu la route de Lodi ?

Il hésita.

— Si tu ne la connais pas, lui dis-je, tu es mort !

Et je le serrai d'une main si rude qu'il faillit être
étranglé et pouvait à peine parler.

— Je connais, signor, je connais, dit-il d'une voix
étouffée.

— C'est bien. Tu seras mon guide.

— Mais, signor, je ne pourrai jamais marcher aussi
vite que votre cheval.

— Ah ! que de raisons !

Je l'enlevai et le posai en travers de ma selle comme
ces veaux que le boucher de campagne transporte à
l'abattoir.

— Et maintenant, gredin, quelle rue faut-il prendre ?

— Signor, la première à droite, la seconde à gauche,
la première à gauche et à droite...

— Si tu me trompes, tu es mort !

— Ah ! sainte Madone, s'écria le pauvre diable, que
suis-je venu faire à Milan ?

Sans écouter ses plaintes, j'éperonnai mon cheval, qui
pliait, quoique robuste, sous ce double fardeau, et j'arrivai à la porte de la ville qui regarde du côté de Lodi.

Là, je rencontrai une barricade du haut de laquelle vingt fusils me tenaient en joue.

XXXVIII

Une seule décharge pouvait tuer mon cheval et moi, sans que l'ennemi courût lui-même aucun danger. Il suffisait même que mon cheval fût tué pour que ma mort devînt certaine. En plaine, j'aurais essayé de forcer le passage au galop, mais le moindre pavé de la barricade suffisait pour faire broncher le cheval et me jeter par terre.

D'un autre côté, reculer n'était pas possible. J'arrivais à l'armée d'Italie, seul, inconnu, et je débuterais par un échec, par une fuite ! moi, un Fénestrange !

J'humilierais l'armée du Rhin dont je sortais ! j'avais fort bien remarqué sur les figures de l'état-major un sourire moqueur au moment où j'avais demandé un guide, et ce sourire m'avait cruellement blessé.

On paraissait étonné de ma naïveté. Les officiers de

l'armée d'Italie n'avaient donc pas de guide, eux, pour aller à l'ennemi !

D'un autre côté, se faire tuer du premier coup, sans gloire, comme un niais, prêter à rire peut-être à mes nouveaux camarades était bien dur.

Je payai d'audace, et, m'avançant le sabre en main vers la barricade :

— Quel est le chef ? demandai-je d'une voix éclatante.

Un des insurgés s'avança d'un air assuré, croyant que j'allais me rendre prisonnier. Mais il était loin de compte.

— Si vous ne posez pas les armes à l'instant même, toi et ta troupe, je vous ferai tous fusiller dans cinq minutes.

Tout le monde resta stupéfait. A m'entendre on aurait cru que j'avais cent mille hommes derrière moi.

— Bas les armes ! criai-je encore, on vous êtes morts.

Au même moment, on entendit le tambour qui battait la charge à quelque distance. Ces malheureux crurent sans doute qu'une colonne française allait les attaquer. Ils jetèrent leurs fusils et s'enfuirent dans toutes les directions sans brûler une seule amorce.

Je profitai de leur désordre pour faire franchir avec beaucoup de peine et de précaution la barricade à mon cheval, et je repris la route de Lodi sans avoir lâché un seul instant mon prisonnier.

Cependant le tocsin sonnait toujours dans la campagne. J'apercevais plusieurs villages illuminés de feux de joie ; j'entendis des cris de : *Mort aux Français!* et l'insurrection me parut générale.

A deux lieues de Milan (dont Lodi n'est éloigné que de sept ou huit lieues environ) la route traverse un gros village qui paraissait rempli d'insurgés en armes. Que faire ? mon cheval fatigué de la course rapide qu'il venait de faire, et surtout de son double fardeau, ne pouvait pas aller plus loin. Je m'arrêtai à cent pas du village, je déposai à terre mon prisonnier sans cesser de le tenir au collet, et je lui dis en armant mon pistolet :

— Connais-tu ce village ?

— Si, signor. C'est le pays de ma femme et de mon beau-frère.

— Que fait ton beau-frère ?

— Il est fermier.

— A-t-il des chevaux ?

L'homme hésita : mais je lui serrai si fortement le cou qu'il fit un signe affirmatif.

— Ecoute, lui dis-je, tu vas me mener chez lui par un chemin détourné, en prenant garde d'être vu. Si quelqu'un me voit et fait un geste douteux ou un cri, tu es mort. Si tu m'obéis fidèlement, je te rends la liberté. Comprends-tu ?

— Si, signor, dit le pauvre diable, qui n'avait pas espéré s'en tirer à si bon marché.

Par bonheur, le village était composé d'une double rangée de maisons qui avaient été construites sur les deux côtés de la route ; de sorte qu'en faisant un détour par le verger, nous entrâmes chez le fermier sans être vus ou remarqués de personne.

Je regardai par la fenêtre ouverte. Le fermier, dont la figure franche et agréable m'inspira tout d'abord de la sympathie, était assis et buvait un verre de vin à côté de sa femme, une jolie Lombarde aux traits réguliers et doux, qui allaitait son petit enfant.

— Entre seul, dis-je à mon prisonnier, car je ne veux pas effrayer ta belle-sœur. Demande un cheval à ton beau-frère, et dis-lui qu'il gardera le mien en échange, et que ta vie dépend du succès de ta négociation.

L'homme entra, n'ayant pas d'autre ressource, et embrassa le fermier et sa femme.

— D'où viens-tu, Giuseppe ? demanda le fermier. Que fais-tu dans la campagne à cette heure-ci ? Tu n'entends donc pas sonner le tocsin ?

— Chut ! dit l'autre en pâlissant, je ne l'entends que trop. Plût à Dieu qu'il n'eût jamais sonné, et que je fusse bien tranquillement dans mon lit à côté de ma femme.

Après ce piteux exorde, Giuseppe raconta sa triste aventure. Il était prisonnier sur parole, et la moindre tentative de délivrance pouvait achever sa perte.

Pour compléter son discours, il demanda au fermier son cheval.

— Mais c'est un brigandage, répliqua celui-ci. Les Français n'ont pas le droit de prendre mon cheval.

Au même instant, Giuseppe étendit le bras de mon côté, et la jeune femme poussa un cri de frayeur. Le fait est que mon aspect n'avait rien de rassurant. Je tenais de la main gauche la bride de mon cheval, et de la droite mon terrible pistolet.

— Troc pour troc, dis-je au fermier. Je prends ton cheval en échange du mien, ou je brûle la cervelle à Giuseppe qui a voulu me tuer.

— Au nom de la Madone, Pietro, s'écria Giuseppe, donne-lui ton cheval, je te donnerai ma vache blanche.

Est-ce la vache, est-ce la compassion ou l'amitié fraternelle qui décida Pietro ?

Il céda enfin, et me donna un assez bon cheval de labour en échange de mon beau cheval de selle.

Après quoi je me fis conduire par précaution jusqu'à cent pas du village, et je partis au petit trot, mon cheval ne connaissant pas d'allure plus vive.

Dès que j'eus tourné le dos, Giuseppe se voyant enfin en sûreté, me cria :

— Que Belzébuth vous confonde, gueux de Français, toi et ta race ! Va, va, les Autrichiens vont venir et vous jetteront à la rivière comme un tas de scélérats, d'athées et de chiens crevés que vous êtes !

Il était trop naturel qu'il prit sa revanche et je ne fis que rire de ses injures.

Le reste du voyage se fit sans encombre ; vers cinq heures du matin, j'arrivai au quartier général, et je fus introduit sur-le-champ chez le général Bonaparte qui m'avait précédé de trois heures à Lodi et qui venait seulement de se coucher.

XXXIX

Il était tout habillé, n'ayant ôté que ses bottes, et se leva sur un coude pour me recevoir.

— Citoyen général, lui dis-je, Milan s'est insurgé.

— Milan !... C'est impossible. J'y étais encore hier au soir à neuf heures.

— Le soulèvement a éclaté vers minuit.

— Qui vous envoie ?

— Le général Despinoy. Je suis parti au moment où l'on commençait le combat, et j'ai traversé une barricade avec peine. De fortes patrouilles allaient marcher contre les insurgés.

— Est-ce Milan tout seul qui a pris les armes ?

— Non, général. On sonnait le tocsin à quatre ou cinq lieues tout autour, et surtout du côté de Pavie.

— Bien ! C'est vous qui êtes l'aérostier que j'ai vu, hier, au théâtre ?

— Oui, général.

Il me fit raconter les détails de mon voyage.

— C'est bien, dit-il, vous êtes un homme de cœur et vous avez du sang-froid. Asseyez-vous-là ; écrivez.

Proclamation aux habitants de la Lombardie (1)

« Une multitude égarée, sans moyens réels de résis-
« tance, se porte aux derniers excès dans plusieurs com-
« munes, méconnaît la République et brave l'armée
« triomphante de plusieurs rois.

« Ce délire inconcevable est digne de pitié ; l'on égare
« ce pauvre peuple pour le conduire à sa perte. Le géné-
« ral en chef, fidèle aux principes qu'a adoptés la nation
« française, qui ne fait pas la guerre aux peuples, veut
« bien laisser une porte ouverte au repentir ; mais ceux
« qui sous les vingt-quatre heures n'auront pas posé les
« armes, et n'auront pas prêté le nouveau serment
« d'obéissance à la république, seront traités comme
« rebelles : leurs villages seront brûlés. Que l'exemple
« terrible de Binasco leur fasse ouvrir les yeux ! Son sort
« sera celui de toutes les villes et villages qui s'obstine-
« ront à la révolte.

« BONAPARTE. »

— Emportez cette proclamation, dit-il ; faites-la im-
primer et répandre à Milan. Avertissez Despinoy que je

(1) Historique.

partirai à sept heures et que j'arriverai à midi. Il faut que tout soit terminé ce soir.

Au même instant, un soldat déguisé en paysan apporta la nouvelle du soulèvement de Pavie.

— Milan aujourd'hui, Pavie demain, dit Bonaparte. Partez, citoyen Robert.

Je pris un cheval frais et je galopai du côté de Milan, où j'arrivai vers neuf heures du matin.

Je vis avec plaisir qu'on ne m'attendait pas si tôt. La plupart même avaient cru que l'aérostier se ferait tuer ou prendre pour son coup d'essai.

Despinoy me reçut fort bien.

— Bravo! messieurs les officiers du Rhin! dit-il. On voit que vous savez le métier. Recevez mes compliments, citoyen Robert. Au reste, l'armée d'Italie ne se croise pas les bras. En une heure, nous avons pris au pas de charge toutes les barricades; et nous avons fait très-peu de pertes... A propos, a-t-on des nouvelles du capitaine Dupuy que j'ai envoyé, avec trente hommes, chercher un convoi de munition à Foggia, sur la route de Pavie?

— Non, général, dit un des officiers présents, et comme les insurgés, chassés de Milan, se sont enfuis de ce côté-là, Tibérius Gracchus est en grand danger.

— Nous sommes trop peu nombreux pour dégarnir Milan avant l'arrivée du général Bonaparte, dit Despinoy. Il faut attendre. Quand nous serons assez forts, c'est-à-dire dans l'après-midi, l'on ira le dégager. Allons déjeuner. Citoyen Robert, vous êtes des nôtres, n'est-ce-pas?

Je me mis à table avec l'état-major et le général.

Un quart d'heure après, un dragon arriva tout couvert de poussière et de sang.

— Général, dit-il, j'arrive de Foggia.

— C'est Dupuy qui t'envoie? demanda Despinoy.

— Oui, général. Nous avons pris le bourg de Foggia et délivré le convoi.

— Après?

— Ensuite, le capitaine allait se mettre en marche pour revenir à Milan quand nous avons vu accourir douze ou quinze cents insurgés qui ont cerné le bourg et commencé le feu. Le capitaine m'a ordonné de vous en avertir, ajoutant qu'il allait se barricader dans une grande maison, et qu'il pouvait tenir pendant quatre heures: passé ce temps, il ne répond plus de rien.

Cette fâcheuse nouvelle mit fin au déjeuner.

— Impossible d'arriver à temps, dit Despinoy. Je ne puis pas avant l'arrivée de Bonaparte envoyer plus de quinze hommes au secours de Dupuy, et quinze hommes seraient noyés dans cette multitude. Avant tout, il faut garder Milan.

— Le plus fâcheux, dit un officier, c'est que ces misérables paysans ne font quartier à personne.

L'état-major parut consterné; Dupuy était aimé de tous ses camarades. Mais on sentait trop combien la prudence de Despinoy était nécessaire.

Tout à coup je rompis le silence, et m'adressant à Despinoy :

— Général, lui dis-je, donnez-moi ces quinze hommes
dont vous avez parlé, et laissez-moi faire.

On me regarda d'un air étonné. Evidemment l'armée
d'Italie n'aurait jamais imaginé que l'armée du Rhin pût
avoir tant d'audace.

— Vous avez entendu le rapport du dragon, dit Despinoy. Vous savez qu'il ne s'agit pas d'une plaisanterie.

— Je le sais, général, Donnez-moi l'autorisation de
prendre quinze hommes de bonne volonté, et je pars.

— Faites, dit Despinoy, et que Dieu vous soit en
aide.

Aux premiers mots, cinquante cavaliers se présentè-
rent. J'en choisis quinze parmi les plus dispos, et nous
courûmes au grand trot vers Foggia.

Voulez-vous connaître ma pensée secrète? j'espérais,
en sauvant le frère de Clélie, me délivrer du remords
d'avoir tué son père. Oui, j'aurais donné ma vie avec
joie pour apaiser les mânes irrités du vieux jacobin.
Combattre pour le frère de Clélie, même sans qu'elle le
sût, n'était-ce pas combattre pour Clélie elle-même?

Il était environ midi quand nous arrivâmes en vue de
Foggia, où l'on se battait depuis sept heures du matin.

XL

Foggia est un bourg de trois ou quatre mille âmes environ qui passerait aisément pour ville au centre de la France. En Lombardie, où la terre est très-fertile et très-peuplée, c'est peu de chose. Une église de forme trappue, recouverte de briques rouges, un clocher qui s'élève à peine de vingt-cinq ou trente pieds au-dessus de l'église, huit ou neuf cents maisons, et quelques restes d'un vieux rempart qui a dû défendre au douzième siècle les Gibelins contre les Guelfes et les Guelfes contre les Gibelins, voilà Foggia.

A droite et à gauche, des marais et des rizières défendent les approches du village qu'on a bâti sur une colline, si l'on peut appeler de ce nom un plateau de médiocre étendue qui n'est inondé en aucune saison, mais qui ne dépasse pas de plus de quinze ou vingt pieds le niveau de la plaine environnante.

Une seule route conduit de Milan à Foggia, et de Foggia jusqu'à Lodi. C'est celle que je suivais avec ma cavalerie, — je veux dire avec mes quinze hommes, auxquels j'avais eu soin de joindre deux trompettes.

Par un bonheur sur lequel je n'avais pas compté, la route, sans être précisément tortueuse (comment le serait-elle en plaine ?) faisait tout près de Foggia un léger détour qui empêchait qu'on ne nous aperçût. Du reste, les insurgés milanais étant pour la plupart de pauvres diables que ruinait le passage des armées française et autrichienne, et n'ayant aucune habitude de la guerre, ne songeaient pas à s'éclairer et à savoir ce qui se passait derrière eux.

A cinq cents pas du village, dont j'apercevais à peine le clocher, je fis faire halte à ma troupe et mettant pied à terre, je me glissai d'arbre en arbre jusqu'à l'entrée du village, et je pus voir de près le combat.

Le capitaine Dupuy, se voyant sur le point d'être cerné, et, ne pouvant échapper à l'ennemi qu'en abandonnant le convoi de munitions qu'il était chargé de conduire à Milan, avait préféré soutenir un siége.

Il avait forcé les portes de la maison du podestat, qui était la plus considérable de Foggia, et profitant de ce que la cour, située derrière la maison, était entourée de hautes murailles, il s'y était réfugié avec sa troupe, mettant le convoi à l'abri sous un hangar, et pratiquant des meurtrières dans le mur d'enceinte pour éloigner les assaillants.

Ceux-ci, forcés de s'avancer presque à découvert, tiraillaient de loin sans produire beaucoup d'effet, et menaçaient de mettre le feu à la maison du podestat, ce qui faisait trembler le pauvre magistrat, qui était partagé entre l'espérance de voir griller les Français et la crainte d'être ruiné par la victoire de ses compatriotes.

D'un coup d'œil je compris que le danger de Dupuy, quoique très-grand, n'était pas insurmontable. Je retournai vers ma troupe, je montai à cheval et je dis :

— Je viens de voir cette canaille. Elle ne tiendra pas devant nous. En avant, l'armée d'Italie ! Et si l'un de vous arrive avant moi sur l'ennemi, qu'on dise que je ne suis qu'un...

C'est bien, curé. Je ne répéterai pas le mot, quoique après tout il eût son éloquence, puisque tout le monde me suivit au galop. Les deux trompettes sonnaient comme le cor de Roland à Roncevaux.

Jamais surprise ne fut plus grande que celle de l'ennemi et ne produisit plus de terribles effets. Je crois que la sonnerie du jugement dernier n'aurait pas effrayé davantage ces pauvres gens.

Pensez qu'on leur avait dit que l'Autriche était victorieuse, que Beaulieu recevait soixante mille hommes de renfort, que Bonaparte avait la fièvre, que vingt mille soldats de la République française une et indivisible venaient de se noyer en passant le Pô, etc., etc., et jugez si notre arrivée dut les mettre en déroute.

En quelques minutes, la place se trouva vide, et je ne sais si nous eûmes le temps de donner un coup de sabre aux fuyards.

En même temps, la trompette de Dupuy répondait à nos fanfares belliqueuses par des fanfares triomphales.

Nos camarades, nous prenant pour l'avant-garde d'une division chargée de les secourir, et jugeant de notre nombre par la frayeur des insurgés, célébraient déjà leur délivrance.

Tibérius Gracchus fit ouvrir la porte de la maison du podestat et m'embrassa de toutes ses forces en criant :

— Tu arrives à temps, citoyen Robert. Vive la République !

Je me hâtai de dissiper son erreur et celle de ses compagnons. Nous n'étions l'avant-garde de personne, étant nous-mêmes le corps d'armée.

Tibérius écouta mes explications du même air que si j'eusse apporté les nouvelles les plus réjouissantes. C'était une de ces âmes intrépides et joyeuses que rien ne peut ébranler, et qui ne connaissent ni la tristesse ni la crainte.

— Eh bien, dit-il, puisque nous sommes réduits à nos propres forces, tant mieux ! nous n'en aurons que plus de mérite. Horatius Coclès et Bayard ont défendu un pont contre une armée, et chacun d'eux était seul. Ferons-nous moins contre les suppôts de la superstition et de la tyrannie, nous, les soldats de la République française une et indivisible ?

En même temps il prit le commandement des deux troupes, étant supérieur en grade, et fit entrer nos chevaux dans la cour.

— Il faut avouer, ajouta-t-il, citoyen Robert, que nous avions besoin de renfort. Cinq de mes hommes sont

14

tués, sept sont blessés grièvement et ne peuvent toucher ni un sabre ni un fusil; le reste a des contusions...

(En effet, son habit était percé de cinq balles.)

— Ces coquins-là tirent bien. Mon pauvre podestat
qui regarde quelquefois par la fenêtre, tout en mourant de peur d'être victime de son courage, m'assure
qu'il y a plus de trente gardes-chasse ou bracon-
niers dans la bande qui nous assiége. Heureusement,
cela ne tient pas contre le sabre ou la baïonnette.

Pendant qu'il parlait, et que nos hommes prenaient
quelque repos, les insurgés s'aperçurent de notre petit
nombre, et je vis que le siége, un instant interrompu,
allait recommencer.

— A boire! dit péniblement un blessé qui était étendu
sous le hangar à côté des chariots de munitions.

— A boire! répéta son voisin, blessé comme lui.

Je regardai Dupuy. Il secoua la tête.

— Pas d'eau, dit-il. Ce gredin de podestat allait boire
à la fontaine du village avec toute sa famille. Il faut faire
comme lui... ou s'en passer.

Or, il était environ deux heures de l'après-midi, et
nos soldats étouffaient de chaleur.

— As-tu du vin! demandai-je. Un podestat doit toujours avoir du vin dans sa maison; sans cela il ne serait
pas podestat.

— Eh! le pauvre homme assure qu'on a tout bu,
il n'y a pas dix jours, après le passage du Tessin. Nos
braves républicains ont passé ici et râflé tout. Entre

nous, je crois même que c'est la principale cause du soulèvement des paysans. On ne leur laisse pas un jambon, ni un poulet, ni une bouteille de vin, de sorte qu'ils nous envoient de bon cœur au diable.

Deux ou trois coups de fusil isolés, bientôt suivis d'une fusillade épouvantable, nous interrompirent. Les insurgés recommençaient l'attaque.

— Citoyen Dupuy, lui dis-je, mes hommes et moi nous sommes encore tout frais, n'ayant pas combattu. Laissez-nous le soin de défendre la cour, et vous, gardez la maison, et tirez par les fenêtres sur la place.

Dupuy consentit à cet arrangement et je courus à mon poste.

Il était temps.

Une centaine d'insurgés, plus hardis que les autres, et protégés par les arbres s'étaient avancés jusqu'au pied du mur, vers la porte qui conduisait de la cour au verger et cherchaient à l'enfoncer à coups de pelles, de pioches et de crosses de fusil.

D'autres, tireurs habiles, faisaient du haut des cerisiers un feu bien nourri sur nos hommes, et les obligeaient à s'abriter à l'intérieur derrière le mur d'enceinte.

Je saisis une courte échelle, je l'appuyai contre le mur, près de la porte d'entrée, je gravis cinq ou six échelons, et je regardai pendant une seconde ce que faisaient les assaillants.

Cette courte reconnaissance faillit me coûter cher, car cinq ou six balles sifflèrent autour de ma tête, et la sep-

tième enleva un morceau de mon épaulette. Aussitôt je
me baissai pour ne plus servir de cible aux tireurs, et
l'ennemi poussa des cris de joie, croyant m'avoir tué.

En même temps, les coups de crosses redoublèrent.
Un montant de la porte fut enfoncé, et je vis qu'un
dernier effort allait tout renverser.

— Tirez le verrou ! dis-je à mes hommes.

On obéit.

Je saisis une hache, et, ouvrant moi-même la porte,
je fendis d'un seul coup la tête au plus brave.

A cette vue, les insurgés crurent que nous avions
reçu des renforts et prirent la fuite. Je les poursuivis
pendant cinquante pas avec mes dragons ; puis nous
revînmes dans la cour, emportant comme trophées de
la victoire les pelles et les pioches que l'ennemi avait
jetées à terre en fuyant.

Cette sortie ne décidait rien, mais elle nous faisait
gagner du temps, chose importante, car notre salut dépendait peut-être d'un quart d'heure. Aussitôt renforcé
par le général Bonaparte, Despinoy devait nous envoyer
des renforts. Tenir jusqu'à la nuit, c'était vaincre.

Il y eut une courte trêve. Les insurgés se concertaient
du côté de la place, comme du côté du verger. A peine
quelques rares et inutiles coups de fusil témoignaient-
ils de la présence de l'ennemi.

Tibérius Gracchus vint à moi et m'embrassa.

— Parbleu ! dit-il, citoyen Robert, il faut que je te
demande pardon. Je t'avais mal jugé. Cette nuit, quand

tu as demandé un guide pour aller de Milan à Lodi, je te prenais pour un de ces braves gens qui font bien leur devoir, mais qui se bornent là, et qui, à aucun prix, ne voudraient dépasser l'ordonnance... Mais, sur mon âme, tu es d'une autre étoffe, et si nous sortons d'ici, brayes nettes, c'est à toi que nous le devrons.

Je reçus le compliment avec modestie. Au fond j'étais ravi d'avoir pour témoin de mes exploits le frère de Clélie. De mon côté, je le félicitai sincèrement, et il est vrai que peu d'officiers avec une troupe si peu nombreuse, auraient tenu tête à quinze cents hommes dans un poste aussi mal fortifié.

— Or çà, dit-il, trois heures vont sonner ; nous nous battons depuis sept heures du matin, et nous n'avons pas déjeuné. Il est temps de commencer. Vois-tu d'ici, citoyen Robert, l'*Albergo della santa Madonna* qui sert de quartier général à ces coquins ? Vois-tu lever les coudes ? entends-tu le choc des verres ? Cette canaille boit et mange tout son soûl pendant que nous, braves républicains, nous crevons de faim et de soif. *Per Bacco !* il ne sera pas dit que les vils suppôts des prêtres et des rois feront bombance, et que nous, leurs vainqueurs, nous tirerons la langue. Tu as fait ta sortie ; je vais faire la mienne. Prends le commandement en mon absence, et si je suis tué.....

Ici je me sentis profondément ému, et je voulus le retenir.

— Mais qui te force, citoyen Dupuy ?...

14.

— Mon ami, dit-il d'un ton sérieux, ne vois-tu pas que nos hommes sont harassés, qu'ils n'ont pas mangé depuis hier, qu'ils meurent de faim et de fatigue, et que si l'on continue à tirailler, la plupart, avant deux heures, n'auront pas même plus la force de tenir leurs armes.

— Mais alors, lui dis-je, car je sentais la force de ces raisons, laisse-moi prendre ta place et faire la sortie.

— Gourmand ! dit-il en riant. Tu voudrais tout avoir ! Tu viens de rosser ceux du verger ; tu voudrais sabrer ceux de la rue. Mais ceux-là, je me les réserve ! A mon tour, citoyen Robert !

Et maintenant, ajouta-t-il, écoute. Je ne t'ai vu que depuis une heure, je ne te connais que depuis une heure, et déjà il me semble que je t'aime comme un frère.....

A ce mot, je tressaillis involontairement. Il avait mis la main, sans le savoir, sur la blessure encore saignante de mon cœur. Son regard même, qui avait la douceur et la fierté de celui de Clélie, me troubla jusqu'au fond de l'âme. Tout le passé me revint en mémoire — mon amour, ma vengeance, mes regrets — et en même temps j'entrevoyais le sombre avenir.

J'étais touché jusqu'aux larmes de cette amitié confiante et généreuse qui s'offrait à moi. Je n'osais l'accepter ; je pouvais encore moins la refuser ; je gardai le silence.

— Oui, comme un frère, continua Tibérius Gracchus. Il y a des hommes qu'on devine et qu'on aime dès le premier jour, et je sens que tu es de ceux-là... Je veux t'en donner un témoignage... Si je suis tué, tu porteras ce médaillon à ma sœur, qui habite maintenant Grenoble, et tu lui diras que je suis mort, comme mes frères, pour la défense dé la patrie et de la liberté.

En même temps, il déboutonna son uniforme, et tira de son sein un médaillon sur lequel était le portrait de Clélie. Dans l'intérieur se trouvait une mèche de cheveux blonds que je reconnus tout de suite.

Je pris le portrait en balbutiant quelques mots inintelligibles. J'étais au comble du bonheur et du désespoir. Je me détournai, me sentant gagner par les larmes.

— Voici le portrait de ma sœur, dit-il. N'est-ce pas qu'elle est belle ?

Puis, sans attendre ma réponse :

— Maintenant, amis, dit-il, ouvrez la porte !

XLI

A la vue de nos dragons qui sortaient brusquement le sabre dans une main, le pistolet dans l'autre, les insurgés furent frappés d'étonnement et de crainte. Les plus avancés s'enfuirent se voyant menacés d'un combat à l'arme blanche, où la *furia francese* pouvait se déployer à l'aise. Les autres, voyant leurs camarades lâcher pied, se réfugièrent en toute hâte dans les rues voisines et dans les maisons, et d'assiégeants devinrent assiégés. On les voyait fermer en toute hâte les portes et les fenêtres, et se barricader à grand renfort de meubles.

Mais Dupuy avait autre chose à faire que de les poursuivre. Suivi de sa petite troupe, qui se composait en tout, lui compris, d'une douzaine d'hommes, il courut droit à l'auberge de la Madonna, où l'état-major des insurgés s'était mis à table et dînait assez tranquillement.

Toutes les fenêtres étaient ouvertes, et de la salle à manger ces braves gens suivaient sans peine et sans danger les opérations du siége. L'un d'eux se leva pour porter un toast, remplit son verre, et, s'adressant à ses camarades, parut leur dire quelques mots d'encouragement ou de triomphe.

On le distinguait mal, car il tournait le dos à la rue. Tout à coup, pendant qu'il parlait, un des convives, penché jusque-là sur son assiette, leva les yeux et poussa un cri. Il voyait la fuite des insurgés.

A ce cri, l'un de ses voisins, saisi d'épouvante, faillit s'étrangler en avalant une cuillerée de macaroni, et tous ensemble se levèrent pour rallier leurs hommes et les ramener au combat. Mais Dupuy ne leur en laissa pas le temps.

Il entra dans l'auberge avec la rapidité de la foudre et commanda le feu. L'état-major fut forcé de fuir en laissant trois morts et deux blessés au pouvoir des dragons. Les habitants de l'auberge voulaient fuir aussi.

— Attention ! s'écria Dupuy. Si quelqu'un remue sans ma permission, il sera passé par les armes.

Puis, faisant plier à la hâte les plats, les pains et les bouteilles, et mettant le tout ensemble dans une nappe immense :

— Çà ! dit-il d'une voix terrible, qu'on m'apporte mon déjeuner !

— Ma, signor ! dit l'aubergiste tremblant.

— Qu'on l'apporte ! et sans réplique ! répéta Tibérius Gracchus.

Et il frappa de la poignée de son sabre sur la table avec une telle force que les vitres en tremblèrent.

— Ma, signor, répéta l'aubergiste, vous voyez bien qu'on va nous assassiner.

A ces mots Dupuy lui mit la pointe du sabre entre les deux épaules. L'un des dragons en fit autant pour un domestique de l'auberge, et les deux malheureux, vaincus par cet argument, commencèrent à marcher, emportant tristement le dîner du côté de notre forteresse, où nous suivions, avec l'anxiété que vous pouvez imaginer, tous les détails de cette grave opération.

Mais quoique la sortie n'eût pas duré plus de quatre ou cinq minutes, c'en était assez pour que les Italiens eussent le temps de se reconnaître, de se rallier et de fusiller au passage nos soldats.

Cette décharge blessa le malheureux aubergiste, qui s'affaissa sur lui-même, en laissant échapper la nappe, et criant :

— Je suis mort !

Deux bouteilles se cassèrent, et Tibérius Gracchus faillit perdre le fruit de son courage; mais un dragon reprit le coin de la nappe, et la petite troupe se remit en marche.

A mesure qu'elle se rapprochait de nous, les insurgés, devenus plus hardis, se rapprochèrent d'elle, et je vis le moment où son salut serait fort compromis. Je n'avais près de moi que quatre hommes, le reste étant nécessaire pour garder la cour et les derrières de la maison. Cependant je rouvris hardiment la porte à deux battants que j'avais fermée après le départ de Dupuy, et je commandai d'une voix tonnante :

— Feu sur cette canaille !

Il était temps de secourir nos hommes, car une dernière décharge de l'ennemi tua deux dragons et blessa Dupuy lui-même, qui avait voulu demeurer à l'arrière-garde. Heureusement, la blessure n'était pas grave, et le convoi des vivres se trouva enfin en sûreté.

— Notre dîner nous coûtera cher, dit Tibérius Gracchus. Deux hommes tués et deux blessés pour un plat de macaroni et un jambon ! Mais, à la guerre comme à la guerre. Et maintenant, toi, dit-il au domestique qui nous avait suivis, va-t-en.

— Si, signor.

— Et vite !

— Si, signor.

— Et voici un écu pour boire à ma santé.

— Si, signor.

— Et quatre écus que tu donneras à l'aubergiste pour payer notre dîner.

— Si, signor, répondit l'Italien, et je vous garantis que le signor Caretti sera bien content, car il croyait ne pas recevoir une baïoque pour son jambon et son macaroni.

Les provisions étaient assez abondantes ; mais le vin manquait, car nos deux bouteilles avaient été cassées pendant le transport.

Heureusement, le vieux podestat qui nous regardait manger avec appétit, eut faim à son tour, et nous pria de partager avec lui nos vivres.

— Et en échange, dit-il d'un air malin, je vous donnerai les clefs de ma cave.

— Bon ! nous avons cherché, dit Tibérius Gracchus. Elle est vide.

— La grande, si, signor, répliqua le podestat, mais non la petite, la mienne, celle où je mets mon vin de Falerne et de Marsala.

— Ah ! le vieux traître ! s'écria Dupuy en riant. Il nous laissait mourir de soif, et il avait du falerne dans sa cave ! Robert, suis-le tout seul, car si nos hommes avaient la clef de la cave, ils pourraient s'enivrer, et se laisser prendre. Moi, je vais garder la place.

Le podestat ne s'était pas trop vanté. Il avait du falerne, en effet, et du vin de Syracuse,

Consule Planco.

Mais nous n'avions pas le temps de savourer cette liqueur délicieuse. La moitié de notre petite garnison mangeait et buvait, la main sur la poignée du sabre. Le reste montait la garde en attendant son tour.

En cinq minutes, tout fut terminé, et nous attendîmes d'un cœur joyeux l'arrivée des secours que Despinoy m'avait promis. Un brave homme dit que le soldat qui a bien bu en vaut quatre.

C'est une erreur, il en vaut dix. Quand chacun de nos hommes eut avalé à peu près la moitié d'une bouteille de vin de Syracuse, la joie et la confiance rentrèrent dans les âmes comme par enchantement. On entendait un soldat blessé entonner le fameux *Chant du Départ*, ce poëme héroïque qui ne peut être surpassé que par la *Marseillaise.*

> La victoire, en chantant, nous ouvre la barrière
>   La liberté guide nos pas.
> Et du Nord au Midi, la trompette guerrière
>   A sonné l'heure des combats.
>   Tremblez, ennemis de la France,
>   Rois ivres de sang et d'orgueil,
>   Le peuple souverain s'avance;
>   Tyrans, descendez au cercueil.

Tout à coup Dupuy, qui était monté dans le grenier du podestat pour observer les mouvements de l'ennemi, descendit, et, me prenant à part, me dit :

— Robert ! Encore une demi-heure et tout est sauvé. Je viens d'apercevoir les baïonnettes de nos fantassins et les casques de nos dragons dans la plaine. Bonaparte est là ou, si ce n'est Bonaparte, un de ses lieutenants, Augereau peut-être, ou Masséna.

Puis se tournant vers nos soldats :

— Amis, dit-il, encore un effort. Voici le général Bonaparte qui arrive. Il sera là dans dix minutes.

— Vive la République ! crièrent les soldats enthousiasmés.

Mais au même instant une explosion terrible retentit, et la porte du verger s'écroula avec une partie de la muraille. C'était l'explosion d'un pétard qui avait fait brèche dans notre enceinte.

Les dragons firent un mouvement instinctif de retraite pour rentrer dans la maison. Mais Dupuy les retint du geste.

— J'allais faire ouvrir la porte, dit-il. Les coquins m'en épargnent la peine. En avant, camarades !

Nous nous élançâmes tous deux, sabre en main, vers la brèche. La troupe nous suivit. Il était temps, car les Italiens, fatigués de la lenteur de ce siége, avaient résolu de donner l'assaut. Quinze ou vingt de ces malheureux furent tués presque à bout portant. Le reste combattait vaillamment, et nos hommes commençaient à plier et à rentrer dans la cour, où déjà l'ennemi les suivait.

L'instant était critique. Je regardai rapidement autour de moi, cherchant une arme nouvelle ou un renfort, et j'aperçus trois charrettes chargées de munitions qui faisaient partie du convoi, première origine de notre entreprise. Dans la chaleur du combat, personne n'avait songé à en tirer parti.

Je m'avançai vers les charrettes, le pistolet à la main, et je criai :

— Sauve qui peut ! je vais mettre le feu aux poudres !

Ces mots et le geste très-clair qui les accompagnait jetèrent l'épouvante parmi les Italiens, qui s'enfuirent aussitôt. Le moindre coup de feu tiré dans un caisson pouvait tuer d'un coup tous les combattants, et faire sauter la maison dans les airs.

Nos soldats eux-mêmes frémirent et auraient, je crois, pris la fuite, si un danger presque égal ne les avait menacés au dehors.

— Per Bacco ! dit Tibérius Gracchus, il le ferait comme il le dit, cet enragé ! Citoyen Robert, désarme ton pistolet, ou nous allons être hachés menus comme chair à pâté.

Je montrai mon pistolet déchargé. Dupuy se mit à rire.

— Ah ! ma foi, le tour est bon ; à te voir avec ton air d'empereur romain, on aurait cru que tu tenais dans tes mains la mort et la vie. Eh bien, je suis content d'en être quitte pour la peur... réparons nos murailles et refaisons nos barricades.

Mais nous commencions à peine ce travail lorsque nous entendîmes le bruit lointain des tambours qui battaient le pas de charge et le son des trompettes.

— Voilà Bonaparte! dit Dupuy. Je reconnais la sonnerie des dragons.

Puis regardant à sa montre :

— Il est cinq heures. Nous nous battons depuis sept heures du matin. Nous avons couru toute la nuit. C'est assez pour aujourd'hui. J'espère qu'il nous laissera le temps de nous rafraîchir.

Au même instant le bruit des tambours redoubla et fut entremêlé de fusillade. Bientôt, en regardant par les fenêtres de notre forteresse, nous vîmes les malheureux insurgés s'enfuir de tous côtés, après une courte résistance.

Nous n'essayâmes pas de les poursuivre ou de leur couper la retraite. Leur désespoir pouvait encore être dangereux. D'ailleurs notre mission était remplie. Nous avions sauvé le convoi d'artillerie et les caissons. Aller au delà était une témérité inutile.

Tout à coup les insurgés qui s'étaient enfuis sur la route de Pavie reparurent, poursuivis par la cavalerie française le sabre dans les reins.

— Bravo! Le petit caporal les a pincés au demi-cercle, dit un dragon qui regardait la bataille en amateur.

En effet, un escadron de hussards avait fait, sans être

vu, le tour de Foggia, et les insurgés, chargés en tête par l'infanterie et en queue par la cavalerie, se réfugiaient sur la place et dans les rues adjacentes. Ils demandaient quartier ; mais les hussards pointaient toujours, et quarante ou cinquante de ces malheureux furent tués à coups de sabre. Le reste jeta ses armes et attendit son sort en silence.

Enfin Bonaparte parut avec son état-major. Sa mine froide et sévère ne me parut présager rien de bon.

Il mit pied à terre et entra dans la maison du podestat.

— Quel est l'officier qui commande le poste ? demanda-t-il.

— C'est moi, général, Tibérius Gracchus Dupuy.

— Vous avez sauvé le convoi ?

— Oui, général. Mais je n'étais pas seul, et le sous-lieutenant Robert que voici...

— Vous avez des nouvelles de l'ennemi ?

— Général, le tocsin a sonné partout. Pavie est en feu. La garnison est enfermée dans le château. J'ai essayé de communiquer avec le commandant, mais je n'ai pas reçu de réponse. Mon émissaire aura été sans doute surpris et tué par les insurgés.

— C'est bien. Citoyen Dupuy, je vous nomme chef d'escadron à la place du citoyen Formy qui a été tué hier dans une rue de Milan. Vous prendrez possession de votre grade dès demain. La république a besoin de soldats tels que vous.

Puis, se tournant vers son chef d'état-major :

— Berthier, dit-il, choisissez cinq officiers et constituez-les en commission militaire. Combien avons-nous de prisonniers ?

— Deux ou trois cents, général.

— Prenez-en cinquante, parmi ceux qui ont été pris les armes à la main ; aussitôt que leur identité sera constatée, qu'on les fusille. Il faut apprendre à cette canaille ce qu'il en coûte de verser le sang français.

Tout l'état-major se tut. Le malheureux podestat tremblait de tous ses membres, et se cachait de son mieux derrière les officiers pour n'être pas vu.

— Quel est cet homme ? demanda le général, qui l'aperçut enfin.

— Général, je suis le podestat Marino, dans la maison duquel vous avez l'honneur... c'est-à-dire, non... j'ai l'honneur éminent de recevoir Votre Excellence illustrissime.

Bonaparte le regarda à peine, et demanda :

— L'a-t-on pris les armes à la main ? Qu'on le fusille le premier.

— Non, général, se hâta de dire Dupuy. Au contraire, ce brave homme nous a offert des rafraîchissements... Il a d'excellent vin de Syracuse, général.

Au seul nom de vin de Syracuse, les visages de l'état-major s'adoucirent. On commençait à regarder avec intérêt le pauvre podestat.

Lui-même, quoique un peu fâché, je pense, de nous donner son meilleur vin, allait s'exécuter de bonne grâce et désaltérer tout le monde, mais le général n'avait pas de temps à perdre.

— La commission militaire est-elle constituée ? demanda-t-il à Berthier.

— Oui, général.

— Les cinquante hommes sont-ils choisis ?

— Général, on n'a que l'embarras du choix. Tous nos prisonniers ont tiré sur la troupe.

En même temps des cris perçants retentirent sur la place. Les malheureux qu'on allait fusiller demandaient grâce. Les femmes et les enfants se jetaient à genoux devant les soldats français. Mais le général demeura inflexible.

Il remonta à cheval sans attendre l'exécution de ses ordres, et dit à Tibérius Gracchus :

— Citoyen Dupuy, vous partirez dans une heure pour Milan, et vous emmènerez votre convoi. La route est libre. Si votre escorte avait été massacrée ici, je n'aurais fait grâce à personne et j'aurais mis le feu à Foggia comme à Binasco.

A ces mots, il continua sa route du côté de Pavie.

Il n'était pas encore à trois cents pas de Foggia lorsqu'un feu de peloton bien nourri nous apprit qu'on avait fusillé les insurgés dans le verger du podestat.

Ce pauvre homme s'évanouit de frayeur, et moi-même, quoique, Dieu merci, j'eusse les nerfs fort endurcis, je me sentis ébranlé.

Tibérius Gracchus et moi nous nous regardâmes quelque temps en silence.

— J'aimais mieux le combat de ce matin, lui dis-je enfin.

— Remarque, ajouta Dupuy, que ces pauvres gens, qu'on fusille comme des assassins, sont les seuls à qui nous ayons toujours fait du mal. Nous ravageons leur pays, nous pillons leurs maisons; quelquefois nous faisons pis encore, et parce qu'ils se défendent eux-mêmes, et n'ont pas d'uniforme, on les fusille. Quelle est cette justice?

— C'est la justice militaire.

Il consulta sa montre et dit, car c'était un philosophe :

— Il est six heures. Partons vite. Je veux arriver à Milan avant la nuit, et souper avec toi chez la signora Sorbetti, qui est un ange de grâce et de beauté.

XLII

Je passe sous silence l'accueil presque triomphal qu'on nous fit lorsque nous rentrâmes dans Milan, vers neuf heures du soir. Tibérius Gracchus fut félicité et

embrassé par tous ses camarades, et le général Despinoy eut la bonté de promettre que je serais mis à l'ordre
du jour de l'armée, — ce qui arriva, en effet, dès le lendemain, — et qu'il demanderait pour moi la première
lieutenance vacante parmi les dragons.

Au reste, Dupuy ne s'en fit point accroire et ne cher-
cha pas, à tirer la couverture de son côté.

Sans attendre qu'on l'interrogeât, il se hâta de dire
que sa troupe et lui ne devaient qu'à moi leur salut, et
que, sans ma prompte arrivée, le convoi et ceux qui le
conduisaient seraient restés aux mains des insurgés.

— Mais, ajouta-t-il après avoir rendu compte de sa
mission, j'ai besoin de voir le chirurgien.

Et en effet, outre les contusions légères, il avait été
percé d'une balle dans le flanc. Heureusement la chair
seule avait été entamée, et le poumon, quoique fort
proche, n'avait pas été atteint.

Plus heureusement encore la balle était sortie sans
faire aucun ravage. C'est ce que le chirurgien déclara
tout de suite.

— De sorte, demanda Tibérius, que je puis souper
avec un ami?

— Avec qui bon te semblera, répliqua le chirurgien
d'un air fin.

Sur cette réponse Dupuy m'emmena au quartier.

— Mon ami, dit-il, il faut représenter dignement, moi
la cavalerie française dans laquelle je suis maintenant
chef d'escadron, quoique indigne, — et toi le corps

sublime des aérostiers dont tu portes encore l'uniforme. Comme tu arrives en droite ligne de l'austère armée du Rhin, tu n'es peut-être pas muni de toutes les pommades et de tous les parfums d'Italie, prends donc librement dans cette boîte tout ce qui te fera plaisir, et souviens-toi que je vais te présenter à la signora marchesa Sorbetti, qui n'est pas seulement mon amie intime, mais aussi la plus jolie femme de Milan. Songe, de plus, que nous trouverons probablement chez elle le comte Ettore Spada, mon prédécesseur, qui serait un gentilhomme accompli s'il osait me couper la gorge devant quatre témoins, comme il en a la furieuse envie, et qui prend tous les matins deux heures de leçons d'escrime, dans l'espérance d'avoir du courage quelque jour. Or, cet élégant, mais prudent gentilhomme qui sent le musc, le benjoin, l'eau de cologne et l'essence de rose, et qui est frisé par son valet de chambre comme un caniche, serait trop heureux de trouver quelque chose à reprendre dans ta toilette ou dans la mienne.

Tout en parlant, Dupuy tira la sonnette. Un valet de chambre italien parut.

— Fabrizzio, dit-il, pour ce soir je te dispense de me coiffer. Habille mon ami le citoyen Robert, qui est un républicain trop fier pour savoir mettre sa cravate, mais qui enfile les Prussiens et les Croates par douzaines comme des mauviettes.

Je me laissai habiller, comme si j'avais eu plaisir à cette occupation. Mon nouvel ami avait pris sur moi un empire absolu. Je le regardais marcher, parler, s'habiller, rire, chanter, et dans chacun de ses gestes, je croyais retouver ma chère et bien-aimée Clélie, perdue à jamais, et perdue par ma faute.

— A propos, dit-il en se retournant pour me regarder du haut en bas, mon cher ami, rends-moi le médaillon et le portrait de ma sœur.

Je fus consterné de cette demande. Comment garder le portrait sans avouer tout le passé et surtout ce funeste meurtre dont je ne pouvais plus perdre le souvenir?

J'ôtai lentement le cordon qui suspendait le médaillon sur ma poitrine, et je regardai le portrait en silence.

— N'est-ce pas qu'elle est bien belle? me dit Tibérius.

Je fis un signe affirmatif, mais sans pouvoir parler, car je craignais que mon émotion ne se trahît dans mes paroles.

— C'est la seule personne qui me reste de toute ma famille, continua-t-il. Il y a quatre ans, mes deux frères vivaient encore. Tous deux ont été tués, l'un à Jemmapes, l'autre à Wattignies en combattant pour la République. J'ai quelquefois envié leur sort... Mon père, moins heureux, fut lâchement assassiné par une troupe de brigands et de misérables qui n'auraient pas osé l'attaquer en face. Ils l'ont tué sous les yeux et presque dans les bras de ma sœur... Pauvre père! si j'avais été là!... Mais les républicains vont à la frontière et se font tuer pour la patrie, pendant que les brigands épient l'occasion d'assassiner les vieillards et les femmes !... Oh ! dit-il en frappant du pied avec force, si je pouvais retrouver le misérable assassin de mon père ! Si je pouvais me rencontrer avec lui pied contre pied, œil contre œil, le sabre en main !... Mais il s'est enfui, le scélérat ! Il a passé, m'a-t-on dit, en Angleterre ou dans l'armée de Condé...

Je crois que vous devinez dans quel sentiment j'écoutais les paroles de Tibérius Gracchus. Ainsi donc ce fantôme du vieux Dupuy me poursuivrait éternellement ! J'aimais Clélie, et par lui je l'avais perdue ; un ami s'offrait à moi les bras ouverts, et le spectre du jacobin me rejetait encore dans la solitude et le désespoir.

Cependant, je sentis qu'il fallait répliquer quelque chose pour ne pas exciter le soupçon, et tout en me sentant le gosier serré par une terrible angoisse, je demandai machinalement :

— Quel est le nom de celui qui a tué ton père ?

— C'est un ci-devant noble dont on a guillotiné le père, officier de l'armée de Condé, qui vint en France chargé d'une mission secrète et se fit prendre vers la fin de 1793. Son fils, qu'on appelle Robert de Fénestrange, s'est associé à une bande de brigands, de voleurs, de faux monnayeurs, que sais-je encore ! Et tous ensemble ont lâchement assassiné mon père et trois gendarmes pendant la nuit... Mais qu'as-tu donc ? Tu pâlis à vue d'œil... Es-tu fatigué de notre campagne d'aujourd'hui ?

— Oui, répondis-je en balbutiant, je suis un peu fatigué... J'arrivais de Mayence à franc-étrier... En arrivant il a fallu courir à Lodi, revenir à Milan, partir pour Foggia... Depuis neuf jours je n'ai pas couché entre deux draps.

— Bah! bah! tu t'y feras. On ne dort pas dans l'armée d'Italie. On fait la guerre et l'amour au galop. Bonaparte, qui a le diable au corps nous met tous sur les dents. Lundi dernier la division Masséna a fait douze lieues d'une seule étape, a battu les Autrichiens le soir, entre six heures et dix heures, a mangé un morceau sur le pouce entre dix heures et dix heures vingt-cinq minutes, s'est assise sur le bord du chemin pendant trois quarts d'heure, a repris la poursuite jusqu'à onze heures du matin, s'est battu contre Beaulieu entre onze du matin et cinq heures du soir, l'a mis en fuite et poursuivi jusqu'à minuit, et a rejoint Bonaparte vers quatre heures du matin le mercredi. Sais-tu de quelle manière ce Corse enragé les a félicités?... Tu ne devines pas?... Eh bien! il leur a dit que s'ils marchaient toujours du même pas, ils finiraient par égaler les légions romaines. A te parler franchement, les chevaux, qui n'ont pas autant de patriotisme que les hommes, allaient rendre l'âme. Il a fallu arrêter la cavalerie de peur de nous mettre tous à pied. Quant aux fantassins, ils vont toujours. C'est une grâce d'état.

Pendant ce temps j'avais repris mon sang-froid et j'étais redevenu maître de moi-même.

— Comme je ne suis pas encore de l'armée d'Italie, lui dis-je en feignant de rire, je vais me coucher.

— Non, *per Bacco !* répliqua Dupuy, je te le défends. Je t'ai annoncé par un billet à la signora marchesa, et je ne veux pas en avoir le démenti. Émilia verra celui qui m'a sauvé la vie... au moins, tu me promets de ne pas trop lui faire la cour...

— Oh !

— On ne sait pas ce qui peut arriver. Émilia est coquette. Elle a quitté pour moi le comte Ettore Spada. Elle pourrait bien quitter pour toi le citoyen Tibérius Gracchus... A propos, auras-tu bientôt fini de contempler le portrait de ma sœur ?

Et il avança la main pour le reprendre.

— Écoute, lui dis-je d'un ton sérieux, tu dis, mon cher ami, que je t'ai sauvé la vie aujourd'hui. C'est possible. Je n'en sais rien. Mais fais-moi une grâce. Donne-moi ce portrait !

Il hésita un instant.

— Qu'en veux-tu faire ?

— As-tu lu, lui dis-je, une histoire des Mille et une Nuits, où le jeune Beder, roi de Perse, devient amoureux d'une belle princesse qu'il n'a jamais vue, et seulement sur le récit qu'on lui fait de ses perfections ?... Eh bien, suppose que je suis pareil à ce pauvre garçon, et que je suis amoureux de cet admirable portrait... Me le refuseras-tu?... Vois comme ces yeux sont doux et profonds, comme ces cheveux...

— Que ta volonté soit faite! répondit Dupuy. Et maintenant, es-tu prêt à partir?... Oui!... marchons donc, car la marchesa Sorbetti nous attend.

XLIII

La belle signora nous attendait en effet, et le souper était prêt suivant la mode du siècle dernier.

Deux Italiens, amis intimes de la dame et habitués de la maison, nous tenaient compagnie.

L'un était le comte Ettore Spada, jeune gentilhomme fort élégant, que Dupuy avait remplacé dans les bonnes grâces de la marquise, et qui ne pouvait pas s'en consoler. Il n'en était pas moins assidu auprès de la belle Emilia, attendant sans doute l'heure de la vengeance ou de la revanche; mais Tibérius ne s'en souciait guère, et le traitait familièrement sans l'aimer ni le craindre.

Quant à l'autre Italien, c'était le signor abbate, qui mettait en vers les opéras de tous les compositeurs de Milan, Bologne, Ancône, Pesaro, Plaisance, Parme et Padoue, et que j'avais rencontré la veille au théâtre.

Celui-là, amoureux comme Ettore Spada, mais résigné d'avance à soupirer inutilement toute sa vie, osait à peine lever les yeux sur l'adorable marquise. Bien moins encore osait-il la contredire. Il était le chien ou le chat de la maison, ou mieux encore, un meuble. On se serait assis sur lui, si la forme anguleuse de son corps l'avait permis. Homme d'esprit pourtant, comme tous les Italiens, — et d'une bonhomie parfaite. Son seul défaut, qui ne nuisait d'ailleurs qu'à lui-même, était de tendre continuellement le dos comme s'il avait dû recevoir des coups de bâton. C'est lui qui faisait les commissions de la marquise; et pour prix de sa complaisance, il la voyait à toute heure du jour, et même, Dieu me pardonne, à sa toilette.

En nous voyant entrer, la belle Emilia rougit de plaisir, et, à coup sûr, ce n'est pas la vue de Robert de Fénestrange qui produisit cet effet singulier, car je m'avançai d'un air assez gauche pour lui baiser la main, pendant que Tibérius Gracchus me présentait comme le brave des braves et comme son ami intime.

Spada, malgré sa rage intérieure, fit le plus bel accueil à son heureux rival. Quant au signor abbate, comme il savait fort bien qu'en aucun cas la belle Emilia n'abaisserait sur lui son divin regard, il salua Tibérius Gracchus d'un air d'amitié qui me parut presque sincère. Après tout, qu'importait le nom du vainqueur, puisqu'il n'avait aucun espoir de l'être? Pour lui la différence n'était pas grande entre Dupuy et le comte Ettore.

Après quelques instants de conversation les domestiques servirent le souper, et, suivant l'excellente habitude du dix-huitième siècle, nous laissèrent seuls.

Je dis : excellente habitude, car les maîtres pouvaient causer librement, n'ayant pas derrière eux cette foule de gens en livrée qui découpent, taillent, servent, et par-dessus tout écoutent la conversation des convives pour la rapporter et s'en moquer à l'office.

On causa d'abord des exploits de la journée. Dupuy en fit le récit avec modestie et en peu de mots, pour ne pas offenser le comte Spada qui paraissait, au fond du cœur, avoir pris parti pour ses compatriotes, — et surtout pour ne pas déplaire à la belle Emilia.

L'Italien ne parut pas fort sensible à cette délicatesse, mais à défaut d'un sentiment plus bienveillant, la prudence l'empêcha d'abord de rompre en visière à son rival.

Tout à coup le signor abbate leva son verre, que j'avais rempli de vin de Champagne et s'écria :

— Je bois à la santé de notre divine marquise !

Puis il tira de sa poche un sonnet dont je ne me rappelle plus les paroles italiennes. En voici à peu près le sens :

« Les yeux de la divine Emilia sont deux astres resplendissants dont le monde est illuminé. La nature les créa dans un jour d'allégresse, lorsqu'elle voulut consoler l'Italie d'être la proie des étrangers. De Venise à Naples, sur cette terre qui a vu naître

« la belle Eléonore, chantée par Torquato Tasso, l'on
« ne trouverait pas une merveille égale. Lorsqu'ils
« se ferment, les ténèbres s'étendent sur l'univers
« comme autrefois lorsque le Christ mourut sur la croix,
« et c'est ce que les faibles mortels appellent du nom
« de nuit. »

— Sur mon âme, s'écria Tibérius Gracchus, je n'ai
jamais lu les sonnets du divin Pétrarque, mais je suis
prêt à couper la gorge au premier qui soutiendra que le
sonnet de l'abbé ne leur est pas supérieur et par le
sujet et par la poésie.

Naturellement, on s'empressa d'être du même avis,
quoique la belle Emilia prît un air modeste et feignît de
repousser le compliment.

— Et vous, Ettore, dit-elle ensuite en se tournant
avec une certaine coquetterie du côté du comte Spada,
son voisin, ne ferez-vous rien pour ma gloire. L'abbé
fait des vers. Le capitaine veut couper les oreilles à qui
ne me trouvera pas admirable... J'attends ce que vous
allez faire, vous le plus ancien de mes amis.

Le bel Ettore, de sa main chargée de bagues, souleva
ses cheveux parfumés, leva les yeux au ciel d'un air
inspiré et déclama ce qui suit ;

« Vénus Aphrodite, fille de Jupiter, sortit du sein de
« l'Océan, portée sur une conque argentée. Les dieux,
« en la voyant, frémirent de joie ; Apollon au carquois
« d'or l'aima, et, le premier, la rendit sensible à l'amour.

« Mais Vénus se lassa du poëte et tourna ses yeux

« sur Mars, qui s'avançait vers elle en agitant son
« panache. — Cruelle, lui dit le dieu des vers, écoute
« les accents de ma lyre. Je chanterai ta beauté sans
« pareille. Je te construirai un palais de marbre et de
« jaspe, et sous mes ordres, les neuf Muses, filles de
« Mnémosyne, célébreront tes grâces voluptueuses.

  « — Bien chanté, répliqua l'ingrate, et si mon amour
« devait être le prix de la musique ou de l'éloquence,
« à coup sûr je quitterais tout pour toi. Mais le terrible
« Mars a tiré son sabre et menace de massacrer les
« dieux et les hommes si je ne le conduis dans les
« bosquets d'Amathonte. Faut-il le pousser à cette
« extrémité ? Mon esprit est à toi, divin Apollon ; mais
« mon cœur est à lui. »

La marquise sourit de l'épigramme, et Tibérius Gracchus, sans s'émouvoir beaucoup de l'allusion transparente que Spada venait de faire, proposa gaiement de
boire à la santé de Vénus Aphrodite.

Ce qui fut fait sur-le-champ avec un grand enthousiasme.

— Et vous, citoyen Robert, dit la belle Emilia en
fixant sur moi ses yeux profonds au regard velouté, ne
porterez-vous la santé d'aucune dame ou déesse ?

J'étais fort embarrassé de la question, mais Tibérius
Gracchus vint à mon secours.

— Non, dit-il, c'est un ours des Alpes, un sauvage, un
anthropophage, un austère de l'armée du Rhin. Il n'aime
que la vertu, la patrie, la liberté et toutes sortes de

choses abstraites... Eh parbleu ! il faudra que j'envoie
son portrait à ma sœur Clélie. C'est la seule femme qui
soit capable de le comprendre.

A ces mots, je frémis. Envoyer mon portrait à Clélie !
Mais elle reconnaîtrait le meurtrier de son père ! Elle le
dénoncerait à son frère. Cependant, je me rassurai en
pensant qu'après tout ce portrait n'existait pas encore.

Tout à coup, Dupuy, qui me regardait attentivement,
tira de sa poche un crayon et du papier. En quatre coups
de crayon mon portrait fut esquissé.

La marquise et les deux Italiens se récrièrent sur la
ressemblance, qui était en effet merveilleuse.

J'avançai alors la main pour prendre le papier, et je
le déchirai en dix morceaux.

Dupuy me regarda avec étonnement ; puis éclatant de
rire :

— Il ne se trouve pas assez flatté ! dit-il. Qui pouvait
croire que ce sauvage aurait tant d'amour-propre ?...
Mais par le Dieu vivant, je le referai malgré toi, en
ton absence, et je l'enverrai à Clélie. Je veux qu'elle
apprenne à connaître l'ami auquel je dois la vie.

Quelques instants après nous sortîmes du palais Sorbetti avec les deux Italiens, et nous retournâmes au
quartier.

XLIV

En vingt-quatre heures, Tibérius Gracchus et moi nous étions devenus aussi inséparables qu'Oreste et Pylade. L'amitié vieillit vite à la guerre.

Il se plaisait à dire et à répéter qu'il me devait la vie et son grade de chef d'escadron, et que sans mon arrivée son détachement aurait été massacré par les insurgés de Foggia. De mon côté, sans oublier le danger d'être reconnu, je me laissais aller à cette amitié fraternelle, et j'éloignais de mon esprit les sombres images du passé.

Tibérius, en des temps plus doux, aurait été peut-être un poëte; et même un grand poëte; il était beaucoup plus instruit que moi, car son père l'avait destiné au barreau, et la guerre seule avait interrompu brusquement ses études. Le soir, au bivouac, il me lisait *Andromaque* ou le *Cid* et les *Horaces*, et c'était plaisir de voir ses yeux animés et d'entendre sa voix vibrante lorsqu'il récitait des vers tels que ceux-ci :

Si tu vivais pour moi, vis pour le fils d'Hector...
Fais connaître à mon fils les héros de sa race;
Autant que tu pourras, conduis-le sur leur trace;

Dis-lui par quels exploits leurs noms ont éclaté,
Plutôt ce qu'ils ont fait que ce qu'ils ont été ;
Parle-lui tout les jours des vertus de son père
Et quelquefois aussi parle-lui de sa mère.

Un jour, il interrompit sa lecture :

—Mon cher ami, dit-il, voilà qui vaut mieux que
tous nos glorieux massacres. Quand nous aurons tué
des milliers de pandours, qui nous en saura gré? Quel
profit en retirera la France, aujourd'hui délivrée de tous
ses ennemis, et envahissant l'Europe à son tour? Tuer,
être tué, est-ce le but de la vie? Ne ferions-nous
pas mieux de laisser là Beaulieu et tous ses confrères,
de faire la paix, de rentrer en France, et de dire de
beaux vers, le soir, au coin du feu, les pieds sur les
chenets, quand la neige tombe, quand le bois flambe
et pétille? Nous serions tous trois si heureux !....
car je ne me sépare pas de ma sœur Clélie. C'est l'âme
la plus noble, la plus généreuse et la plus belle que
j'aie jamais connue sous le soleil. On ne peut pas la
voir sans l'aimer... Tu la verras... Tu l'as déjà vue...
Sa beauté, dont tu peux juger par ce portrait, est le
moindre de ses charmes... Ah! si tu pouvais lui
plaire! Justement, ta mine un peu sombre et mélancolique la séduira ; sur mon honneur, tu as l'air d'un
paladin plus que d'un soldat de la République française
une et indivisible, et les paladins ont toujours ravi le
cœur des femmes... Es-tu riche?

— Je n'ai que la cape et l'épée.

— Tant mieux! Elle est riche pour deux. Elle est maintenant propriétaire d'un bien national fort considérable — La terre et le château de Fénestrange — que mon père avait achetés après le départ de l'émigré. Le château est imposant et admirablement situé, mais Clélie n'y veut plus habiter depuis la mort de mon père; elle a peur, je crois, d'y revoir les assassins; mais si elle épousait un brave, cette frayeur-là disparaîtrait bien vite... Ah! mon ami, quel bonheur si nous pouvions vivre côte à côte, labourant la terre, semant le blé, fauchant l'herbe nouvelle, relisant les poëtes et les philosophes des siècles passés, jouissant du monde présent, rêvant sans trouble à l'avenir, et couronnant, par une mort paisible, une vie utile et honorable !

— C'est la marquise Sorbetti qui t'inspire ces réfléxions philosophiques? lui dis-je en feignant de rire pour cacher mon trouble.

— Homme austère! dit Tibérius Gracchus, ne connais-tu pas la différence qu'il y a entre *parler* et *agir*? Ne sais-tu pas qu'un poëte a dit :

> *Video meliora proboque,*
> *Deteriora sequor...*

C'est-à-dire en bon français :

« J'aime la vertu et j'adore mon Emilia. »

Et à ce propos, je dois te dire que la comtesse Quarini,

son amie intime, — une brune charmante, — a témoigné le plus vif désir de te connaître, et que déjà le prince Bagradio, qu'elle honorait (à ce qu'on assure) de ses bontés particulières, en est fort jaloux. Remarque bien que Bagradio est prince romain de profession, cousin des Orsini, qu'il compte trois ou quatre doges parmi ses ancêtres, et que son arrière-grand-père a fait assassiner le fameux Colonna, vers l'an 1582. De plus, il est aussi beau que le bel Ettore Spada. Eh bien, tel qu'il est, la comtesse offre de te sacrifier ce descendant des doges.

— Qu'elle garde son Bagradio!

— Per Bacco! dit Tibérius, tu es, je crois, unique en ton espèce. Caton l'ancien n'eût été, auprès de toi, qu'un freluquet... Or çà, parlons sérieusement; tu sais que nous offrons ce soir un punch à nos camarades de la 26e demi-brigade, qui sont arrivés ce matin de Grenoble. J'espère que tu n'y manqueras pas. On fait grandement les choses. Nous avons invité, sur leur demande, quelques Milanais, parmi lesquels et en première ligne le bel Ettore Spada, Bagradio et quelques autres qui font semblant d'être amis de la France. Entre nous, je crois qu'ils voudraient nous voir jeter au plus profond de la mer Méditerranée avec une pierre au cou. Et je ne les blâme pas. On prend leur argent, leurs maîtresses, et quelquefois leurs femmes. Juge s'ils doivent être contents. Adieu. A ce soir. Le punch est à neuf heures. Je vais voir Emilia.

XLV

Le punch étant offert par les officiers de toute la garnison de Milan à ceux de la 26ᵉ demi-brigade, le café Belloni, où se tenait la réunion, était rempli d'uniformes de toutes armes, parmi lesquels on distinguait à peine les habits noirs ou brodés de sept ou huit Italiens.

Mais quoique, en apparence, il y eût fusion et cordialité complète, on pouvait aisément distinguer les nouveaux venus des officiers de l'armée d'Italie. Ni les habits, ni les manières n'étaient semblables. La joie des victoires récentes rayonnait sur le visage des uns; une tristesse jalouse assombrissait leurs camarades moins bien partagés. Cependant on but de part et d'autre très-abondamment, et bientôt il se fit un tel tumulte et tout le monde cria si fort qu'il n'y eut plus moyen de s'entendre.

Parmi ceux qui criaient le plus haut, je remarquai un certain chef de bataillon, grand, maigre, sec, osseux, de qui les yeux étaient enfoncés profondément au-dessous d'épais sourcils. Sa physionomie n'avait rien d'agréable, et je vis avec étonnement qu'aucun de ses camarades n'osait le contredire.

Je demandai son nom à l'un des officiers de la 26ᵉ demi-brigade. On me répondit qu'il s'appelait Bertaud et qu'il avait été maître d'armes.

Je devinai sans peine la cause de la déférence que lui témoignaient ses camarades. Bertaud, renommé pour son adresse à l'escrime, se faisait un plaisir de provoquer les gens et les forçait de se battre. Il en avait déjà tué plusieurs, me dit-on.

Quoique ce caractère ne m'inspirât aucune sympathie, je n'aurais pas fait grande attention à lui si je ne l'avais vu se rapprocher d'un groupe où se trouvait alors Tibérius Gracchus, et interrompre grossièrement la conversation. Je me doutai que le punch agissant fortement sur les esprits, rendrait bientôt à chacun son véritable caractère, et qu'une querelle ne tarderait pas à naître entre les buveurs. Je me tins donc prêt à tout événement.

Je me considérais comme chargé de veiller sur la vie de Tibérius Gracchus. C'était le frère de Clélie, et j'avais fait trop de mal à sa sœur et à lui pour ne pas vouloir réparer mon crime à tout prix. Mais il fallait surtout cacher cette intention bienveillante, car Tibérius n'était pas homme à se laisser protéger. Je résolus donc d'user de finesse et de prévenir la querelle en la prenant pour mon compte.

Au reste, ma prévoyance fut vaine pendant quelques instants, car Tibérius Gracchus, étant lui-même d'un caractère aimable, ouvert et généreux, ne soupçonnait

16

jamais les mauvaises intentions d'autrui. Il répondit donc sans se fâcher au maussade Bertaud, et la conversation tomba insensiblement sur un autre sujet, c'est-à-dire sur les femmes, — sujet intéressant à tout âge et particulièrement lorsqu'on a bu trop de punch.

A ce moment, le bel Ettore Spada se rapprocha du groupe. Lui aussi avait une intention secrète, mais, à ce qu'il me sembla, bien différente de la mienne.

— Les Milanaises sont-elles jolies? demanda Bertaud en frisant sa moustache d'un air qui menaçait d'une sinistre aventure tous les maris de Milan.

— Charmantes! répondit Tibérius Gracchus.

— En ce cas, continua Bertaud, il faudra partager avec nous, messieurs les dragons, ou bien en découdre.

Ces mots furent dits presque avec insolence, et Dupuy parut un peu étonné; mais il para encore le coup, et la soirée se serait terminée paisiblement si le perfide Ettore Spada, qui avait deviné les intentions belliqueuses de Bertaud, n'était venu souffler le feu de la discorde.

— Je vois bien, dit-il à Bertaud d'une voix lente et harmonieusement cadencée, que vous serez forcé d'en découdre, monsieur le chef de bataillon, car M. le chef d'escadron Dupuy jurait, il y a trois jours, de couper les oreilles au premier qui voudrait aimer une fort belle dame de Milan...

— Couper les oreilles! interrompit brusquement Bertaud en roulant des yeux terribles. Qui parle de couper les oreilles, monsieur l'Italien, monsieur le faquin?...

Cette sortie troubla profondément le pauvre Ettore.

— Ce n'est pas moi, monsieur, dit-il en toute hâte. Ce n'est pas moi.

— Et qui donc, alors? demanda Bertaud, en se tournant vers Tibérius Gracchus. Serait-ce...

Avant que sa phrase fût finie et que Dupuy pût répondre, je m'avançai tout à coup dans le cercle comme pour mieux entendre la conversation, et j'appuyai par mégarde le talon de ma botte sur le pied de Bertaud.

— Faites donc attention, animal! s'écria-t-il en poussant un cri de douleur, et il me donna un violent coup de coude.

A ces mots, je saisis ses deux bras avec une telle force, qu'il lui fût impossible de faire un mouvement.

— Citoyen Bertaud! lui dis-je en le retenant toujours, tu me rendras raison de cette insulte!

— Plus tôt que tu ne voudras! dit-il.

— Eh bien, tout de suite, sous le réverbère.

— Mais, dit Tibérius Gracchus en intervenant, tu ne peux pas te battre avec ce brutal, ami Robert, car il m'a insulté le premier et de plus, il est ton supérieur.

— Oh! quant à cela, dit Bertaud en grinçant des dents, je me battrai avec lui, fût-il simple soldat; et après lui, avec vous, Dupuy.

— S'il en reste, fanfaron, lui dis-je en le lâchant enfin.

— Mais, dit un officier de la 26e, Bertaud ne peut pas se battre tout seul contre deux hommes; il faut faire une partie carrée. Bertaud, je vais croiser le fer avec

Dupuy, et toi, avec le citoyen Robert. Nous verrons si l'armée des Alpes ne vaut pas l'armée d'Italie.

Ces dernièrs mots envenimèrent et agrandirent la querelle. Deux autres de nos camarades firent partie de se joindre à nous; et deux officiers de la 26e se joignirent à Bertaud.

Il fut décidé que le duel aurait lieu le lendemain au petit jour, car la lueur incertaine du réverbère ne convenait pas à un combat loyal.

De plus chacun s'engagea d'honneur, vu la différence des grades, à ne révéler sous aucun prétexte le nom de son adversaire.

Ainsi finit un punch commencé sous de meilleurs auspices. En sortant, j'aperçus le comte Ettore qui se frottait les mains et chantait gaiement les *Noces de Figaro*, de Mozart :

> Bel oiseau, échappé de ta cage,
> Laisse en paix les minois d'alentour.

Il se réjouissait, le prudent gentilhomme, espérant qu'un bon coup d'épée le délivrerait de Tibérius Gracchus ou pour quelque temps ou pour toujours, et lui rendrait le cœur de la belle Emilia.

XLVI

— Vous avez dû entendre parler autrefois, mon cher curé, d'un certain Jean Vernet, de Felletin, qui était alors capitaine de dragons. C'est lui qui voulut soutenir avec Tibérius Gracchus et moi l'honneur de la cavalerie. Le quatrième était un simple lieutenant dont j'ai oublié le nom.

Vous vous étonnez peut-être que des gens qui avaient matin et soir l'occasion de tirer le sabre contre les Autrichiens, les Croates, les Esclavons ou les malheureux paysans italiens, eussent encore envie de se couper la gorge entre camarades. Certes, il n'y avait rien de plus ridicule et même — à le regarder de près — de plus odieux; mais c'était la mode de l'armée d'Italie, et vous savez qu'un bon Français suit toujours la mode, quoiqu'il arrive, et dût-il lui en coûter la vie.

Dans l'armée du Rhin que je venais de quitter, les têtes étaient plus froides; mais on n'avait pas remporté sur l'ennemi des succès aussi rapides et aussi éclatants que ceux du général Bonaparte. Les vainqueurs de Lodi commençaient à se croire supérieurs à l'humanité.

16.

Pour moi, je me sentais déjà gagner par la fièvre de
mes nouveaux camarades. Rien ne me paraissait plus
beau que de faire avouer à Bertaud, et à tous les fantassins de la 26ᵉ demi-brigade, qu'aucun d'eux n'était de
force à croiser le fer avec l'invincible corps des dragons. J'avais d'abord cherché querelle à Bertaud pour
empêcher qu'il ne se battît avec mon cher Tibérius
Gracchus. Un moment après, j'étais tout disposé à me
battre pour mon compte, et pour l'honneur du corps.
Vous souriez, curé. Vous croyez que Robert de Fénestrange est seul de son espèce?... Je vous jure qu'il y
a quatre-vingt mille soldats sur cent mille qui ne pen-
sent et n'agissent pas autrement.

J'allai donc à la bataille avec une sorte de gaieté
féroce où le punch avait peut-être quelque part, et quand
nous fûmes réunis, nous et nos adversaires, dans le
jardin du couvent des Célestins (c'est là que le duel
devait avoir lieu), je n'aurais cédé ma place à personne,
pas même au général Bonaparte, pas même s'il avait dû
payer d'un grade de colonel cette condescendance.

Je n'étais inquiet que de Tibérius Gracchus. Il était
grand, mince, adroit, agile, plein de sang-froid, prompt
à la riposte; mais son adversaire paraissait robuste et
bien découplé. Peut-être était-il de première force, et,
dans ce cas, la vie de mon ami était fort exposée.

Je crois que Tibérius craignait pour moi comme moi
pour lui, car il me proposa généreusement et à plusieurs
reprises de le mettre en face de Bertaud, que tout le

monde considérait comme notre plus redoutable ennemi ; mais je n'y voulus pas consentir.

Il était environ quatre heures du matin, et le soleil était déjà levé lorsque nous nous trouvâmes au rendez-vous.

En ce temps-là l'on n'affectait pas le ton et les manières des gentilshommes, et l'on s'égorgeait sans politesse ; Bertaud nous salua à peine et dit :

— Mes amis et moi, nous connaissons également le sabre et l'épée. Il nous est donc indifférent de prendre l'un ou l'autre. Choisissez, messieurs les dragons.

— Que le sort décide pour tous, répliqua Dupuy.

Le sort consulté désigna le sabre. On mesura les armes, chacun choisit son adversaire, et le combat commença.

Je savais d'avance, il est vrai, que Bertaud était une rude lame, et je me tenais sur mes gardes ; mais il était encore plus redoutable que je ne l'avais cru. Il joignait à un poignet de fer des ruses et une souplesse incroyables. Quant à moi, dès l'enfance exercé par mon père et par un vieux maître d'armes qui avait fait la guerre d'Amérique, je soutenais le choc avec un grand sang-froid.

Après quelques passes, il me dit :

— Ah ! ah ! citoyen Robert, vous êtes friand de la lame, à ce que je vois. Tant mieux. J'en aurai plus de plaisir... Tiens, pare celui-ci.

Je parai.

Puis je l'attaquai à mon tour avec une telle impétuo-
sité que je le mis tout en désordre et qu'il rompit de
quelques pas.

Sa retraite me permit de jeter un coup d'œil rapide
sur les autres combattants, et ce que je vis n'était pas
rassurant.

Tibérius Gracchus poussait vivement son ennemi et
paraissait avoir l'avantage; mais nos deux camarades
faiblissaient, étant déjà grièvement blessés.

Outre l'intérêt que je devais prendre à leur sort, je
faisais la réflexion très-naturelle et très-désagréable que
les vainqueurs, une fois débarrassés de nos camarades,
se retourneraient contre nous (ce qui était leur droit), et
j'étais fort inquiet, sinon pour moi, du moins pour
Tibérius.

Tout cela passa devant mes yeux avec la rapidité
de l'éclair, car Bertaud, s'apercevant de ma distraction,
revint sur moi et me blessa d'une estafilade à l'épaule.

Au même instant, le malheureux Vernet, notre ami,
tombait mort, la tête fendue d'un coup terrible. Nous
n'étions plus que trois contre quatre; encore le lieutenant ne disputait plus sa vie qu'avec peine.

— Eh bien, Bertaud, dit le vainqueur, tu perds ton
temps, mon ami, je ne te reconnais plus. Est-ce que ce
blanc-bec serait plus fort que toi?

Bertaud, exaspéré se jeta sur moi avec une fureur
aveugle. S'il m'avait atteint, j'étais un homme mort.
Heureusement je gardai tout mon sang-froid pendant

qu'il perdait le sien, et d'un coup de pointe, je lui traversai le cœur.

Il tomba comme une masse, les yeux dilatés et encore étincelants de la fureur du combat.

Vers le même moment, Tibérius Gracchus remportait un succès presque pareil sur son adversaire, qui fut assez grièvement blessé, mais qui voulut néanmoins continuer le combat.

Cependant notre ami le lieutenant reçut dans la poitrine un coup si violent que des flots de sang sortirent de sa blessure et qu'il demeura étendu par terre comme un gladiateur mourant.

Les chances du combat étaient donc à peu près égales. Nous restions deux contre trois, mais l'adversaire de Tibérius Gracchus ne paraissait pas pouvoir faire une longue résistance.

Aussitôt, et pour ne pas perdre de temps, je croisai le fer avec le vainqueur de notre malheureux ami Vernet.

— Eh bien, que fais-tu là ? me cria Dupuy. Ne sois donc pas si pressé. Attends-moi. Je n'en ai plus que pour dix secondes.

Et en effet, il le pressait vivement. Mais je n'étais pas moins actif. Il me tardait d'en finir avec mon second adversaire pour entamer le troisième avant que Dupuy pût en prendre sa part. Aussi je ferraillais avec une ardeur inouïe.

— Laisse-moi faire, lui dis-je, j'y ai la main, ami Tibérius, j'y ai la main.

Et en effet, j'y avais si bien la main que j'étendis le second sur l'herbe et que j'attaquai le troisième juste au moment où l'adversaire de Dupuy, perdant son sang par cinq blessures, tombait à terre presque évanoui.

— Au moins, dit Dupuy, laisse-moi celui-là. Ne prends pas tout.

— J'y ai la main, Tibérius, j'y ai la main, répétais-je toujours.

Le combat dura bien encore deux ou trois minutes, après quoi, blessé d'un coup de sabre au front et au nez, aveuglé par le sang qui coulait de sa blessure, le fantassin fut forcé de rendre les armes.

Les morts, les mourants et les blessés furent transportés dans l'intérieur du couvent des Célestins, et le chirurgien-major et ses aides furent appelés en toute hâte.

Ce duel nous fit grand honneur parmi nos camarades, et madame Quarini eut la bonté de me faire savoir, par l'intermédiaire de madame Sorbetti, qu'elle serait charmée de connaître et de féliciter le vainqueur du malheureux Bertaud. Si le prince Bagardio me portait ombrage, elle était toute prête à lui signifier son congé. — Ce qui fut expliqué, bien entendu, avec toute la délicatesse possible.

Je ne répondis rien, cependant, aux avances de madame Quarini, quoique par moments mon cœur de dragon en fût flatté; mais, comme disait Tibérius Gracchus en riant, j'étais né pour être paladin, et je ne pensais qu'à Clélie.

Au reste, l'épreuve que subissait ma vertu ne dura pas longtemps, car le général Bonaparte, qui ne prenait pour lui-même et ne laissait aux autres aucun repos, commanda aux dragons de passer le Mincio et de marcher sur Vérone, ce qui fit verser des torrents de larmes à madame Emilia Sorbetti, pendant que mon ami Tibérius jurait à ses genoux de l'aimer uniquement et éternellement.

Et en effet, il tint son serment jusqu'à Brescia, où la petite Bolognese eut la gloire de faire tomber dans ses filets cet amant si fidèle. C'était à la veille de la bataille de Castiglione, trois jours après notre départ de Milan.

XLVII

La semaine suivante, pendant qu'avec mon régiment je poursuivais les Autrichiens jusqu'au pied des montagnes du Tyrol, je reçus la lettre suivante :

« Milan.

« Mon cher ami,

« Tout n'est qu'heur et malheur en ce monde. Quand
« je devrais poursuivre avec toi Wurmser jusque dans

« Inspruck ou dans Mantoue (car qui sait de quel côté le
« pauvre homme aura tourné bride ?) je suis forcé de
« prendre patience; et du lit où je suis couché, je compte
« toute la journée les solives du plafond. Heureusement,
« Emilia me tient compagnie depuis midi jusqu'au soir
« et me lit les journaux de Milan. Le bel Ettore qui en-
« rage de cette assiduité s'offrait aussi à être mon garde-
« malade, mais je l'ai remercié et congédié. Je me défie
« de ce bon gentilhomme. Je craindrais qu'il ne sucrât
« ma tisane.

« Mon mal, du reste, n'est pas très-grave. J'ai reçu
« un coup de baïonnette dans la cuisse pendant que je
« cherchais à me dégager, ayant eu mon cheval tué sous
« moi vers Cavriana. C'est assez pour garder le lit encore
« trois semaines; mais on n'en meurt pas et l'on n'est
« pas estropié, ni défiguré. C'est l'essentiel. Quelle mine
« ferais-je devant ma chère Emilia si j'avais le nez par-
« tagé en deux par le sabre d'un Croate? J'aurais beau
« alléguer les chances de la guerre. On n'a pas le droit
« d'avoir le nez coupé quand on veut plaire aux dames.

« Adieu. J'ai vu ton nom mis à l'ordre du jour après
« Castiglione, et l'on m'a raconté je ne sais quelle his-
« toire d'officier croate enlevé par le collet de son habit
« au milieu de sa troupe et porté d'une rive du Mincio
« à l'autre sous une pluie de balles. Bravo! ami Robert!
« Fais parler de toi, c'est le seul moyen de consoler de
« sa blessure ton dévoué

« TIBERIUS-GRACCHUS DUPUY. »

« *P. S.* Reviendras-tu bientôt à Milan ? madame Julia
« Quarini voyant que tu ne te décidais pas, s'est décidée.
« Elle a congédié Bagradio en faveur d'un duc Porsenna,
« de Florence, qui descend du vainqueur de Rome ou qui
« le dit, du moins. C'est toute la chronique scandaleuse
« d'aujourd'hui. Bagradio s'en va, versant des larmes et
« racontant à qui veut l'entendre les bontés dont Julia
« l'avait comblé, et la froideur dont elle l'accable depuis
« lundi dernier. Adieu. »

Trois semaines après, Wurmser ayant pris la place de
Beaulieu et s'étant fait battre comme lui, l'on annonça
l'arrivée prochaine d'Alvinzi, et, en attendant, il y eut
entre les deux armées une sorte de trève pendant laquelle
j'obtins un congé de cinq jours et la permission d'aller à
Milan.

Je partis en poste sur-le-champ, et ma première visite
fut pour mon ami Tibérius Gracchus.

Il avait obtenu, étant blessé, la permission de se loger
en ville à quelque distance du quartier de cavalerie. Je
montai les marches de l'escalier quatre à quatre ; et, sans
me faire annoncer, sûr de faire à mon ami la surprise la
plus agréable, j'ouvris la porte...

Tibérius Gracchus était couché. Une jeune femme
vêtue de noir était assise près de son chevet.

Elle leva les yeux sur moi. Je reconnus Clélie.

XLVIII

Je ne sais quel fut le sentiment de Clélie, lorsque ses yeux rencontrèrent les miens. Elle rougit, pâlit et demeura d'abord immobile. cette rencontre imprévue devait produire un choc terrible. Mais quel serait son premier mot? Avait-elle dit toute la vérité à Tibérius? savait-il que j'étais le meurtrier de son père?

J'ai près de quatre-vingts ans aujourd'hui, et j'ai subi dans le cours d'une longue vie bien des aventures terribles; je me suis vu souvent à la gueule des canons, j'ai passé quelquefois des heures entières sous la mitraille, et j'ose dire que jamais on ne m'a vu montrer des sentiments indignes d'un Fénestrange; mais ce jour-là, oui, ce jour-là seulement et dans cette terrible minute, je sentis le froid épouvantable et les angoisses de la mort.

Heureusement Tibérius, qui ne se doutait de rien, me rassura d'un mot :

— Entre donc, mon cher ami, dit-il, au lieu de rester là planté sur le seuil comme une statue de pierre. As-tu peur de ma sœur? C'est la première fois, je crois, que Clélie aura produit cet effet sur un chrétien...

J'avançai lentement. Clélie n'avait pas parlé. Mais que pensait-elle de moi ?

— Ma chère Clélie, continua Tibérius d'un ton joyeux, je te présente le plus nouveau, mais le meilleur de mes amis, — le citoyen Robert. J'espère qu'il sera bientôt des tiens. Il est brave comme Roland. T'ai-je dit comment l'autre jour il avait passé son sabre au travers du corps de ce terrible Bertaud, qui faisait trembler toute la 26ᵉ demi-brigade. Le combat n'a pas été long, je t'assure... Mon Robert l'a expédié en moins de trois minutes. A le voir sur le terrain, taillant, perçant, coupant et dépeçant les têtes, les bras et les épaules avec ce sang-froid effrayant qui ne le quitte jamais, on dirait qu'il n'a pas fait autre chose depuis sa naissance.

— Oui, dit Clélie, qui me lança un regard dont je compris seul l'amère expression, je sais que le citoyen Robert est un brave, et qu'il n'a pas peur du sang... Mais je te quitte ; il faut que j'aille rendre visite à la femme du commissaire ordonnateur avec qui je suis venue de Grenoble.

A ces mots, elle se leva, embrassa son frère, fit une courte révérence qui pouvait s'adresser soit à moi, soit au mur, et sortit.

Tibérius la suivit des yeux et me dit :

Eh bien, tu l'as vue, ma chère Clélie ? N'est-elle pas plus belle que son portrait ?... Et sa bonté est bien supérieure encore à sa beauté... Tu ne peux pas en

juger, car elle ne t'a pas fait un grand accueil et même
elle est sortie un peu vite, mais cela s'explique, elle ne
te connaissait pas encore. D'ailleurs, depuis la mort si
triste de mon pauvre père, elle est atteinte d'une mélancolie presque incurable. Je t'ai dit qu'elle l'avait vu tuer
entre ses bras par ce misérable Fénestrange. Son âme
ne s'est jamais bien remise de ce choc épouvantable.
Souvent je vois qu'elle fait effort pour me répondre quand
je lui parle, et ses yeux se remplissent de larmes. Mais
qu'as-tu, Robert? Tu me parais toi-même bien ému!

En effet, je me sentais prêt à lui tout avouer, quelle
que pût en être la conséquence. J'éprouvais un violent
remords d'avoir accepté l'amitié et la confiance de Tibérius; mon silence me paraissait une trahison. Une pensée me retint. Clélie n'avait rien dit. Quel pouvait être
son dessein? Elle pouvait me livrer à l'autorité militaire.
Peut-être n'était-elle sortie que pour me dénoncer? Dans
ce cas, ma mort était certaine.

Cependant, pour cacher mon trouble et dire quelque
chose, je demandai à Tibérius si l'on avait arrêté quelqu'un des assassins.

— Personne, me dit-il, ou du moins on n'a pu rien
prouver contre ceux qui ont été arrêtés. Aucun témoin
n'a voulu les reconnaître. J'ai dirigé moi-même les recherches, ayant obtenu un congé de six semaines. Deux
coquins, appelés Foucard et Mauléon, étaient fort compromis, mais ils se sont très-bien défendus. On les a
relâchés, et cependant je ne sais quel instinct me pous-

sait à les reprendre. Quand la guerre sera finie, je recommencerai la poursuite.

— Et que devint Clélie ?

— Elle avait reçu une balle pendant le combat et s'était évanouie. On l'a retrouvée à cinq cents pas du pont de Bauze...

— A cinq cents pas !. allais-je m'écrier. La prudence me retint.

— On l'a transportée chez nous, continua Tibérius avec le corps de mon père. J'arrivai six semaines après. Elle entrait alors en convalescence, après avoir été malade d'une fièvre si violente qu'on avait cru d'abord qu'elle en mourrait. Quand je vis qu'elle pouvait supporter le voyage et que toute poursuite contre les assasins devenait inutile, je conduisis Clélie à Grenoble, où elle vivait depuis dix-huit mois, à portée de l'armée d'Italie. Je me faisais une fête de la revoir dès mon premier congé lorsqu'elle m'a prévenu. Elle est ici depuis cinq jours, au grand déplaisir de la belle Emilia qui n'ose plus me faire de visite... A propos, sais-tu qu'elle a été fort contente de ton portrait?

— Quel portrait?

— Parbleu! celui que j'ai dessiné de souvenir, car tu avais déchiré le premier, et qui représente l'imposant visage, les yeux terribles et les moustaches naissantes de mon ami Robert.

— Ainsi ta sœur avait déjà reçu mon portrait quand elle est partie de Grenoble?

— Assurément ; et je remarque en effet qu'elle a dû partir vingt-quatre heures après avoir reçu ma lettre et ton image... C'est cela même... En voyant tes moustaches, Clélie aura été frappée au cœur !...

A ces mots, Tibérius éclata de rire. Pour moi, j'étais saisi d'un profond étonnement, Clélie avait donc prévu et même cherché cette rencontre ? Mais elle se taisait... D'où venait ce silence ? N'avait-elle rien dit à Tibérius parce qu'étant blessé et couché, il ne pouvait pas venger lui-même la mort de son père ? Ou bien, chose plus probable, me réservait-elle à la justice militaire ?

Mais sous ces deux explications perçait sourdement une troisième que je n'osais m'avouer à moi-même et dont la seule pensée ouvrait mon âme à des espérances insensées.

Si elle me cherchait, si elle n'était pas poussée par le désir de venger son père ou de détromper son frère, quelle passion étrange la poussait vers moi, le meurtrier du vieux Dupuy ? M'aimait-elle encore malgré tout le sang versé ?

Aimé d'elle, ô Dieu !.

Mais je n'eus pas le temps d'y réfléchir davantage, car Tibérius me dit :

— Ami Robert, je suis mécontent de toi, tu es maussade comme un jour de pluie. De son côté, Clélie est dans ses heures de mélancolie, et moi, malgré le coup de baïonnette que j'ai dans la cuisse, je suis encore le plus gai de nous trois... Donc, il est temps que cela finisse, Lieutenant Robert, je t'invite à dîner pour ce soir.

Je le remerciai et je refusai alléguant la nécessité de rendre visite à l'état-major de la place.

— Que le diable emporte l'état-major et ceux qui le visitent ! s'écria Tibérius. On ne peut rien faire de toi. Va-t'en. Le dîner sera servi à six heures, à la mode de Paris, et la cuisine sera du signor Fabrizzio, mon majordome de confiance.

Va, cours, vole et reviens.

Ah ! encore un mot. Fabrizzio, apporte-nous une bouteille de vin de Syracuse, tu sais l'une de celles que m'a données le syndic de Foggia, le jour où le général Bonaparte voulait le faire fusiller avec son peuple.

Fabrizzio obéit et apporta le vin de Syracuse et deux verres.

— Hier encore, continua Tibérius, je racontais à Clélie la scène de Foggia. Elle en a paru très-émue ; j'ai voulu la faire rire uu peu en lui disant qu'il n'avait tenu qu'à toi de gagner au retour de Foggia les bonnes grâces de madame Quarini ; mais elle m'a prié un peu sévèrement de garder pour moi toutes mes histoires, et, en vérité, je crois qu'elle a rougi légèrement... Eh bien ! que fais-tu là, les bras croisés, Fabrizzio ?

— Signor, j'attends les ordres de Votre Excellence.

— Très-bien. Et tu écoutes la conversation ?

— Si, signor, j'écoute pour me former aux délicatesses de la langue française.

— Très-bien ! très-bien ! Mon Excellence ordonne que tu desserves et que tu emportes la bouteille.

L'Italien obéit.

Je serrai une dernière fois la main du blessé et je descendis dans la rue.

A peine avais-je fait cent pas, lorsque je rencontrai Clélie qui venait au devant de moi en baissant les yeux et sans me regarder.

Le moment était décisif. Je voulus connaître mon sort et apaiser Clélie ou partir.

Je l'abordai et d'une voix altérée :

— Clélie ! lui dis-je.

Elle me regarda d'un air étonné, ne parut pas me reconnaître et continua son chemin en silence.

Je m'avançai une seconde fois, et je lui dis :

— Clélie ! chère Clélie, ne me reconnaissez-vous pas?

— Je vous reconnais ! me dit-elle d'une voix ferme et claire. Vous êtes le lieutenant Robert, *l'ami de mon frère*.

Ces derniers mots furent prononcés avec une affectation visible.

— Clélie, lui dis-je d'un ton suppliant, j'ai beaucoup souffert, moi aussi; ne me pardonnerez-vous pas le mal que je vous ai fait ?

Un éclair brilla dans ses yeux, mais elle reprit bientôt son sang-froid, réfléchit un instant, et dit :

— Suivez-moi.

Nous entrâmes dans une église. Là elle s'assit, et me dit comme un juge :

— Parlez, je vous écoute.

XLIX

Ici, le vieux Fénestrange interrompit un instant son récit, et parut plongé dans une profonde rêverie.

— Continuez, mon ami, dit le curé. Jamais destinée ne fut plus étrange et plus fatale que la vôtre. Jamais homme plus ferme, plus hardi et plus honnête que vous n'a été aussi peu maître de sa vie. Pour moi qui vous connais depuis l'enfance, qui sais que vous avez eu toujours horreur du mensonge, et qui garde en dépôt toutes les pièces authentiques, témoignages irrécusables de votre véracité, j'admire et je blâme en même temps l'indifférence hautaine avec laquelle vous avez toujours dédaigné les calomnies qu'on entassait contre vous. Pourquoi n'avez-vous pas voulu confondre vos accusateurs, ou pourquoi ne m'avez-vous pas permis de le faire ? Robert, Robert, votre péché capital a toujours été celui de Satan, l'orgueil.

— Curé, répliqua Fénestrange, je n'ai d'autres juges que ma conscience et Dieu. Irai-je comme un petit en-

17.

fant, m'excuser auprès d'une foule imbécile ou malveil-
lante, raconter mes plus secrètes pensées, accuser peut-
être ceux qui ne sont plus? Non, mon ami, *sanglier* je
suis né, comme ils disent, et sanglier je mourrai. Qu'importe que les vieilles commères de mon village tremblent
en me voyant passer, et qu'on raconte sur moi mille lé-
gendes absurdes ! Leur frayeur et leurs bavardages me
servent plus qu'ils ne me nuisent. Partout où j'arrive on
fait silence, et personne n'est assez hardi pour m'interroger. Il est vrai qu'on s'en dédommage quand je suis
parti, mais je ferme volontairement les yeux et les oreilles. Celui-là est un sot qui veut savoir ce qu'on pense
de lui, et qui a la faiblesse de s'affliger ou de se réjouir
quand il est blâmé ou loué par les autres hommes. Ne
devais-je pas d'ailleurs ce silence à la chère mémoire de
Clélie ?... Si je le romps aujourd'hui, c'est à condition,
vous le savez, qu'on ne racontera jamais mon histoire,
moi vivant.

— Continuez votre récit, reprit le curé. Vous disiez
que Clélie entra avec vous dans l'église... Entre nous,
mon cher ami, le lieu était bien mal choisi.

— Admirablement choisi, au contraire, pour une explication solennelle comme celle qui se préparait ; d'ailleurs, nous n'avions pas le choix.

Clélie s'adossa contre le pilier de l'église et resta debout pendant tout l'entretien. Le deuil et la douleur
avaient changé l'expression autrefois si gaie et si fière
en même temps de sa physionomie. Mais sa beauté était

plus éclatante encore. Une tristesse profonde, mais non sans douceur, donnait un nouveau charme à ses yeux. Clélie, frappée par un malheur irréparable, avait gardé tout son courage, et paraissait même avoir la tranquillité sereine que donne une résolution décisive.

Je ne remarquai ces nuances-là que plus tard, et à force de réflexion solitaire. Car, ce jour-là, j'étais trop troublé et tout à fait hors d'état de réfléchir.

— Avant tout lui dis-je, ne m'accusez pas de perfidie comme vous l'avez fait tout à l'heure, chère Clélie, quand vous m'avez appelé ironiquement l'ami de votre frère. Oui, je suis l'ami de Tibérius et le vôtre...

Elle fit un mouvement en entendant ces paroles, mais elle ne dit pas un mot. Je continuai :

— Mais, je le jure par ce Dieu qui nous entend, ce n'est pas moi qui ai recherché cette amitié fatale. J'aurais tout fait pour éviter la rencontre de Tibérius. Le destin nous a poussés l'un vers l'autre. Le jour du combat de Foggia, il allait périr avec sa petite troupe. Je l'ai su, j'ai couru à son secours. J'ai voulu le sauver ou me faire tuer avec lui et pour lui, pour vous !...

Nouveau mouvement de Clélie. Même silence.

— C'était le seul moyen d'expier ou de réparer mon crime. Pouvais-je croire que vous me haïriez assez pour ne pas vouloir tenir de moi le salut de votre frère? L'âme confiante et généreuse de Tibérius s'est donnée à moi tout entière. Il m'a aimé, je l'ai aimé comme un frère. Hélas ! je vous retrouvais chaque jour en lui.

Je l'aimais comme un ami... je l'aimais, — pardonnez cette audace à un malheureux que vous haïssez, — je l'aimais comme le frère de Clélie.

Elle baissa les yeux et se détourna un peu pour cacher son émotion.

— Me croirez-vous, Clélie! Même après cet affreux malheur...

— *Malheur!* interrompit-elle amèrement, vous êtes indulgent pour vous-même, monsieur Robert de Fénestrange!...

— Après ce crime, si vous voulez, dont le remords me poursuivra éternellement, ma première pensée fut de vous offrir votre vengeance. Oui, je voulais me jeter à vos pieds, vous présenter le poignard et vous supplier de poignarder vous-même un infortuné qui ne pouvait vivre après avoir mérité votre haine. Heureusement, je ne pus exécuter ce projet insensé. Vous étiez si dangereusement blessée, que ma vue aurait pu déterminer une crise mortelle. Je m'enfuis pour échapper aux recherches des jacobins.

Mais je me fis à moi-même le serment qu'en quelque lieu, et à quelque jour qu'il vous plût de me demander ma vie, je ne la disputerais pas contre vous. C'est assez d'un premier crime; je n'en commettrai pas un second. Disposez de moi, Clélie. Ma vie et ma mort sont dans vos mains.

— Pourquoi verserais-je aussi le sang! répliqua-t-elle d'un air plus doux. Vous avez sauvé la vie de mon frère et vous avez raison de me le rappeler. Robert de Fénestrange ne pouvait pas être tout à fait criminel. Celui que j'ai... (elle hésita un peu et dit) que j'ai connu autrefois n'était pas un scélérat avant que...

Ici, elle cacha sa tête dans ses mains et se tut.

Je me jetai à genoux devant elle sans réfléchir à ce que je faisais, et je voulus implorer mon pardon et lui prendre la main; elle me repoussa et me dit d'un air sévère :

— Relevez-vous !

Elle paraissait vivement émue. Etait-ce d'horreur ou de pitié? Je ne pus pas le deviner, mais j'obéis sans résistance et, debout devant elle, je lui dis :

— Une chose vous dira tous mes remords, chère, trop chère Clélie. Même loin de vous, lorsque je fus forcé de prendre la fuite, je voulus vous obéir encore. Vous m'aviez ordonné autrefois de m'enrôler dans l'armée de la République. Vous en souvenez-vous? C'était le soir de ce [jour si doux où je crus un instant que... vous m'aimiez... Les ombres de nos pères n'étaient pas encore entre nous... Pardonnez à un infortuné de se rappeler le moment le plus heureux, le seul heureux de sa vie... En vérité, je vous aimais, Clélie!

Un sourire étrange et indéfinissable éclaira un instant son visage.

— Et maintenant, dis-je encore, que dois-je faire? Dois-je dire adieu à Tibérius? Il voudra me retenir. Il ne devinera pas pourquoi je repousse son amitié... Il me croira ingrat ou perfide... Voulez-vous le détromper et lui dire mon crime? Ce sera l'arrêt de mort de l'un de nous. Je connais le courage de Tibérius. Il voudra venger son père lui-même. Je serai forcé de me défendre, désespéré d'avance d'un combat dont l'issue ne peut être que funeste pour mon meilleur ami ou pour moi. Personne j'ose le dire, ne croira que Robert de Fénestrange craigne la mort; mais percer le cœur d'un ami!...

— Je me tairai, dit Clélie.

— Dois-je quitter Milan?

— Restez. Mon frère s'étonnerait de ne pas vous revoir. Son valet de chambre Fabrizzio, qui écoute et observe tout ce qu'on dit et tout ce qu'on fait, nous a vus de la fenêtre entrer dans cette église. Il le répétera. Tibérius soupçonnerait quelque chose. Venez dîner avec lui à six heures.

— Et vous y serez, Clélie?

— J'y serai.

— Et... vous me pardonnerez?... demandai-je avec anxiété.

Elle ne répondit pas et sortit de l'église.

L

Pour moi, j'errai pendant deux ou trois heures dans les rues de Milan, visitant l'état-major, les places, les monuments, admirant ou feignant d'admirer des tableaux où je ne comprenais « goutte » et attendant avec impatience le moment de dîner avec Tibérius.

Je crois qu'il n'était guère moins impatient et moins joyeux de me revoir. Aussi, me fit-il un accueil tout à fait fraternel.

— Assieds-toi là, dit-il. Clélie va rentrer. Elle est allée chez le traiteur, car ma maison n'est pas encore bien montée. Je ne pouvais guère offrir qu'un appartement de garçon à Clélie; mais elle va se loger plus à l'aise et louer un appartement au palais Chiarini. A propos, tu l'as rencontrée, à ce qu'il paraît, et tu lui as parlé, car Fabrizzio t'a vu entrer dans l'église avec elle; eh bien, qu'en dis-tu?

— Qu'elle est bonne, qu'elle est belle, qu'elle est charmante! lui dis-je avec effusion.

— Je savais bien qu'elle te plairait. De quoi avez-vous causé?

— Je ne sais plus. De peinture, je crois, ou d'architecture.

— Ah ! ah ! tu as dû dire de bien belles choses, mon cher ami, car tu me parais fort comme un turc, en peinture.

— A peu près. Du reste, elle expliquait le sens et la beauté des tableaux, et moi je la regardais de tous mes yeux, de sorte que la peinture ne m'ennuyait pas.

Tibérius éclata de rire en écoutant ce prétendu récit de notre conversation. Il était heureux de me voir, heureux de voir Clélie, heureux de tout, et même de son coup de baïonnette.

— Car enfin, disait-il, sans ce brave Hongrois qui m'a ouvert la cuisse, je ne serais pas couché dans un bon lit, je n'attendrais pas un bon dîner, je n'aurais pas en face de moi la figure d'un ami, et Clélie ne serait pas venue tout exprès de Grenoble pour me tenir compagnie. Va, va, Robert, à quelque chose le malheur est bon... N'est-ce pas, Clélie ?

Elle entrait au même moment.

— Tu ne m'avais pas dit, continua Tibérius, que tu avais beaucoup parlé de peinture avec Robert.

Elle me regarda et dit :

— Ah! j'ai causé peinture avec le lieutenant? Et qu'est-ce que j'ai dit?

— Il n'en sait rien. Il ne t'écoutait pas.

— Ah!

— Non. Il te regardait.

Clélie rougit et feignit de s'occuper des soins du ménage.

Le dîner fut très-gai. La gaieté de Tibérius était si franche et si communicative que je finis par m'y livrer entièrement et par oublier mes tristes préoccupations. Du reste, depuis l'entretien que nous avions eu dans l'après-midi, je ne craignais plus les révélations de Clélie et je jouissais pleinement du bonheur de la voir.

Car jamais je ne l'avais aimée davantage. Mon âme endurcie par le spectacle quotidien des champs de bataille, se détendait avec délices dans cette nouvelle atmosphère. Je contemplais avidement ma chère Clélie, que j'avais crue perdue pour toujours. Tout en elle me paraissait admirable.

Chose singulière! le redoutable secret qui la séparait de moi était aussi un lien entre nous.

Vers la fin du dîner, lorsque je racontai l'histoire de ce pauvre capitaine croate que j'avais enlevé par le collet de son habit et transporté sous une pluie de balle d'une rive à l'autre du Mincio, Tibérius, suivant son habitude, poussa de grands éclats de rire, et Clélie elle-même ne put s'empêcher de sourire du récit de mes exploits.

Nous nous séparâmes à minuit, et je rentrai à mon auberge le cœur plein de joie, d'amour, et presque d'espérance.

LI

Vous vous étonnez peut-être de la clémence de Clélie, et vous l'accusez d'avoir bien vite oublié le meurtre de son père? Prenez patience. Ne la jugez pas encore. Si jamais femme a mérité l'amour et le respect de tous ceux qui l'ont connue, c'est celle dont je vous dis ici l'histoire.

Pour moi, je ne réfléchissais plus. Je perdais le sens de la réalité. Présente, je l'adorais sans oser le lui dire; absente, je ne pensais qu'à la revoir.

Du reste, j'avais rarement occasion de la rencontrer seule. Tibérius, forcé par sa blessure de garder la chambre, maudissait la rigueur du destin qni l'empêchait de faire visite à sa chère Émilia. Soir et matin, il envoyait message sur message à la marquise, et le discret Fabrizzio, confident d'une flamme si belle, était chargé d'observer les démarches de la dame.

Par malheur, elles devinrent tout à fait équivoques, et un beau jour, le troisième après celui de mon retour, j'entendis la conversation suivante, qui résumait en peu de mots la situation de ces deux amants.

Tibérius, enveloppé dans sa robe de chambre, s'était

levé pour la première fois, et, du haut de sa fenêtre, regardait les passants dans la rue.

Clélie était absente, et je lui tenais seul compagnie, quand Fabrizzio entra.

— Eh bien ! qu'a-t-elle dit ?

— Signor, dit Fabrizzio en prenant un air mystérieux et me désignant du regard, faut-il parler devant Son Excellence ?

Son Excellence, c'était moi.

— Parle toujours. Je n'ai pas de secrets.

— Eh bien, signor, la marquise a dit que c'était bien.

— Rien de plus ?

— Non, signor.

— Pas d'autre réponse ?

Tibérius fit un geste d'impatience. Évidemment, il avait espéré quelque chose de mieux.

— Ma, dit l'Italien qui ménageait ses effets de scène comme un acteur, j'ai vu du nouveau, moi...

— Parle donc, bourreau.

— Signor, on trompe Votre Excellence.

— Qui me trompe ?

— La signora.

— Avec qui ?

— Avec le comte Ettore Spada.

— Que le diable emporte l'Ettore ! dit Tibérius en colère. Jusqu'à ce que je l'aie régalé d'un bon coup de sabre, ce maudit Spada viendra se jeter dans mes jambes... Mais quelle preuve as-tu ?

— Signor, dit Fabrizzio avec une fatuité comique,
Votre Excellence sait peut-être que son fidèle valet de
chambre aime les dames...

— Toi?

— Moi, Excellence,

Tibérius se mit à rire, et il y avait de quoi, car
Fabrizzio, marqué de la petite vérole, ne semblait pas
destiné à ravager les cœurs.

— Et les dames te le rendent? demanda Tibérius.

— Si, signor. Les dames ne sont pas ingrates, répondit l'autre avec le plus grand sérieux.

Et peut-être ne mentait-il pas, malgré sa mine basse
et sa laideur. Il y a des femmes si curieuses de tout et
si abandonnées du ciel!

— Or, continua Fabrizzio, la première femme de
chambre de la marquise, la petite Marina, que Votre
Excellence doit bien connaître, — un joli minois futé,
mignon, des yeux brillants comme des escarboucles...

— Passe la description. Je connais Marina.

— C'est pour vous dire, Excellence, que Marina n'est
pas cruelle avec moi, et que sachant que je suis dans
les intérêts de Votre Excellence, elle me disait confiden-
tiellement ce matin que le comte Ettore a recueilli votre
héritage...

— Ah! la perfide! Mais donne-moi une preuve.

Fabrizzio sourit.

— Votre Excellence, dit-il, qui sait bien que la signora
peut voir le comte Spada matin et soir, ne me demande

pas sans doute que j'apporte des preuves écrites. Mais
Marina, qui regarde toute la journée dans le trou des
serrures, assure qu'il n'y a pas le moindre doute.

— Bah ! dit Tibérius, je suis bien bon de douter. Si
elle m'aimait encore, serait-elle demeurée trois jours
sans me voir et sans m'écrire ?... Fabrizzio, donne-moi
mes bottes.

Je voulus le retenir.

— Où vas-tu ? lui dis-je.

— Confondre la perfide et percer son bel Ettore de
part en part. Fabrizzio, mes bottes !

Mais il n'eut pas la force de se chausser lui-même.

— Eh bien, soit ! j'irai en pantoufles. Fabrizzio, mon
habit ! mon casque ! mon sabre !

— Mais tu vas rouvrir ta blessure ! lui dis-je.

— Qu'importe ! Pourvu que j'ouvre aussi une bouton-
nière dans la poitrine du bel Ettore !... Ah ! perfide Italien, c'est toi qui prends ma place !...

Je vis bien qu'il fallait le laisser faire, et je me rési-
gnai à l'accompagner, de peur d'accident. C'était un
grand acte de générosité, car je devais partir le lendemain, mon congé de cinq jours expirant déjà, et j'avais
espéré voir Clélie ce jour-là ; mais enfin, Tibérius avait
bien aussi quelques droits sur moi.

Je le soutins ou, pour mieux dire, je le portai jusqu'à
une voiture de place, dans laquelle je le fis monter et je
montai avec lui. En quelques minutes, nous arrivâmes
chez la signora Émilia.

Il s'avança jusqu'au salon d'un pas assez ferme, et fit son entrée au moment où l'on s'attendait le moins à le voir.

La marquise était assise au clavecin, et chantait de compagnie avec Ettore, dont la voix de ténor, mâle et bien timbrée, aurait certainement charmé les oreilles de Tibérius en toute autre occasion ; mais ce jour-là, Grétry, Mozart, Gluck et Piccini, accompagnés du divin Cimarosa, auraient vainement essayé d'adoucir la colère de cet amant trompé.

Pâle de colère et surtout du sang qu'il avait perdu pendant sa convalescence, il fit quelques pas vers Ettore.

Celui-ci plus pâle encore, demeura immobile. Je vis tout de suite que le beau gentilhomme aurait voulu être bien loin.

Il se rassura cependant un peu en s'apercevant que Tibérius chancelait, et reprit un maintien assez ferme.

Quant à la belle Émilia, elle nous donna sa main à baiser avec un sang-froid parfait, — car c'était une femme du meilleur monde et qui avait vu le feu, je crois, en plus d'une rencontre, — puis d'un air d'aisance admirable, elle félicita Tibérius de ce qu'il paraissait revenir à la santé, et aussi, ajouta-t-elle en souriant, de ce qu'elle avait l'honneur de sa première visite.

J'étais fort tenté de rire en regardant la contenance de Tibérius. Il cherchait une réplique mordante pour Ettore, et les mots ne venaient qu'avec peine.

— Je vous remercie, signora, dit-il enfin. Je sais tout

l'intérêt que vous voulez bien prendre à ma santé...
mais je ne voudrais pas vous déranger. Vous faisiez de
la musique, je crois ! Continuez, je vous prie. M. le comte
Spada voudra bien vous accompagner, n'est-ce pas ?

— Certainement, dit Ettore qui me parut content d'en
être quitte à si bon marché. Nous allons reprendre le
duo d'*Armide*.

En effet, on chanta pendant quelques minutes, Émilia
craignait de provoquer un éclat en continuant la conversation.

Aussitôt que le duo fut terminé :

— Mon cher Ettore, dit Tibérius, je vous remercie
pour votre complaisance. En vérité, ajouta-t-il, on ne
fait et surtout on ne chante la vraie musique qu'en Italie.
La nature vous a donné, à vous autres Italiens, des
facultés admirables. Sur ma parole, vous naissez ténors
ou barytons.

Je l'écoutais avec inquiétude, cherchant par quels
chemins il arriverait à la querelle qu'il était venu chercher. Spada commençait à s'agiter, mais ne répliquait
rien. J'essayai d'intervenir et je dis d'un ton conciliant :

— L'Italie a connu beaucoup d'autres gloires, outre
celle de la musique...

Émilia, qui comprit que j'essayai une diversion, me
jeta un regard plein de reconnaissance, et dit d'un ton
assez pompeux :

— Nous avons eu le Dante et Virgile. Nos orateurs ont
charmé le monde. Nos soldats l'ont conquis...

— Ah! pour celui-là, signora, il faut y renoncer. La
lyre, aujourd'hui, va mieux aux mains de vos Italiens
que le sabre. N'est-ce pas, Ettore?

Ces derniers mots furent lancés comme une flèche à
l'adresse du pauvre Spada, qui devint livide. Cependant,
encouragé par un coup d'œil d'Émilia, et par mon atti-
tude bienveillante, il commençait à balbutier je ne sais
quoi, lorsque tout à coup Tibérius s'affaissa sur le fauteuil où il était assis. Sa blessure venait de se rouvrir
et le sang coulait à flots.

A cette vue, Émilia poussa un cri de frayeur et voulut
le faire transporter sur un lit. Mais je m'y opposai, et
le prenant entre mes bras, je le portai moi-même dans
la voiture, et de là jusque dans sa chambre, où Clélie,
l'attendait avec inquiétude, ayant appris de Fabrizzio
qu'il était allé rendre visite à Émilia.

Heureusement, le chirurgien, appelé sur-le-champ
nous rassura, et l'accident n'eut pas de suite fâcheuse.
Mais le lendemain, la belle signora Sorbetti, rassurée
sur la santé de Tibérius, dont elle avait envoyé deux
fois dans la soirée demander des nouvelles, écrivit le
billet suivant, que j'ai retenu à peu près mot à mot :

« Mon cher Tiberio,

« Quand on aime, on a tort d'être jaloux. Quand on
« est jaloux, on a tort de quitter ce qu'on aime. Quand
« on quitte ce qu'on aime, on a tort de faire la guerre.
« Quand on fait la guerre, on a tort d'être blessé. Quand

« on est blessé, l'on a tort de se fâcher. Et quand on se
« fâche, on perd pour jamais l'amour de son Émilia.

« Je vous baise les mains, cher seigneur.

« ÉMILIA S... »

« P. S. Il est inutile de chercher querelle au pauvre
« Ettore. Il recevra son congé aujourd'hui même aussi
« bien que le jaloux Tiberio. Je partirai dans une heure
« pour Rome, où m'attend Son Éminence illustrissime,
« le cardinal Spinola, mon oncle. »

Tibérius garda quelque temps le silence, après avoir
lu ce billet, et enfin me dit en riant, comme il faisait
toujours après le premier moment de surprise :

— Elle a raison. Spada n'a pas su la défendre, et moi
j'ai voulu jouer mal à propos le rôle d'*Otello*. Elle nous
plante-là tous les deux. C'est bien fait. Émilia est une
femme d'esprit. Et maintenant, ne pensons plus qu'à
guérir et à rejoindre le régiment. Quand pars-tu,
Robert?

— Demain matin.

— Vous partez? s'écria Clélie surprise.

Était-ce un regret? Avais-je touché ce cœur par mon
repentir et mon dévouement? Commençait-elle à oublier
le passé? Le service que j'avais rendu à son frère était-il
accepté comme une expiation? Pouvais-je enfin l'aimer
comme autrefois? Je n'osais me livrer à cette espérance,
mais elle commençait à naître, ou plutôt elle était déjà
maîtresse de mon esprit et me possédait tout entier.

Je regardai Clélie, qui causait près de la fenêtre. Elle sentit, je crois, ce regard, quoiqu'elle eût les yeux baissés, et rougit.

J'expliquai longuement à Tibérius que j'allais rejoindre mon régiment à Vérone, et j'énumérai les étapes. Pendant cette énumération, Clélie sortit de la chambre sans être aperçue.

Je pensai que le moment était décisif, et me voyant seul avec Tibérius, je lui dis, le cœur palpitant d'espoir et de crainte :

— Crois-tu que Clélie puisse m'aimer un jour ?

En effet, je n'osais pas espérer que ce bonheur fût proche ; mais après de longs jours d'attente, le passé ne pouvait-il pas s'oublier ? L'amour ne pouvait-il pas revenir ? Car elle m'avait aimé autrefois, je le savais ; et elle savait aussi que j'étais resté fidèle et que je l'aimerais éternellement.

Tibérius me regarda et dit simplement :

— Tu l'aimes ?

— Oui, répondis-je d'une voix altérée.

Je respirais à peine.

— Eh bien, je désire qu'elle t'aime aussi, car je n'ai jamais vu compagnon meilleur et plus brave que toi ; mais je ne sais ce qu'elle en pensera. As-tu parlé déjà ?

— Je n'ose pas.

— Veux-tu que je l'interroge ?

— Oui, mais quand je serai parti. Si sa réponse n'était pas telle que je la désire, je crois que j'en mourrais...

Dis-lui bien surtout que je l'aime presque sans espérance, que je ne me rebuterai pas si elle juge à propos de mettre mon amour à l'épreuve, que je voudrais donner cent fois ma vie pour elle, pour toi...

— Oui, oui, dit Tibérius. Je dirai ce qu'il faudra dire, mais je ne réponds de rien. Clélie a toujours été fort réservée, même avec moi. Elle l'est beaucoup plus encore depuis la mort tragique de mon père... Pauvre père! s'il vivait encore, s'il pouvait te connaître, je suis sûr qu'il serait fier de te donner sa fille. Il t'aimerait, toi qui nous aimes tant!...

A ces mots, je me levai, rempli d'une émotion inexprimable. C'était plus que je n'en pouvais supporter. Je fus sur le point de tout avouer. Je me contins à peine. Je me repentais d'avoir parlé de mon amour à Tibérius. Mais il n'était plus temps de me rétracter. Quel motif aurais-je pu donner, ou quel prétexte?

J'ouvris la porte pour sortir avant le retour de Clélie, et j'étais déjà dans l'escalier lorsque Tibérius me cria :

— Viens passer ta dernière soirée avec nous?

J'y consentis, et ne les quittai qu'à minuit.

Nos adieux furent graves. Je sentais que mon sort allait se décider bientôt. Nous étions, Clélie et moi, très-préoccupés; moi de la démarche que je venais de faire, et elle d'une pensée que je ne pouvais deviner. Tibérius nous observait tous deux et soutenait presque seul la conversation.

Enfin, minuit sonna. Je le serrai dans mes bras avec

une émotion extraordinaire. Je baisai la main de Clélie, qui me l'abandonna sans résistance, peut-être à cause de Tibérius qui nous regardait.

Trois heures plus tard, je quittai Milan, et quelques jours après je reçus aux avant-postes, dans les montagnes du Tyrol italien, la lettre que Tibérius avait promis de m'écrire.

LII

Curé, lisez-moi cette lettre, et pesez tous les termes.

Milan.

« Mon cher ami, j'ai parlé pour toi. Avec quel zèle, « tu le devines. Avec quel succès, tu en jugeras toi- « même, car pour moi, je me récuse. Dieu seul peut « lire dans le cœur des femmes.

« Hier au soir, quelques heures après ton départ, j'ai « commencé l'attaque. Clélie me paraissait rêveuse et « mélancolique. Depuis deux ans, c'est son habitude. « elle garde quelquefois le silence pendant des journées « entières ; mais ton séjour ici semblait l'avoir tirée de « sa langueur ordinaire. Elle reprenait goût à la vie.

« Deux ou trois fois même j'ai cru qu'elle te traitait
« en vieille connaissance, et je m'en suis presque étonné.
« Vos regards s'entendaient quelquefois ; je le pensais
« du moins, et j'en concevais quelque espérance.

« Pour entamer la conversation d'un air plus naturel,
« je me mis à bâiller longuement (excuse ce début un
« peu vulgaire) et à dire que j'étais bien contrarié de
« ton départ.

« Clélie, qui cousait je ne sais quoi dans son coin, ne
« parut pas faire grande attention à mon exorde. Cepen-
« dant, elle se tourna un peu de mon côté, et dit en
« souriant :

« — Est-ce que je t'ennuie déjà, Tibérius ?

« — Non, tu ne m'ennuies pas ; mais il m'amusait,
« lui... Il me racontait les histoires du camp et les can-
« cans de la ville. D'ailleurs, c'est un camarade comme
« on n'en voit guère. Il ne me quittait pas une minute,
« il me pansait, il jouait aux cartes avec moi, il me lisait
« même tout haut l'*Histoire de Charles XII*, quoiqu'il
« ne soit pas grand *lisard*, de son naturel.

« — Et tes autres amis ?

« — Oh ! ceux-là viennent tous les trois jours me ser-
« rer la main, fumer un cigare avec moi, me raconter
« qu'un tel a permuté, qu'un autre s'est fait tuer à
« Castiglione, qu'un troisième aura de l'avancement, que
« le cheval d'un quatrième est sur le flanc, que l'ordon-
« nateur en chef s'est adjugé cinq ou six cent mille francs
« sur les fournitures de la cavalerie ; que le sous-ordon-

18.

« nateur grapille encore après son chef, que Bonaparte
« va les faire passer tous deux devant le conseil de guerre,
« et qu'il a promis de faire un exemple... Que sais-je
« encore? Dès qu'on ne leur parle plus des choses du
« métier, ils n'écoutent plus, tournent sur les talons
« et retournent au café. Mais Robert, lui, écoute et
« répond.

« Clélie ne disait rien et continuait de coudre. J'ai
« repris :

« — Après tout, ce n'est peut-être pas pour moi que
« Robert était si assidu.

« Clélie a relevé vivement la tête.

« — Et pour qui donc?

« — Je ne sais pas... C'est pour Fabrizzio, peut-être.

« Un court silence a succédé. Clélie laissait tomber
« la conversation, et j'en ramassais et recollais les mor-
« ceaux de mon mieux, mais c'était, je te le jure, une
« tâche assez pénible, et tu aurais mieux fait de plaider ta
« cause toi-même. Cependant, je me suis souvenu de
« Foggia, et je me suis dévoué. Mais que les femmes,
« grand Jupiter, sont difficiles à confesser !

« — L'as-tu regardé quelquefois? ai-je demandé
« encore.

« — Qui?... Fabrizzio?

« — Non, Robert.

« — Je ne l'ai pas regardé avec attention...

« — Mais tu l'as vu?

« — Sans doute.

« — Et qu'en penses-tu?

« Elle a hésité un peu et m'a dit :

« Je pense que c'est un brave soldat.

« — Sans doute! sans doute! mais que penses-tu de
« son caractère, de son esprit, de ses manières ?

« — Que veux-tu que j'en pense? Je le connais
« si peu!

« — Eh bien, ai-je dit en démasquant tout à coup
« mes batteries, il te connaît, lui!

« A ce mot, elle a paru fort émue. (Signe à noter, et
« favorable, je crois.)

« — Il me connaît, lui! Il te l'a dit?

« Je t'avoue qu'elle ne feignait plus l'indifférence, et
« qu'elle était au contraire fort animée.

« — Il me l'a dit, ai-je continué, mais il fait mieux
« que te connaître, car il t'aime.

« Ses yeux ont brillé d'un éclat extraordinaire. Entre
« nous, mon cher ami, je crois que cette nouvelle n'a
« pas déplu. Cependant elle n'en a rien témoigné.

« — Il m'aime! Robert! Il m'aime! disait-elle tout
« haut sans me regarder.

« — Oui, il t'aime. Que vois-tu là de si étrange?

« — En effet, il n'y a rien d'étrange... Il m'aime!

« Ce refrain, qui revenait toujours sur ses lèvres,
« m'irritait un peu, car j'aurais voulu une réponse plus
« claire.

« — Enfin, ai-je repris, que dois-je lui répondre?

« — Il t'a chargé de me le dire?

« — A mon grand regret, car j'aimerais beaucoup
« mieux qu'il se fût chargé lui-même de son ambassade;
« mais il m'a dit qu'il n'osait pas, qu'il t'aimait trop,
« qu'il s'en tirerait mal, qu'il craignait de déplaire, qu'il
« n'osait pas trop te presser; enfin, il s'est mis à genoux
« devant toi de toutes les manières.. Encore une fois,
« que dois-je lui écrire ?

« Elle est restée quelques moments rêveuse ; je ne
« savais à quoi attribuer ce silence.

« — Robert, ai-je dit encore, n'a que la cape et l'épée,
« c'est-à-dire sa solde de lieutenant. C'est peu, mais du
« caractère que je lui vois, il sera bientôt général ou tué.

« Je croyais que l'ambition pourrait éblouir Clélie ;
« mais je faisais tort à son âme généreuse, car elle m'a
« interrompu aussitôt, en disant :

« — Qu'importe son grade ou son avenir ! Doit-on
« regarder à cela quand on aime ?

« — Tu l'aimes donc, toi aussi ?

« Elle m'a jeté un regard singulier, puis elle m'a dit
« avec un peu de coquetterie féminine :

« — Ah ! tu me presses trop ! Robert arrive, ôte ses
« bottes, s'assied à notre foyer, ne nous quitte pas
« pendant cinq jours, et, après ce temps, déclare qu'il
« m'aime et qu'il veut m'épouser. Et toi, tout aussitôt,
« tu prends feu comme lui, et tu veux que je réponde
« dans les vingt-quatre heures. Mais, mon cher ami, je
« ne suis pas aussi prompte. Vous autres, dragons, vous
« voulez faire l'amour comme Bonaparte fait la guerre,

« au galop. Prenez patience. On vous aimera peut-être,
« mais attendez qu'on vous connaisse.

« — C'est tout ce qu'il faut lui répondre ?

« — Tout. S'il m'aime, il me comprendra.

« Ç'a été son dernier mot. Quelque effort que j'aie
« fait, je n'ai pas pu la faire sortir de ce retranche-
« ment.

« Entre nous, je crois que ta cause est gagnée, ou le
« sera bientôt. Mais Clélie est comme Mantoue. Elle
« veut être assiégée longtemps avant de capituler. Aie
« donc bon courage. Aussi bien, tu ne peux guère te
« marier au milieu d'une campagne commencée. De
« toute manière, il faut donc attendre. Si tu m'en crois,
« tu écriras à Clélie. On explique mieux ses affaires soi-
« même que par un ambassadeur.

« Ma blessure se cicatrise. Dans huit jours je pourrai
« monter à cheval et j'irai te rejoindre. Il me tarde de
« partir, car du train dont vous allez, les malheureux
« Autrichiens ne font que paraître et disparaître. Après
« Beaulieu, Wurmser : après Wurmser, voici Alvinzi
« qui arrive, vous ne me me laisserez rien à faire.

« Adieu, frère, et au revoir.

« TIBÉRIUS. »

« P.-S. J'ai reçu ce matin la visite du bel Ettore. Je
« croyais d'abord qu'il voulait me demander compte
« des choses désagréables que je lui avais dites l'autre

« jour ; mais le pauvre garçon ne pensait guère à cela.
« Il m'a conté, les larmes aux yeux, que l'ingrate Emilia
« l'avait mis à la porte, et qu'elle était partie depuis
« avant hier pour Rome, Puis il a voulu m'apitoyer sur
« son malheur, ou plutôt, je crois, causer d'elle avec
« un homme qu'il supposait aussi affligé que lui-même,
« mais je lui ai ri au nez, et il est allé se lamenter dans
« la compagnie de Bagradio.

    « Dans sa douleur, il s'écriait : — Puisque Emilia
« n'aime que les guerriers, je vais laisser pousser mes
« moustaches et m'enrôler dans les troupes de la Répu-
« blique cisalpine que Bonaparte est en train d'orga-
« niser. Et il le fera comme il le dit : juge de son
« désespoir. »

La lecture de cette lettre me mit au comble du bonheur. Ce qui paraissait à Tibérius un consentement fort
tiède, était pour moi la preuve certaine que ma
chère Clélie, n'avait pas un instant cessé de m'aimer.
Les obstacles qui se dressaient entre elle et moi, et que
Tibérius ne pouvait pas connaître, étaient si grands et
si insurmontables, que je croyais avoir beaucoup fait en
amenant Clélie à ce demi-consentement. Qu'elle me
laissât l'espérance, c'était assez. Le temps et mon amour
feraient le reste.

Quelques jours après Tibérius me rejoignit au camp
et acheva la campagne avec moi. Nous étions ensemble
à Rivoli, où je fis mon devoir de telle sorte, ayant eu
quatre chevaux tués sous moi et cinq ou six balles dans

mes habits, que Bonaparte me donna le soir même le commandement d'une compagnie.

Puis vint le passage du Tagliamento. Nous marchâmes avec la division Joubert sur Vienne et ne fûmes arrêtés que par les préliminaires de Léoben. Mais c'est mon histoire que je vous raconte et non la guerre d'Italie.

Je profitai d'un congé temporaire pour revoir Clélie. La paix était faite. Beaucoup d'officiers ne pensaient, après cinq ans de guerre, qu'à revoir leurs familles et leur patrie. Je suivis ou plutôt je donnai l'exemple, en partant avec Tibérius en poste.

Cette fois j'étais joyeux et sans inquiétude. J'avais écrit pendant cinq mois à Clélie, et elle avait consenti à me répondre. Ses lettres, il est vrai, étaient pleines de réserve, et ne faisaient aucune allusion au passé ; mais n'était-ce pas beaucoup que d'avoir obtenu la permission de l'aimer et de le lui dire ?

Clélie fut surprise de notre arrivée. Elle ne nous attendait pas encore ; mais son accueil n'en fut que plus touchant.

Quand son frère l'eut embrassée, il la poussa vers moi en disant :

— Allons, Robert, du courage ! Embrasse-la aussi, toi. Je suis son tuteur, et je te le permets.

Mais un regard de Clélie m'avertit qu'il serait téméraire de profiter de cette permission. Je me contentai de lui baiser la main comme autrefois. — En ce temps-là, l'on ne donnait pas des poignées de main aux femmes comme à des camarades.

— Or ça, dit Tibérius le soir après dîner, quand vous mariez-vous, mes enfants ?

— Rien n'est décidé, rien ne presse, répondit Clélie.

— Eh bien, dit Tibérius, puisque vous en êtes encore aux préliminaires diplomatiques, je vais à mes affaires, On joue ce soir je ne sais quoi du maëstro Cimarosa. Cela doit être très-beau. Je rencontrerai peut-être la belle Emilia dans sa loge, et qui sait ? nous pourrons nous réconcilier. Vous, en attendant, qui êtes des gens graves, posés, sérieux et qui ne livrez rien au hasard, discutez si cela vous fait plaisir l'influence de la lune sur les marées de l'océan, ou la nature de l'âme, ou l'origine des choses. Bonsoir.

Et il s'en alla en chantant.

> Nos amours ont duré
> Toute une semaine.

Pauvre Tibérius ! Son âme avait des ailes.

Quant à moi, je ne sais si j'avais plus de frayeur ou plus de joie en me trouvant tête à tête avec Clélie. Je sentais que notre conversation serait décisive et qu'il fallait que j'apprisse d'elle ce jour-là si elle m'aimait ou si elle ne voyait en moi que le meurtrier de son père.

Clélie, moins embarrassée que moi, ou voulant peut-être retarder une explication nécessaire, me parla d'abord de mes exploits.

— J'ai su, dit-elle, que vous aviez été mis plusieurs fois à l'ordre du jour pendant la dernière campagne.

Mais moi, me jetant à ses genoux :

— M'avez-vous pardonné ?

Elle ne répondit pas. Cependant, elle paraissait vivement émue, et je crus le moment venu d'achever sa défaite. Je lui rappelai combien je l'avais aimée, combien j'étais resté fidèle, je priai, je pressai, j'essayai d'arracher de ses lèvres ce mot qui aurait fait mon bonheur : Je t'aime ! Je n'y parvins pas. Cependant, elle parut s'attendrir, et je crus voir l'amour dans ses yeux. Je pensai qu'il fallait lui épargner un aveu qui devait lui coûter beaucoup, et je terminai en disant :

— Clélie, si vous me haïssez encore, je pars ; mais si l'amour le plus fidèle et le plus passionné...

— Relevez-vous, répondit-elle, relevez-vous, Robert de Fénestrange. Vous voulez que je sois votre femme malgré le terrible obstacle qui nous sépare et devrait nous rendre à jamais odieux l'un à l'autre ?... Eh bien, je le veux aussi...

A ces mots, je poussai un cri de joie. Elle continua :

— Si ce mariage est impie et sacrilége, s'il donne plus tard des fruits amers, ne vous en prenez qu'à vous-même...

— Oh ! chère Clélie, m'écriai-je avec transport, pouvez-vous croire que vous ayez jamais sujet de vous en repentir. Ma vie est à vous et sera éternellement occupée à faire votre bonheur...

19

Elle secoua tristement la tête.

— Enfin, vous l'aurez voulu, dit-elle, et mon châtiment, quoique je n'aie rien à me reprocher, ne sera pas moindre que le vôtre. Attendez encore deux ou trois mois...

— Attendre ! Mais qu'attendrons-nous, chère Clélie ? Qu'un malheur nouveau vienne fondre sur nous ; que la guerre recommence, que nous soyons séparés pour jamais !... Soyez bonne et généreuse jusqu'au bout. Je n'ai qu'un congé de quinze jours. Marions-nous dès demain devant le consul de France ou devant un prêtre lombard...

Elle réfléchit et me dit :

— J'y consens encore... Oh ! ne vous réjouissez pas trop tôt... Je consens, mais à condition que je demeurerai libre dans le mariage jusqu'à ce que je vous aurai dit moi-même que vous êtes mon mari et que je suis votre femme.

J'acceptai cette condition, me fiant à l'amour pour abréger ce délai, et il fut convenu que notre mariage aurait lieu huit jours après.

— Maintenant, dit-elle, laissez-moi seule. J'ai besoin de réfléchir à la résolution si grave que je viens de prendre.

Ce jour si désiré arriva enfin, mais assombri par de mauvais présages. Je crus voir en songe l'ombre du vieux Dupuy qui cherchait à m'arrêter et à défendre sa fille contre moi. Cependant, j'allai avec confiance chercher

Clélie que son frère conduisait lui-même au consulat. Un grand nombre d'officiers français assistaient à la cérémonie, et tout le monde enviait mon bonheur... Hélas !

En sortant, je donnai le bras à Clélie suivant l'usage, et je voulus la conduire dans un fort bel appartement que j'avais loué pour elle et où nous devions passer notre lune de miel ; mais elle me retint et dit :

— Rentrons encore une fois chez mon frère.

J'obéis avec empressement. Arrivée là, elle quitta mon bras, déposa son voile de mariée, sa couronne de fleurs d'oranger et dit :

— Écoutez-moi maintenant, Tibérius, et vous Robert.

Ce qu'elle nous dit alors, j'en garderai le souvenir jusqu'au jour du jugement dernier.

LII

— Avant tout, dit Clélie, je vous demande à tous deux votre parole de ne pas m'interrompre, quoi qu'il arrive.

Tibérius parut étonné de la solennité de ces paroles. Pour moi, sans deviner son dessein, je me sentis profondément ému, et cependant j'étais bien loin de soupçonner le discours que j'allais entendre.

Nous donnâmes tous deux notre parole. Clélie continua :

— La résolution que je viens de prendre et que vous ne connaissez pas encore est si grave que je dois, mon cher Tibérius, t'en révéler d'abord les motifs.

— Tu m'effraies, dit Tibérius en essayant de rire. Il est certainement fort grave de se marier, mais je n'ai vu personne apporter cet air lugubre en ménage. Ce n'est pas flatteur pour mon ami Robert.

— Tu m'as promis de ne pas m'interrompre ! répliqua Clélie. Robert tient sa promesse, lui, et je crois qu'il commence à comprendre...

Je ne comprenais rien, mais j'étais effrayé d'avance.

— Vous savez sans doute, Robert, dit-elle, ou du moins Tibérius a dû vous dire bien souvent quel horrible malheur avait frappé notre famille, le 5 thermidor, an II?

Je pâlis à cet exorde, croyant qu'elle était devenue folle.

— Mon père fut tué sur le pont de Bauze, avec cinq gendarmes, par une bande de voleurs et d'assassins, dont le chef s'appelait Robert de Fénestrange. Vous en souvenez-vous, Robert? Mon frère vous l'a-t-il dit?

Je fis un signe affirmatif. J'étais stupéfait. Je ne pouvais pas dire un mot.

— Non-seulement, dit Clélie, cet homme était le chef de la bande, mais il fut le principal auteur du crime. c'est lui qui a tué mon père sous mes yeux, à trois pas de moi... Or, sais-tu, Tibérius, un détail plus horrible encore ? Cet homme, ce Fénestrange, avait osé, six mois auparavant, m'aimer et me le dire. Je croyais même à sa sincérité... Oui, je crois l'avoir aimé ; en vérité, je l'aimais, Tibérius !... Tu frémis... va, tu n'es pas au bout, ni vous non plus, Robert... Rassurez-vous, aujourd'hui je ne l'aime plus, et je ne l'aimerai jamais.

Tibérius écoutait sa sœur d'un air pensif. Quant à moi, je rassemblais tout mon courage pour le terrible assaut que je prévoyais et qu'il ne dépendait plus de moi d'empêcher. Une seule chose m'étonnait. Si Clélie ne pensait qu'à la vengeance, pourquoi m'avait-elle épousé ?

Après un court silence, elle dit :

— Depuis trois ans, Robert de Fénestrange avait disparu. On disait qu'il avait fui en Angleterre ou qu'il se cachait en Bretagne parmi les chouans, qu'il avait été tué dans quelque rencontre. On se trompait..... Le meurtrier de mon père n'est pas mort. Il s'est enrôlé dans l'armée française, il est en Italie, il est capitaine de dragons...

— Achève ! dit Tibérius, qui commençait à soupçonner la vérité.

— Il est ton ami le plus intime et mon mari... Voilà Robert de Fénestrange !

Elle me désignait du doigt.

— Lui ! s'écria Tibérius.

— Qu'il le nie, s'il l'ose !

— C'est la vérité, dis-je ; mais souviens-toi, Tibérius, que ton père a fait guillotiner le mien, que j'ai rendu

19.

sang pour sang, que j'ai voulu te sauver la vie d'abord
et ensuite t'épargner cette amitié funeste ; souviens-toi...

— Et tu l'as épousé ! dit Tibérius.

— Attendez, dit Clélie, ce premier crime, si grand
qu'il soit, n'est pas le seul. Sang pour sang ! dites-vous,
monsieur de Fénestrange. Que répondrez-vous à ce
qui va suivre ? Est-ce aussi une représaille ?.

Dans cette nuit fatale, avant la fin du combat, un
homme me saisit dans ses bras et voulut, malgré moi,
m'enlever et me porter dans la voiture. Vous en souvenez-vous, monsieur de Fénestrange ?

— C'est vrai. Je voulais vous mettre à l'abri des balles.

— Tu l'entends ! Le scélérat avoue lui-même son
crime !

— J'avoue, Clélie, que j'ai tué votre père...

— Or, continua-t-elle, pendant que cet homme m'en-
levait et me transportait malgré moi dans la voiture, je
fus frappée d'une balle et je m'évanouis... Deux heures
après, au point du jour, je fus retrouvée par les gardes
nationaux de Saint-Julien, à cinq cents pas du pont de
Bauze, dans un pré, au bord d'un taillis de chênes. La
voiture, encore attelée de deux chevaux, était arrêtée à
quelque distance sur la route.

Ici Clélie baissa la voix.

— Sais-tu, Tibérius, pourquoi l'assassin me trans-
porta jusque-là ?... Un second crime a suivi le premier
pendant mon évanouissement... Tibérius, je suis mère,
et voilà le misérable qui m'a ravi l'honneur... Je n'aurais

pas épousé l'assassin de mon père. J'en suis réduite, pour que ma fille ne rougisse pas de moi, à épouser un scélérat que j'exècre.

Rien ne pourrait vous peindre la fureur de Tibérius. A ces derniers mots, il se leva, bondit vers la porte, la ferma à double tour, et se tournant vers moi :

— A nous deux ! Fénestrange, s'écria-t-il. Tu ne sortiras pas vivant de cette chambre !

J'étais pétrifié d'horreur par cette épouvantable révélation, et j'avais peine à rappeler mes esprits. J'essayai cependant de détromper Clélie; mais dès les premiers mots, elle étendit la main et dit :

— Tout ce que je viens de raconter est vrai. Je le jure, Tibérius ! Mais ne touche pas un seul cheveu de sa tête. Ce jour est le premier et le dernier de notre mariage. Que Fénestrange reconnaisse sa fille par acte authentique; qu'il lui donne le nom qu'elle a droit de porter. Pour moi, j'irai la chercher à Grenoble où je la fais élever secrètement, je la garderai avec moi et je partirai. Ma vie est souillée par un souvenir affreux que rien ne pourra plus effacer.

— Quoi ! tu resterais éternellement liée par le crime de ce scélérat ! s'écria Tibérius. Non, Clélie ! Je t'en délivrerai. J'ai mon père et toi à venger. Je le tuerai. Dieu est juste et me le livre. Tire ton sabre, misérable, et en garde !

— Non. Je ne me battrai pas contre toi, lui dis-je, avant de m'être justifié.

— Tu ne te battras pas, lâche !

— Non ! je ne veux pas joindre au remords d'avoir tué ton père celui...

Mais Tibérius, plein de rage, m'interrompit :

— Il a des scrupules, ce Fénestrange, quand il s'agit de croiser le fer avec un soldat ; mais s'il s'agissait d'assassiner un vieillard ou d'insulter une femme...

— Ah ! c'en est trop, lui dis-je, jamais je n'ai insulté Clélie. Je suis innocent !...

— Défends-toi donc, misérable !

Et, tirant son sabre, il m'attaqua vigoureusement. Clélie, suppliante, voulait en vain le retenir. Il ne l'écoutait pas. Sa fureur était au comble.

Je vous le jure, j'étais alors si las de la vie, que la mort eût été un véritable bienfait ; mais je n'aurais pas voulu mourir en laissant de moi un souvenir exécrable. Je voulais vivre pour prouver mon innocence. Je croisai donc le sabre avec Tibérius ; cependant je ne fis d'abord que parer (chose difficile, car il était réellement de première force à l'escrime), et j'essayai de le désarmer.

Malheureusement, il s'aperçut que je le ménageais. Sa fureur s'en augmenta : il se précipita sur moi avec une rage inexprimable. Mais à mesure qu'il perdait son sangfroid, je recouvrais tout le mien, car dans le danger ma vue s'éclaircit, et ma main devient plus ferme. Blessé déjà au bras et à la tête, je fus forcé de riposter, et Tibérius, qui songeait moins à se défendre qu'à tuer, s'enferra lui-même. La pointe de mon sabre pénétra dans sa gorge. Il étendit la main gauche derrière lui pour chercher un appui, laissa tomber son arme et tomba mourant sur le plancher.

Je reculai d'un pas. J'étais épouvanté de ma funeste victoire. Clélie se précipita sur le corps de son frère, et le soulevant un peu, appuya sur ses genoux la tête de Tibérius. Son sang coulait à gros bouillons, et déjà la pâleur de la mort commençait à couvrir son visage.

Je rejetai mon sabre loin de moi. J'avais horreur de moi-même. Je me regardais comme maudit. J'étais donc né pour le malheur de tous ceux que j'aimais !

Je m'agenouillai et je voulus prendre la main défaillante de Tibérius. Clélie me repoussa.

— Retirez-vous, dit-elle. Partez, Fénestrange. Votre œuvre est achevée. Vous avez tué mon père. Vous m'avez avilie par un crime ! Mon frère me restait, votre ami ! vous l'avez tué !... Grand Dieu ! j'expie bien cruellement...

A ces mots, elle fondit en larmes ; j'étais moi-même au désespoir.

Tibérius rouvrit les yeux et m'aperçut.

— Pardonne à ton meurtrier, lui dis-je. Non, je ne suis pas coupable. Non, je n'ai pas outragé Clélie !... Je le jure ! Que le sang de ton père et le tien retombent sur ma tête, mais non le crime que je n'ai pas commis !...

— Et qui donc ? demanda-t-il d'une voix faible comme un souffle.

A ce moment, pour la première fois, je me rappelai les

demi-confidences de Foucard et les soupçons que m'avait inspirés la conduite de Mauléon. Je me souvins que Clélie était restée entre leurs mains pendant que je fuyais moi-même dans les montagnes. Je me rappelai qu'ils avaient dû porter Clélie dans la voiture, que Mauléon l'aimait, qu'il avait été repoussé par le vieux Brutus Dupuy, que Foucard était son complice et son âme damnée, qu'après le crime ils avaient essayé de m'assassiner moi-même en me dénonçant à la garde nationale d'Aubusson, que je n'avais alors échappé que par miracle aux balles, que Foucard, blessé par moi, m'avait fait des demi-aveux mystérieux auxquels je n'avais pas prêté assez d'attention... Je me rappelai et je compris tout le passé, — mais trop tard.

Je serrai Tibérius dans mes bras et je lui dis en pleurant :

— O mon ami, mon frère, j'atteste le Dieu vivant que je n'ai pas commis ce crime infâme ! J'atteste le Dieu vivant que j'ai toujours aimé et respecté Clélie, que j'aurais donné cent fois ma vie pour elle, et que je la vengerai !

— Tu connais le scélérat! dit Tibérius.

— Je le connais. Lui seul, quand nous étions dispersés après le combat du pont de Bauze et la mort de ton père, lui seul a pu enlever Clélie.

— Et c'est ?...

— Mauléon.

— Oh ! s'écria-t-elle en cachant son visage dans ses mains.

Tibérius fit un dernier effort pour parler.

— Tu me jures, dit-il, que tu poursuivras le scélérat jusqu'à la mort.

— Je le jure.

— Et que, de près ou de loin, tu protégeras Clélie comme un frère ?

— Je le jure !

Adieu, dit-il, adieu, je te pardonne. Tu es plus malheureux que moi. Sauve-toi, et passe la frontière d'Autriche.

Il embrassa Clélie, me serra la main et mourut.

Mon désespoir était affreux. Je contemplai quelques instants sans rien dire le corps inanimé de cet ami qui m'avait été si cher. Je lui fermai les yeux et je demeurai immobile, à genoux, devant lui.

Clélie semblait anéantie. Nous étions tous deux comme frappés de la foudre. Enfin elle leva les yeux sur moi.

— Robert, dit-elle, voilà le châtiment. Vous et moi nous avons osé nous aimer malgré la volonté de nos parents, et leur sang s'élève entre nous et crie vengeance contre notre impiété. Nous ne nous reverrons plus, si ce n'est pour la vengeance. Vous devez à mon frère, qui vous aimait tant, vous me devez la vie de cet infâme Mauléon. S'il m'échappe, n'oubliez pas le serment que vous avez fait tout à l'heure entre les mains de Tibérius. Adieu pour toujours. Adieu, je vous aimais, Robert de Fénestrange.

— Et maintenant ?

— Et maintenant, dit-elle ; je suis la plus malheureuse des femmes. Adieu.

Je lui baisai la main avec respect, et je partis pour échapper aux recherches de la police.

Le lendemain, on lisait dans le *Risorgimento* de Milan :

« Un meurtre mystérieux vient d'être commis dans le « quartier de la Citadelle. Le chef d'escadron Tibérius « Gracchus Dupuy, l'un des plus brillants officiers de la « cavalerie française venait de marier sa sœur à un « capitaine du 9e dragons. Une demi-heure après le « mariage, en plein jour, un duel à coups de sabre a eu « lieu entre les deux beaux-frères sous les yeux de la « mariée, qui n'a pas même eu le temps d'appeler au « secours afin qu'on séparât les combattants. M. Tibé- « rius Gracchus Dupuy est tombé mortellement blessé « d'un coup de sabre à la gorge. Le capitaine qui, sous « le faux nom de Robert, cachait, dit-on, un nom de « chouan très-connu, a pris la fuite. On croit qu'il s'est « dirigé sur Venise, et de là sur Trieste. La police fran- « çaise est à ses trousses, et l'on pense que Sa Majesté « impériale et royale apostolique s'empressera d'ac- « corder l'extradition de ce dangereux scélérat. »

FIN DE LA PREMIÈRE PARTIE

EXTRAIT DU CATALOGUE

DE LA

LIBRAIRIE E. DENTU

Palais-Royal, 17 et 19, Galerie d'Orléans

ROMANS ET NOUVELLES

Collection grand in-18 jésus, impression de luxe

à 3 francs le volume

LIBRAIRIE DE E. DENTU, PALAIS-ROYAL

ROMANS ET NOUVELLES, A 3 FR. LE VOLUME

LIBRAIRIE DE E. DENTU, PALAIS-ROYAL

ROMANS ET NOUVELLES, A 3 FR. LE VOLUME

Aylic Langlé	La Toile d'araignée	1 vol.
G.-A. Lawrence	L'Épée et la Robe	1 —
—	Frontière et Prison	1 —
—	Honneur stérile	2 —
—	Guy Livingstone	1 —
—	Maurice Dering	1 —
H.-T. Leidens	Le Manuscrit de ma cousine	1 —
Lemercier de Neuville	I. Puppazzi	1 —
Hippolyte Lucas	La Pêche d'un mari	1 —
—	Madame de Miramion	1 —
Ch. Maquet	La Passion de mon oncle	1 —
A. Marx	Histoires d'une minute	1 —
Mané	Paris amoureux	1 —
—	Paris viveur	1 —
—	Paris mystérieux	1 —
Mary-Lafon	Coutumes de la vieille France	1 —
Michel Masson	La Gerbée, Contes de famille	1 —
A. Mazon	Le Vieux musicien	1 —
Antony Méray	Tribulations d'un joyeux monarque	1 —
Mocquard	Jessie	2 —
Xavier de Montépin	Le Drame de Maisons-Laffitte	1 —
—	Le Moulin Rouge	1 —
C. de Mouy	Raymond	1 —
Isabine de Myra	Voilà l'homme	1 —
Raoul de Navery	Le Bonheur dans le Mariage	1 —
L. Noir	Aventures de Tête-de-Pioche	1 —
—	Jean le Dogue	1 —
Parséval-Deschênes	Mémoire d'un Billet de Banque	1 —
Ponson du Terrail	Le Chambrion	1 —
—	Les Drames de Paris	3 —
—	Les Exploits de Rocambole	3 —
—	La Résurrection de Rocambole	5 —
—	Le Dernier mot de Rocambole	3 —
—	Un Crime de jeunesse	1 —
—	Les Gandins	2 —
—	L'Héritage d'un comédien	1 —
—	La Jeunesse du roi Henri	5 —
—	Mémoires d'une Veuve	1 —
—	Les Nuits de la Maison-Dorée	1 —
—	Le Castel du Diable	1 —
—	Les Héritiers du Commandeur	1 —
—	Les Nuits du quartier Bréda	1 —
—	Pas de chance	2 —
Jules Prével	Les Stations de l'amour	1 —
Mme Urbain Rattazzi	Mademoiselle Million	1 —
E. Richebourg	L'Homme aux lunettes noires	1 —
A. Robert	La Guerre des Gueux	1 —

LIBRAIRIE DE E. DENTU, PALAIS-ROYAL

ROMANS ET NOUVELLES, A 3 FR. LE VOLUME

Collection grand in-18 jésus à 3 francs 50 le volume

Collection grand in-18 jésus à 2 francs le volume